KB049975

한국추리문학선 ①

커피유령과 바리스타 탐정

양수련 지음

책과나무

커피유령과 바리스타 탐정

초판 1쇄 인쇄일 2018년 04월 25일
초판 1쇄 발행일 2018년 05월 03일

지은이 양수련
기획 한국추리작가협회 출판부
펴낸이 양옥매
디자인 송다희 표지혜
교 정 조준경

펴낸곳 도서출판 책과나무
출판등록 제2012-000376
주소 서울특별시 마포구 방울내로 79 이노빌딩 302호
대표전화 02.372.1537 팩스 02.372.1538
이메일 booknamu2007@naver.com
홈페이지 www.booknamu.com
ISBN 979-11-5776-553-9(03800)

이 도서의 국립중앙도서관 출판시도서목록(CIP)은 서지정보유통지원 시스템
홈페이지(http://seoji.nl.go.kr)와 국가자료공동목록시스템
(http://www.nl.go.kr/kolisnet)에서 이용하실 수 있습니다.
(CIP제어번호: CIP2018012580)

커피유령과
바리스타 탐정

양수련 연작소설

책과나무

차 례

사건 하나 .

1시 30분의 도둑

환은 왠지 무료하고 따분하다는 생각을 하며 걷고 있었다. 주택가의 담장 너머로 핀 벚꽃이 그의 머리 위에서 일렁이고 있었기 때문이었는지 모른다. 일상의 공황이 불쑥 찾아드는 시각. 중천을 살짝 비켜선 태양도 빈둥거리는 오후 2시 30분 무렵이었다. 태양이 유난스럽게도 작열한다는 것과 눈부신 벚나무 꽃잎이 그의 심통을 사납게 물들이고 있다는 것 외에 딱히 다른 이유 같은 것은 없었다.

하늘을 올려다본 환은 잔뜩 얼굴을 찡그렸다. 죽고 싶어 환장하게 만드는 날 같다. 동화에서 막 걸어 나온 피터팬처럼 곱상하게 생긴 그가 하는 말이라고는 여겨지지 않는 거친 말투가 불거져 나온 것도 그때였다.

"염병할. 지랄 맞은 날씨로군."

환은 신경질적이었다. 나른한 두뇌가 활동을 거부하고 뭔가 새로운 일을 계획하기에도 어정쩡한 그 시간이란 게 문제라면 문제였다. 그는 지금 '할의 커피맛'으로 가는 길이다. 아침나절부터 나가 있어야 했지만 점원에게 서점에 들렀다 가겠다고 말해 놓은 터였다.

며칠 전, 동네 중고서점에 주문해 둔 책 몇 권이 있었다. 인터넷으로 구입하면 훨씬 수월하겠지만 환은 사람과 직접 거래하고 기다리는 쪽이 더 인간적이라 여긴다. 중고서점이라 신간은 없는 책이 있는 책보다 비교할 수 없게 많았다. 그래서 더 정감이 가는 서점이다.

어쩌다 중고서점에서 만나게 되는 사람들은 그곳을 드나든다는 것만으로도 이유 없이 반가웠다. 환이 서점에 앉아 있는 서너 시간 동안 그 말고는 단 한 명의 손님밖에 다녀가지 않았지만. 어쨌거나 환은 뜸하게 오는 서점의 손님에게서 왠지 모를 친숙함과 편안함을 느꼈다.

없는 책이 더 많은 동네서점에서 아침나절부터 이 책 저 책을 들춰보던 환은 눈에 띄는 책을 서가 가장자리에서 찾아냈다. 그리고는 서점 안 의자에 앉아 읽기 시작했다. 손님으로 온 또 다른 남자가 구석의 환을 흘깃거렸지만 괜찮았다. 서점에 오면 간혹 마주치게 되는 손님 중 한 명임에야. 환은 고개를 젖히고 잠시 목과 어깨를 풀었다. 그 사이 남자가 환의 의자 앞을 지나갔다. 남자의 손가락 마디에 걸린 보석을 문 해골반지도 함께였다. 어딘가 낯익은 반지. 그렇다고 해골반지의 주인과 이러쿵저러쿵 인사를 나눌 마음은 없었다. 환은 보고 있던 책에 다시 시선을 주었다. 그리고 점원에게 말해 둔 '서점에 잠깐 들러'는 서너 시간을 훌쩍 넘겨 버리고 말았다.

환은 '할의 커피맛' 점원인 은미보다 다섯 살이나 더 어린 스물셋의, 그야말로 풋내기이다. 환이 카페에 있자면 어리기만 한 환을 어떻게 대해야 할지 몰라 어색해하는 은미의 불편함이 눈에 보였다. 곧 익숙해지겠지. 문을 연 지 한 달이 채 안 되는 카페. 그만큼 서로에게 적응할 시간도 필요할 터였다.

주인이 자주 카페를 비우면 안 된다는 할의 만류에도 불구하고 환은 운영에 무리가 없다 싶을 만큼, 아니 그 이상으로 자리를 비웠다. 사람들을 상대하는 일이 환의 적성에는 맞지 않았다. 그럼에도 운영해야 한다면 주인이 없어도 아무런 문제없이 돌아가는 카페가 되었으면 했다. 환 자신을 위해서나 점원 은미를 위해서나 그랬으면 싶었다.

환은 중고서점에서 사 갖고 나온 심령과학 서적 두 권과 커피 에세이집 한 권을 옆구리에 끼고 벚꽃잎이 휘날리는 대로변에 있었다. '할의 커피맛'은 대로변에서 주택가로 들어가는

골목 안쪽에 있었다. 원래 있던 오래된 주택을 개조해 꾸민
까닭에 아기자기한 집 구조가 그대로 살아 있는 카페였다.

환의 신경질적인 발걸음은 어느새 빨간불이 켜진 횡단보도
앞에 도착해 있었다. 동네서점과 카페는 대로를 사이에 두
고 건너편에 있어서 카페로 가자면 횡단보도를 건너야 한다.
신호등이 바뀌기를 기다리는 그 짧은 찰나에도 환은 무료한 하
품을 큼직하게 해댔다. 그러고는 횡단보도 맞은편에 서 있는
사람들을 한눈에 쑥 훑었다. 유심히 보려던 것은 아니다. 연
인 한 쌍이 팔짱을 끼고 서서 수다를 떠는가 하면 장바구니
를 손에 든 아줌마가 신호등을 뚫어져라 바라보고 있기도 했
다. 그 뒤로 교복 차림의 몇몇 여학생들이 더 있었다.

환은 선글라스를 쓴 남자도 보았다. 그는 시각장애인용 지
팡이를 짚고 서 있었다. 앞을 보지 못하나? 그럼에도 환은
선글라스의 눈과 마주쳤다. 시각장애인 지팡이에 선글라스
까지 썼으니 마주쳤다는 표현이 적절하지 않다는 것을 안다.
환은 분명히 그와 시선이 마주쳤고, 그 느낌은 오싹했다. 남
자는 시각장애인용 지팡이 끝을 도로 바닥에 세운 채, 횡단
보도의 외진 곳에 있었다. 다른 사람들과는 조금 떨어져서.

횡단보도 건너의 사람들을 구경하면서 환은 신호가 바뀌기
를 기다렸다. 초록불이 들어왔다. 초록불이 분명함에도 파란
불이라고 말하는 이들이 있기도 하지만. 대수는 아니다. 그

들에게는 파란색이냐 초록색이냐 하는 논란은 전혀 중요하지 않다. 평화와 안전을 상징하는 색이 파란색이라는 인식이 더 뿌리 깊게 박혀 있을 뿐. 그들에겐 초록불이 곧 파란불이다.

환은 뭉그적거리며 남들보다 더디게 횡단보도를 건너갔다. 주택가 대로변의 횡단보도를 건너는 이들은 누구도 분주하게 움직이지 않았다. 차도 거북이처럼 느리게 다가와 섰고 또 기다렸다. 신호등이 빨간색으로 변해도 뒤늦게 나타나 건너는 사람들이 횡단보도를 완전히 건너갈 때까지 차들은 태양 아래서 기다렸다.

선글라스의 시각장애인은 환의 곁을 재게도 지나갔다. 뭐가 그리 바쁜 거야? 앞도 보지 못하는 사람이 저렇게 가다가는 넘어지기 십상이지. 어쨌거나 대단한 시각장애인이군. 환이 겁도 없이, 라는 생각을 하던 차였다. 아니나 다를까, 종종걸음을 치던 시각장애인이 그 자신의 지팡이에 걸려 넘어지고 말았다. 횡단보도 중앙. 그 바람에 그의 선글라스가 코끝에 걸렸다. 서둘러 선글라스를 바로 쓰는 그의 손에 낀 반지가 햇살에 반짝거렸다.

시각장애인이 횡단보도 저쪽으로 무사히 건너가는 것을 본 다음에야 환은 불안한 마음을 거두고 제 길을 갔다. 그저 무료하기만 한 오후는 아닌 모양이라고 여기면서. 누군가는 바쁘게 해야 할 일이 있다. 그 누군가는 따분하지도 않을 것이라고 여기면서.

"안녕하세요?"

환이 큰 소리로 인사를 건네며 카페 입구로 막 들어섰을 때였다. 점원 은미는 환을 마중하지 않았다. 은미와 동갑내기인 또 다른 점원은 저들끼리 난처한 눈길만 주고받았다. 카페 안의 분위기가 심상치 않다. 환이 재차 인사를 건넸지만 다들 그를 힐끔거리며 어쩔 줄을 몰라 했다.

'할의 커피맛' 주인인 환은 자신이 나서서 해결해야 할 어떤 중차대한 일이 벌어졌음을 직감했다. 그리고 그 안에 머물렀던 따분함이, 무료함이 한순간에 스르륵 공기 중으로 증발되는 것을 느꼈다. 마치 무슨 일이 벌어지기라도 기다렸던 사람처럼.

"무슨 일입니까?"

환은 긴장감과 설렘을 안고 물었다.

"그, 그게 말이죠……."

점원인 은미는 말을 해도 좋을지 말지 잠시 망설였다. 어린 사장에게 불미스런 일을 떠넘기는 것만 같아 부끄럽고 껄끄러웠다. 해결을 하더라도 은미 자신이 나서서 해야 될 것만 같은 생각이 들었다.

"어서 말해 보라니까요? 무슨 일인지……."

난감해하는 은미에게 환은 자초지종의 설명을 재촉했다.

반삭발의 커트머리에 찢어진 청바지를 입은 여자 손님이 환 앞에 불쑥 나선 것은 그때였다.

"여기 주인이 누굽니까? 아무래도 주인과 직접 얘기를 해야 할 것 같으니까 불러 주세요."

"제가 여기 주인입니다만……."

"당신이 여기 사장이에요? 아르바이트생 아니고?"

여자는 앳된 사장 환과 마주하자 당혹스러운 듯했다.

"여기, 사장 맞습니다. 무슨 내용인지 말씀해 주시면 제가 해결해 드리겠습니다."

여자 손님은 미덥지 않은 눈초리로 환을 위에서 아래로 훑어 내렸다. 그러고는 "좋아요" 했다. 여자 손님은 불쾌함과 흥분을 거두지 않은 채, 환이 오기 전에 카페 안에서 벌어졌던 일에 대해서 장황하게 설명을 늘어놓기 시작했다.

여자 손님은 두 시간 전쯤에 카페에 들어와 라떼 커피 한 잔을 주문했다. 그러고는 한가운데 테이블에 앉아 담당 교수에게 제출할 리포트를 작성 중에 있었다. 할의 커피맛에 오기 전부터 마신 커피 탓에 참기 힘든 요의를 느꼈다. 작업 중에 있던 노트북을 그대로 놔둔 채로 여자는 황급히 화장실로 향할 수밖에 없었다. 볼일을 보고 여유롭게 돌아와 보니, 테이블에 있어야 할 여자의 노트북이 감쪽같이 사라져 버렸다. 지갑과 가방 등 다른 것들은 제자리에 그대로 놓인 채였다.

여자 손님은 노트북을 가져간 도둑이 아직 카페 안에 있다고 확신했다. 그녀가 화장실에 간 사이 새로 들어온 손님이 없기 때문이다. 혹시 누군가 들어왔다가 나갔다고 한다면 손님이나 점원 중 누군가의 눈을 피해 노트북만 들고 감쪽같이 사라질 수는 없을 터였다. 여자 손님의 테이블은 가게 한가운데에 있었다. 주방에서도 아주 잘 보이는 곳. 노트북에 손을 댄 이는 남아 있는 손님이거나 점원들 안에 있다고 여자 손님은 확신했다. 설명을 마친 그녀는 노트북을 찾아내든가 그렇지 못하면 보상을 해야 한다고 설레발이었다.

"손님의 노트북을 봤습니까?"

환은 점원에게 차분하게 물었다.

"보기는 했지만…… 절대 아니에요, 우리는."

여자 손님에게 얼마나 닦달을 당했는지 은미는 이미 울상이었다. 자신보다 어린 사장 앞에서 차마 울지 못해 이를 악물었다.

은미와 동갑내기인 점원은 테이크아웃 주문을 내주고 나면 홀의 손님에 대해서는 특별한 일이 없는 한 관심을 두지 않았다. 여자 손님이 노트북을 사용하는 것을 봤다고 확인해준 사람은 후드티 차림의 남자 손님이었다.

사라진 노트북 때문에 가장 난처한 사람은 은미였다. 손님들과 함께 노트북이 있던 홀을 오간 사람은 그녀였으니. 커피를 마시고 뒷정리를 하지 않고 나가는 손님은 종종 있었다. 그런 손님들의 뒤치다꺼리는 은미의 몫이다. 테이블 정리를 하기도 해서 손님의 테이블에 별 의심 없이 접근할 수 있는 유일한 사람 또한 그녀였다.

환은 자신의 점원이 도둑 누명을 쓰게 된 것이 마뜩찮았다. 그렇다고 가게에 온 손님을 의심하는 일 또한 곤혹스러운 일인지라 잠시 골몰한 생각에 잠겼다. 노트북은 어디로 사라진 것일까? 잃어버린 손님의 물건을 환은 어떻게든 찾아야 했다.

환이 고민을 거듭하는 사이, 후드티의 남자 손님이 커피값을 계산하고 나가려고 했다. 문제는 또다시 불거졌다. 반삭발의 여자 손님이 나가려는 그의 앞을 대뜸 가로막아서였다.

"내 노트북을 찾기 전에는 누구도 이곳을 나갈 수 없어!"

후드티의 남자는 양팔을 옆으로 들어올렸다. 그의 몸 어디에도 노트북이 없다는 것을 확인시켜 주기 위한 것이다. 약속이 있어서 가 봐야 한다고 했지만 여자 손님은 막무가내다. 자칫 잘못하다가는 카페 손님들끼리 싸움이 벌어질 판이었다.

어린 사장이지만 책임자다. 환은 나가려는 손님에게 다가가 정중한 사과를 하고 노트북의 행방을 알아낼 때까지만이라고 양해를 구했다.

"대신, 커피값은 돌려드리겠습니다. 기다리시는 동안에도 카페 안에 있는 커피와 케이크를 무료로 제공해 드리겠습니다."

후드티의 남자는 고개를 주억거리고는 그가 앉았던 테이블로 돌아갔다.

환은 카페 안의 손님 모두에게 양해를 구했다. 그래 봐야 겨우 세 명에 불과했지만. 거기서 상황이 잠잠해졌더라면 좋았을 것이다. 후드티의 남자가 또 허둥지둥 테이블 주변을 훑는 것이 아닌가.

또 없어진 게 있다는 건가? 환은 은근 조바심이 났다.

"이게 어디로 사라진 거야?"

후드티의 남자는 당황했다.

"뭔가 없어진 거라도 있으십니까?"

"휴대전화요. 내 휴대전화가 없어졌단 말입니다. 통화를 하고 주머니에 넣었던 게 아닌가 봅니다. 여기 테이블 위에 놔둔 것 같은데……. 노트북을 잃어버렸다고 소란을 피우는 통에 내 휴대전화가 없어진 것도 몰랐습니다. 혹시 내 휴대전화를 보지 못했나요?"

후드티의 남자는 옆자리에 등지고 앉아 있던 양복 차림의 신사에게 물었다. 신사는 영문을 모르는 사람처럼 고개를 내저었다. 대신에 침착하게 잘 찾아보라고 조언했다.

"손님께서는 잃어버린 물건이 혹시 없으십니까?"

환은 신사에게 말을 건넸다.

"글쎄요? 그러고 보니 아까 전에 읽고 의자에 놔둔 시사저널지가 없어진 것 같긴 합니다만."

신사는 다 읽은 것이라 없어졌다고 해도 상관없으니 신경 쓰지 말라고 덧붙였다.

환은 그렇지 못했다. '할의 커피맛'과 그 자신의 명예가 걸린 문제다. 그냥 넘어갈 수 있는 일이 아니다. 손님 모두가 그의 카페에서 물건을 도둑맞았다는 것은 앞으로 좋지 못한 소문에 휘말릴 소지가 크다는 의미였다. 그로 인해 한 달밖에 안 된 카페의 문을 닫아야 할지도 모른다는 불길한 예감이 들었다.

잃어버린 물건을 찾지 못해 보상을 해 준다고 해도 '할의 커피맛'에서의 일은 손님들의 입에 오르내리게 될 것이다. 그렇게 되면 카페의 신용은 물론이요, 동네 장사는 끝이다. 점원의 소행이 아니라고 해도 도둑이 드나드는 가게를 좋아할 손님은 없다. 누구도 마음 편히 가게를 드나들지 못할 것이고 카페는 파리만 날리게 될 터였다.

환은 손님들의 가방과 주머니를 다시 확인해 달라고 어느 때보다 정중하게 부탁했다. 당황한 마음에 가까이 두고도 보지 못할 수 있다, 꼼꼼히 살펴봐 달라고 말이다. 그러나 손님들의 가방이나 옷 주머니, 심지어 쓰레기통 안에서도 그들이 잃어버렸다는 물건은 발견되지 않았다. 손님들까지 동원해 물건을 숨길 만한 곳을 찾아 카페 구석구석을 다 뒤졌다. 어디에도 사라진 물건의 흔적은 남아 있지 않았다.

영락없이 도둑 누명을 쓰게 된 은미다. 억울함에도 손님들의 비위를 거스르지 않기 위해 그들의 요구에 순순히 응했다.

"경찰에 신고를 하는 것이 좋겠어요."

노트북을 잃어버린 여자가 큰 소리로 말했다.

"일단은 주인한테 맡겨 보는 게 좋을 것 같습니다. 해결을 하든 보상을 하든. 경찰에는 천천히 신고를 해도 늦지 않을 겁니다. 아저씨 생각은 어떠신가요?"

후드티의 남자가 신사에게 물었다.

"저야 뭐, 상관없습니다만······."

신사는 사건에 휘둘리지 않았다. 묵묵히 앉아 요즘 한참 잘나가는 유명 작가의 소설책에 정신을 쏟고 있었다.

환은 할이 좋아하는 테이블 지정석에 앉아 있었다. 양손으로 턱을 괴고서, 사라진 물건의 행방을 머릿속으로 좇는 일에 골몰했다. 휴대전화를 잃어버린 남자는 어느새 노트북을 잃어버린 여자와 같은 테이블에 앉아서 얘기를 나누고 있었다. 그리고 여자의 웃음소리가 한창 번날 때였다. 홀연히 나타난 유령 할이 소리쳤다.

– 내 의자에 앉아서 지금 뭐하는 거야?

"사건이 일어나기 전에도 저들이 아는 사이였을까요?"

유령 할의 아우성을 뒷전에 둔 환은 자신의 주변에서 몸 둘 바 몰라 하는 은미에게 속삭이듯 말했다.

"사건이 일어나기 전까지는 따로따로였는데요. 우리 카페에서 똑같이 물건을 잃어버려서 그사이 동지애라도 생긴 모양이죠."

은미는 억울함이 담긴 목소리로 말했다.

"뭔가를 잃어버린 사람들 같지 않고, 뭔가 신난 사람들 같아 보이지 않아요, 저들?"

"그런가요? 전 잘 모르겠는데요."

은미는 고개를 갸우뚱거렸다.

— 내 자리에서 어서 일어나라니깐.

"조용히 좀 있어 봐. 내 가게에 도둑이 들었단 말이야."

그 순간, 은미가 환을 응시했다. 그녀에게 하는 말은 아닌 듯함에 그녀의 고개가 또 갸우뚱 기울어졌다. 대체 누구에게 하는 말인지 알 수 없었다.

— 뭐, 도둑? 누가 뭘 잃어버렸는데? 내가 찾아올까?

도둑이란 말에 유령 할은 흥분했다. 신난 것은 노트북과 휴대전화를 잃어버린 손님들만이 아닌 모양이다. 유령 할의 호기심도 함께 분출했다.

"혼자서도 충분하니까, 할은 그냥 얌전히 계셔 주세요."

– 그게 무슨 소리야? 잃어버린 물건을 찾지 못하면 내 명예가 단박에 실추될 텐데. 설마 잊은 건 아니지? 이 카페가 '할의 커피맛'이란 거 말이야. 하필 내 이름이 붙은 카페라는 거지.

"죽은 사람이 명예는 무슨 명예?"

– 죽은 사람은 명예도 없단 거야, 뭐야? 나야말로 내 명예를 찾기 위해 지금까지 저승도 못 가고 있는 거라고. 아무것도 모르면서…….

"아, 시끄러워. 사건에 집중할 수가 없잖아."

환은 신경질적인 소리를 내며 일어섰다. 그 순간 왜 그러는 거야, 싶은 여자 손님의 뚱한 시선과 마주쳤다. 여자 손님뿐 아니라 카페 안의 모든 시선이 환을 향해 달려들었다.

"그렇게 이상한 눈으로 쳐다보면 내가 진짜 미친놈 같잖아요. 제 혼잣말이 좀 과한 편이긴 하죠."

환은 별일 아니라는 듯 양손을 펼쳐 들고 어깨를 으쓱했다. 유령 할은 그 와중에도 주문을 해 환을 귀찮게 했다.

– 커피 한 잔 마셔야겠어. 레귤러로. 당장 가져와.

"저들의 눈초리가 할에겐 안 보여요? 얌전히 있지 않으면 앞으로 커피는 영영 못 마실 줄 알아요!"

어금니를 문 환은 억지웃음을 머금고 말했다.

환이 정신 나간 사람 취급을 받는 것의 태반은 유령 할 때문이다. 간혹 어떤 이는 환을 보기만 해도 남다른 구석이 있음을 알아챘지만 평범한 사람들은 그렇지 못했다. 그저 저렇게 잘생긴 남자가 젊은 나이에 맛이 갔다며 안타까움에 혀를 끌끌 차는 일이 다반사였다.

'할의 커피맛'이라는 카페를 환이 내게 된 것은 커피 맛도 모르면서 유별나게 커피를 좋아하는 유령 할 때문이었다. 카페 상호에도 떡하니 들어가 있는 '할'은 환의 보호자나 다름없었지만 막상 큰일이 생기면 환은 스스로를 보호하지 않으면 안 되었다.

할이 환의 침실 벽을 뚫고 나오던 그때, 환은 아홉 살의 끝에 있는 심약한 아이였다. 당시의 상황을 떠올리자면 기절초풍할 일이다. 보통의 아이였다면 줄행랑을 쳤을 것이다. 환은 천진난만한 얼굴로 혼령인 그를 순진무구하게도 반겼다. 그때는 알지 못했다. 할이 유령이라는 것도, 다른 사람의 눈에는 보이지 않는다는 사실도. 할이 오직 환 자신에게만 보이는 유령이라는 사실을 환은 나중에야 알았다.

환이 친구들과 잘 어울리지 못하는 것은 물론이고 그의 주변에 친구가 없는 것 또한 할이 환의 주변 가까이에 있어서라고 해도 과언은 아니다. 유령과 친구처럼 지내는 환을 친구들은 슬그머니 경계했다. 그리고 그것은 가족도 마찬가지였다.

환이 재혼한 아버지 마선명을 따라 도쿄로 건너간 것은 아홉 살이 되던 해였다. 말이 잘 통하지 않는 학교는 낯설었다. 따돌림까지 당해 홀로 보내는 시간이 넘치도록 많았다. 대학에서 한국과 일본의 비교문학을 강의하는 아버지는 얼굴 보기 힘들 만큼 시간에 쫓겼다. 새엄마는 환에게 잔정을 주지 않는 사무적이고 형식적인 여자였다. 그들이 사랑으로 맺어졌다는 것을 믿을 수 없었다. 감정이라고는 없는 고무인형을 사랑한 거라고. 환은 홀로 투덜거렸다.

학교에서도 집에서도 혼자 보내는 시간이 많은 어린 환이 할 수 있는 일이란 그리 많지 않았다. 그리고 그날은 아홉 살의 환이 곧 열 살이 되는 그날의 자정 무렵이었다. 환은 침대 곁에 얌전히 무릎을 꿇고 두 손을 합장하듯 모아 간절한 소원 하나를 빌었다.

"환과 함께 놀아 줄 시간 많은 아버지를 보내 주세요."

절절한 기도를 끝내고 눈을 떴을 때다. 침실 벽을 뚫고 누군가가 환의 방 안으로 들어오고 있었다. 사람이 벽을 통과해 나오는 놀라운 광경에 환은 헐, 외마디를 던졌을 뿐이다. 그것이 놀라움의 표현이었는지, 반가움의 표현이었는지는 알 수 없었다. 다만, 환이 두려움 따위를 느끼지 않았다는 것이다. 흥미로운 일이 일어나고 있었다. 그럼에도 환은 잠시 잠깐 정신을 잃었다. 간절한 기원이 이뤄진 순간이었지만 환은 그때에 기력을 상실했다.

– 난 재령이야. 태어난 연대로 치자면 너의 고조할아버지 뻘쯤은 충분히 되고도 남을 것이야.

환이 정신을 차리자마자 들려온 목소리. 그것은 아버지 선명의 것도 아니고 새엄마의 것도 아니었다. 그래서 더 좋았다. 환 자신만의 친구를 하늘에서 보내 줬다는 생각에 감격했다.

친절한 소개에도 불구하고 환은 벽에서 나온 재령을 '헐'이라 불렀다. 재령의 부탁과 간청에도 '헐'이란 이름은 짧은 시간에 바뀌지 않았다. 고집스럽게 부르던 그 '헐'이 어느 순간 왜, '할'로 바뀌었는지도 현재에도 분명치 않았다. '헐'보다는 '할'의 어감이 좋아서였는지, 할아버지의 '할'이란 뜻이 담긴 것인지는 알 수 없었다.

'헐'보다는 할아버지의 '할'이 나았기에 재령은 울며 겨자 먹기 식으로 받아들였다. 매일 듣다 보니 '할'이 정감 있고 좋다는 생각마저 들기도 했다. 이름은 그대로 그렇게 굳어졌다.

아홉 살에서 열 살로 넘어가던 그 밤. 환은 그렇게 유령 할을 만났다. 열세 살이 되던 해에는 부모로부터의 독립을 선언했다. 아직 나이가 어려서 안 된다는 게 그분들의 답이었지만, 환은 한국으로 돌아가겠다고 고집을 부렸다. 그들과는 함께 있으나 떨어져 있으나 마찬가지였다. 무엇보다 자신을 낳아 준 어머니의 무덤이 있는 한국으로 돌아가고 싶었다.

선명이 어린 아들 환의 고집을 끝내 꺾지 못한 데에는 유령 할도 한몫을 단단히 했다. 할과 대화를 나누는 환을 발견하고 선명은 소스라치게 놀랐다. 그의 눈에는 유령 할이 보이지 않으니 당연했다.

선명은 환의 상태를 심각하게 받아들였다. 한국에 홀로 둬도 괜찮을지 걱정스런 마음은 지울 수 없었지만 다른 방도가 없었다. 일본에 이대로 있다가는 병세가 완연해질 것만 같았다.

백 년이 훌쩍 넘는 세월을 타국에서 떠돈 할의 감격은 이루 말할 수 없었다. 고국으로 돌아간다는 사실에 일본을 떠나기 전부터 유령 할은 말이 많아졌다. 무슨 일이 있더라도 환을 잘 돌볼 테니 걱정하지 말라고. 할은 그 자신을 보지도 못하고 그의 말을 듣지도 못하는 선명 앞에서 똑같은 말을 몇 번씩이나 되풀이했다.

한국으로 함께 돌아갈 수 있다면 좋겠지만 상황이 자신의 편이 아니라며 선명은 환 앞에 어두운 얼굴을 내비쳤다. 전화도 자주 하고 방학 때면 보러 갈 것이니 좋은 친구도 많이 사귀고 마음 편하게 잘 지내라는 아버지 선명의 말을 끝으로 한 십 년 세월을 환은 그와 떨어져 살았다.

선명 대신 유령 할이 환의 곁에 있었다. 그러나 한국에 와서도 환의 상황은 조금도 달라지지 않았다. 친구를 사귀는 일은 여전히 어려웠다. 학교생활 또한 여전히 즐겁지 않았다. 사람들은 환이 혼자 중얼거리는 이상한 병에 걸렸다고 여겼다. 중학생이던 어느 날, 학교에서 집에 돌아온 뒤로 환은 학교에 나가지 않았다. 그나마 배움을 중단해서는 안 된다는 고지식한 유령 할의 잔소리 덕분에 검정고시로 중학교와 고등학교 과정을 모두 마쳤다. 대학 과정도 독학학위제로 이수했다. 혼자 하는 일에는 이제 이골이 난 그였다.

환에게 있는 것은 시간뿐. 그는 자신의 시간 대부분을 유령 할과 보냈고, 그들의 관심은 역사적 사건 아니면 인간들의 밑바닥 감정과 그에 얽힐 수밖에 없는 범죄 사건에 관한 것이었다. 누구와 누구의 갈등의 골이 깊어져서 범행이 터졌다거나 어떤 사건의 범인이 누구일 것이라고 논하는 일은 그들만의 새로운 놀이였다.

유령 할과 대화를 나누다가 불편한 눈초리와 마주치기라도 하면 환은 아무렇지도 않게 말했다. 다른 사람들은 자신과 대화를 할 때 마음으로 하는지 몰라도 그 자신만큼은 소리 내어 나 자신에게 말하는 것뿐이라고.

– 환! 저들이 카페를 거덜 내기 전에 빨리 어떻게 좀 해 봐.

유령 할은 진득이 있지 못했다. 도난 사건이 해결될 때까지 모든 것이 무료라 하니 카페의 모든 메뉴를 주문해 침만 바르고 마는 여자 손님은 영 밉상이었다. 여자 손님만 그런 것이 아니다. 재미난 놀이를 찾은 듯 손님들이 주문놀이를 반복하는 통에 유령 할은 환과 손님들 사이를 오가며 안절부절 어쩔 줄을 몰라 했다.

"손해가 나도 이건 살아 있는 내 문제야. 그러니까 제발 정신 사납게 굴지 말고 얌전히 좀 있어 봐."

– 카페가 네 것만은 아니잖아. 더 명백히 말하자면 내 것이나 다름없지. 애초에 나 때문에 생긴 카페니까. 내가 아니었으면 네가 이런 걸 할 생각이나 했겠어?

"들어온 사람도 없고 나간 사람도 없는데 대체 어떻게, 어디로 사라진 걸까?"

환은 유령 할의 말을 듣지 않고 있었다. 손님이 잃어버린 물건들의 행방을 좇느라 분주한 그의 머릿속이다. 그리고 그때 후드티의 남자가 카페 창문가에 선 행인에게 다가갔다. 환은 무심한 눈길로 그들을 바라보고 있었다.

"오늘도 여기서 일없이 시간을 보내는군."

행인은 창문가로 다가선 후드티 남자에게 인사말을 건넸다. 그 이후로는 후드티 남자가 행인을 가로막아 그들이 무슨 대화를 나누는지 알 수 없었다. 말소리도 부쩍 작아진 듯했다. 그들의 행동만으로 보자면 동네 친구가 분명했다. 말보다 손이 더 많이 오가는 대화를 그들은 나눴다.

– 젠장. 오늘 내로 해결은 되는 거야?

할이 투덜거리는 그때에 남방을 입은 남자 손님 하나가 문을 열고 들어왔다. 환은 그제야 할의 지정석에서 벌떡 일어섰다.

"내부적인 사정으로 오늘은 영업을 안 합니다. 죄송합니다, 손님."

두뇌는 산만해도 손님을 대하는 환의 태도는 정중하기만 했다.

"여기서 만나기로 한 사람이 있어서 말입니다. 손님이 전혀 없는 것도 아닌데 그냥 잠깐만 앉아 기다리면 안 되겠습니까?"

환과 눈을 마주친 남방 남자는 간곡히 청했다. 엉거주춤한 자세로 머리를 긁적이면서. 남자의 손가락에는 환이 오전나절 서점에서 그리고 횡단보도에서 본 해골반지가 있었다.

"자주 보네."

"네? 뭘 말입니까?"

환의 혼잣말에 남자가 반응했다.

"아, 아무것도 아닙니다⋯⋯. 그럼, 뭘 드릴까요?"

환은 새로 온 손님의 주문을 받아 은미에게 전했다. 그러고는 자신이 외출했다 돌아올 때까지 손님들 중 누구도 밖으로 나가지 않도록 하게끔 지시했다.

"지금 들어온 저 손님도 함께 말인가요?"

"물론입니다."

은미에게 윙크를 날린 환은 그길로 카페를 뛰쳐나갔다.

십여 분의 시간이 지나고 환은 카페로 다시 돌아왔다. 남방 입은 손님은 입구에서 가장 가까운 자리에 앉아 아메리카노를 마시고 있었다.

"사건이 다 해결됐습니다."

환은 카페 안의 사람들 모두가 들으라는 듯이 크게 말했다.

"잃어버린 물건을 찾았다는 겁니까?"

신사가 듣던 중 반가운 소리라며 말했다.

"네."

활짝 웃음을 머금은 환은 자신했다.

분주한 시간이 물러간 평일 오후, 도둑은 분명 카페 안에 있었다. 환은 창밖의 벗꽃에 시선을 둔 남방 차림의 남자 손님에게 다가갔다. 정중한 어투로 환은 말했다.

"손님, 이제 그만 모든 것을 털어놓으시죠."

"뭘, 말입니까?"

남방을 입은 남자는 뜬금없다는 표정으로 환을 올려다보았다.

"2시 30분경, 이곳을 다녀간 도둑에 대해서 말입니다."

"내가 그 도둑이라도 된다는 겁니까? 나는 오늘, 여기 처음 왔습니다. 사장님도 보지 않았습니까? 손님들이 물건을 잃어버린 그 시간에 나는 여기에 있지도 않았단 말입니다."

환의 입가에 환한 미소가 살며시 내걸렸다.

"그렇다면 손님들이 물건을 잃어버렸다는 건 어떻게 알았습니까? 저는 그저 2시 30분경, 이곳을 다녀간 도둑이라고만 했는데 말입니다."

환의 추궁에 남방 입은 남자는 어깨를 축 늘어뜨렸다. 그렇다고 자신의 행동을 쉽게 털어놓을 생각도 없어 보였다.

"좋습니다. 내가 도둑이라면 어디 한번 증명해 보시죠?"

환은 서두르지 않았다. 휴대전화를 잃어버렸다는 후드티 남자와 눈앞의 남자를 번갈아 보았다.

"손님이 우리 카페 안에 들어온 것은 처음일지 모릅니다. 하지만 저 친구 분도 과연 그럴까요? 두 분은 아는 사이가 아니던가요? 내가 보기에 이번 좀도둑 사건은 두 분의 합작품이라고 생각됩니다만……."

"우리가 아는 사이라는 것을 어떻게 안 겁니까?"

남방을 입은 남자는 그 순간 아차 싶었다. 해서는 안 될 말이 자신도 모르게 입 밖으로 튀어나와 버렸다.

"우연찮게도 저는 손님을 오늘 세 번씩이나 보았답니다. 손님은 저보다 더 많이 저를 봤을 수도 있겠지만……. 어쨌거나 오늘 손님을 세 번씩이나 봤다는 게 내게는 아주 중요합니다. 첫 번째는 동네 중고서점에서 책을 읽고 있을 때였고, 두 번째는 지금 이곳 카페에서죠."

"남은 또 한 번은요?"

"카페 가까이에 있는 대로변 횡단보도에서였습니다."

"횡단보도에서 본 게 뭐 그리 대수인가요? 누구라도 횡단보도 앞에서 얼마든지 볼 수 있는 것 아닙니까?"

"그렇기는 하죠. 하지만 내가 본 손님은 그때 시각장애인 놀이를 하고 있었습니다."

"네? 뭐라구요? 그 시각장애인이 나였다는 것을 어떻게 증명할 겁니까?"

남방을 입은 남자의 헤어스타일과 옷차림 등 모든 것은 환이 횡단보도에서 본 시각장애인의 모습과는 전연 달랐다. 그럼에도 부인할 수 없는 한 가지가 있었다. 바로 그의 오른손에 끼고 있는 해골반지였다.

"변장 덕분에 우리 카페 앞을 지나갔다는 것을 다른 손님들에게는 감출 수 있었는지 모릅니다. 하지만 손가락의 그 반지만큼은 오늘 내내 저를 따라다녔습니다. 왜 그랬을까요?"

"이런 반지가 세상천지에 단 하나뿐이라고 또 어떻게 장담한단 말입니까?"

남방을 입은 남자는 짜증을 얼굴에 바르고 말했다.

"손님 말처럼 닮은 반지는 많습니다. 하지만 불과 몇 시간 동안 똑같은 반지를 낀 서로 다른 두 남자를 만난다는 것은 결코 흔한 일이 아니죠."

"횡단보도의 시각장애인이 가짜고 그게 나였다는 것을 어떻게 증명할 겁니까?"

남자는 환의 주장을 받아들일 생각이 전혀 없어 보였다.

"횡단보도의 시각장애인이 진짜였다면 그렇게 빠른 걸음으로 횡단보도를 건너지 않았을 겁니다. 아무리 지팡이가 있더라도 말이죠. 시각장애인이었다면 지팡이에 걸려 넘어지는 실수 같은 것도 하지 않았을 테고요. 시각장애인이 맞다면 발보다 지팡이를 앞세워 걷는 일에 능숙했을 테니까 말이죠. 손님은 나를 보자 당황했던 겁니다. 카페 앞 횡단보도에서 또 보게 될 줄은 미처 몰랐을 테죠. 넘어졌을 때에도 당신은 가방을 먼저 챙기더군요. 행여 가방 안에 든 노트북을 망가뜨릴까 봐 걱정이 되었던 건 아닌가요? 손님이 카페에 들어선 순간, 손님이 그 시각장애인이었다는 사실을 나는 단박에 알았습니다. 중요한 것은 훔친 물건을 어디에다 두고 왔는가 하는 것이었죠. 그 짧은 시간에 분장을 지우고 카페에서 가져간 물건을 어딘가에 숨겨 놓고 우리 카페에 다시 나타났다면 분명 가까운 곳에 카페 손님의 물건을 숨겨 뒀을 것이라 여겼죠. 문제는 그곳이 어딜까, 하는 겁니다. 그것을 확인하기 위해 할의 커피맛 사장인 제가 직접 횡단보도 저편을 지금 막 다녀온 겁니다."

환은 싱겁게도 웃었다.

"이 카페에 들어온 적도 없는 내가 어떻게 물건을 훔쳤다는 것인지 한번 설명해 보시죠?"

남방을 입은 남자는 끝까지 발뺌했다.

"노트북을 잃어버린 저희 손님이 화장실에 간 사이였을 겁니다. 저희 점원들은 때마침, 주방 안에 있었던 터라 홀의 상황을 제대로 볼 수 없었죠. 후드티 손님은 빈자리의 노트북을 챙기고 신사의 의자에 놓인 잡지를 그가 소설책에 한눈을 파는 사이 몰래 챙겼습니다. 그러고는 저 창문을 통해 시각장애인으로 변장한 친구 분에게 물건을 건넸습니다. 여자 손님이 화장실에서 나오는 것을 보고 당황한 손님은 자신의 휴대전화가 그 짐에 딸려 가는 것도 몰랐습니다. 아마도 당신들은 점심이 지날 무렵에 이 일을 계획했을 겁니다. 내가 서점에 있다는 것을 확인하고서 말이죠. 횡단보도를 건너간 당신은 나와 카페 안의 상황이 몹시도 궁금했겠죠. 당신의 친구인 후드티의 손님에게 전화를 걸어 알아보려고 했지만 그의 휴대전화가 딸려 왔다는 사실만 깨닫게 된 거죠. 장난삼아 벌인 일이니 구경은 피할 수 없는 재미였겠죠. 그래서 당신은 변장을 풀고 다시 이곳 카페로 돌아온 겁니다."

"…… 오지 않았더라면 완벽한 일이 되었겠군요."

남방을 입은 남자는 어깨를 축 늘어뜨린 채 말했다.

"그랬을지도 모르죠."

"사장님 말이 모두 맞습니다." 후드티의 남자가 남방의 남자 곁으로 다가왔다. "이 카페가 생기기 전부터 동네에 퍼져 있는 당신의 소문을 조금은 듣고 있었죠. 골목을 지나다가 마주친 적이 종종 있었으니까. 그때마다 당신은 미친 사람처럼 혼잣말을 중얼거리더군요. 이 친구와 내가 그런 당신을 본 겁니다. 여러 번 목격했죠. 당신에 대한 수상한 소문을 우리만 들은 건 아니었어요. 초능력을 가졌다. 외계에서 왔다. 귀신과 말을 주고받는다. 말도 안 되는 소문들이었지만 이 친구와 나는 당신의 정체가 몹시 궁금했습니다. 그리고 오늘 당신을 시험해 보기로 작정한 겁니다. 이 카페에 온 적이 없는 저 친구가 당신을 미행하는 동안 나는 카페 안에서 무슨 일을 만들면 좋을까 계략을 꾸미고 있었죠. 당신을 서점에서 보고 나온 이 친구가 시각장애인으로 변장하고 카페 앞을 지나가도록 한 겁니다. 당신에게 남모르는 어떤 능력이 있다면 우리가 잠시 감춰 둔 손님들의 물건 또한 찾아낼 것이라고 생각한 겁니다. 오늘따라 따분하고 심심하기만 하던 차였으니까요."

"경찰에 신고하자는 여자 손님을 당신이 그래서 말린 거로군요."

양복 입은 신사가 그들의 말에 끼어들었다.

"내 노트북 내놔요, 어서."

여자 손님이 달려들어 후드티 남자의 멱살을 잡았다. 찢어진 청바지에 반삭발의 외모도 그랬지만 참으로 과격한 여자다.

후드티 남자가 여자 손님의 곁에 붙어서 괜히 친하게 군이유가 다 있었다. 그는 환이 사라진 물건을 찾기도 전에 불같은 여자가 경찰에 신고해서 경찰이 출동하는 일이 벌어지기를 원치 않았던 것이다. 그러자면 여자의 이목을 붙잡고 있어야 했다.

창문을 사이에 두고 후드티의 남자와 행인이 대화를 나누는 것을 보았을 때, 환은 카페 안에서 일어난 사건의 전모를 모두 파악했다.

"이제 그만, 재활용 의류보관함에 숨겨 둔 손님들의 물건을 가져다주시죠."

여자 손님의 손을 뜯어말린 환이 말했다.

"그곳에 물건을 숨겼다는 것까지 알아냈군요. 안전하게 보관할 곳이 필요했습니다. 잠깐 동안이면 될 일이기에. 그곳에 넣어 두면 적어도 낮 동안은 안전할 것이라 믿었습니다. 카페로 돌아가 상황을 엿볼 수도 있고……. 당신이 말한 그대로입니다. 정말, 귀신과 소통이라도 하는 겁니까?"

환은 아니라는 말도, 그렇다는 말도 하지 않았다. 유령 할

과 소통을 하는 것은 사실이지만, 잃어버린 물건을 찾은 것
은 순전히 환의 추리능력 덕분이다. 환은 이번 일에 귀신의
도움 같은 것은 없었다고 해명했다. 그리고 그때에 은평경찰
서의 임계원 형사가 카페 안에 나타났다.

"임 형사님이 이 시간에 어떻게 여기를 다 오셨습니까?"

환은 멀뚱한 표정으로 말했다.

"은미 씨가 전화를 했어. 카페에 도둑이 들어 손님의 노트
북을 훔쳐 갔다고. 때마침 이 근처를 지날 일이 있어서 직접
왔지. 어떻게, 도둑은 잡았고?"

"네에."

대답하는 환의 말끝에 한숨이 절로 따라 나왔다. 노트북
사건이 외부로 알려져 확대되는 일은 없었으면 했다. 잃어
버린 물건은 찾았고 손님들의 양해만 구할 수 있다면 여기서
정리될 터였다. 그러나 도둑 누명을 벗지 못할까 봐 노심초
사하던 은미가 임 형사에게 이미 신고를 한 다음이다.

남방 입은 남자와 후드티 남자는 그들이 이번 일을 공모했
음을 시인했다. 잔인하도록 화창하고 심심해서 죽고 싶을 만
한 무료함이 이런 엉뚱한 일을 저지르게 만들었다. 그들은
자신들의 엉뚱한 행동에 대해 용서를 구했다. 그렇다고 그들
이 심심풀이로 한 도둑질까지 없던 일이 되지는 않았다.

평일의 오후 2시 30분.

'할의 커피맛'에 있던 손님들은 심심함과 무료함의 정점을 찍고 있었다. 뭔가 색다른 일이 일어나기를 원했다. 무료함을 참지 못한 그들은 직접 나서고야 말았다. 신고가 들어온 이상, 조서는 작성해야 했다. 그들은 임 형사의 손에 이끌려 카페 문을 나섰다.

젊은 청년들의 치기와 무료함이 낳은 결과에 환은 씁쓸한 입맛을 다셨다. 남아 있는 손님과 점원들도 그것은 마찬가지였다. 진짜 도둑은 사람들의 지독한 무료함과 호기심일지 몰랐다. 환이 태양을 향해 욕지기를 퍼부었던 것처럼. 불쑥 찾아와 사람을 난감하게 만드는 일상의 공황처럼. 잔인한 무료함이 사람들을 이상한 일에 간여하게 만든 것이다.

임 형사가 그들을 좀도둑으로 체포해 가지만 않았다면, 그들 덕분에 환은 무료한 오후를 제법 흥미진진하게 보냈다고 여겼을지도 모를 일이다. 그들의 행위에 악의가 없었음에도 사람의 일에는 법이라는 것이 뒤따라 붙었다. 재미로 했든 무료해서 했든 잠시 보관하고 있다가 돌려줄 생각을 했든 간에 남의 물건을 허락 없이 가져가는 일은 마땅하지 않은 일이다.

찜찜한 도둑 소동으로 '할의 커피맛'은 그 앞을 지나는 사람들의 입방아에 오르내렸다. 분명 불미스런 일이었음에도 카페를 찾는 손님은 수상쩍게 늘었다. 귀신이 창가에서 손님을 손짓으로 부른다는 말도 떠돌았다. 손님들은 고등학생 같은 미남 사장 환을 보기 위해 몰려들었다. 환이 없으면 그냥 가는 손님들이 생기면서 환은 카페에 나와 있는 날이 많아졌다. 이것저것 물으며 환을 귀찮게 하는 손님들도 있었지만 그때마다 환은 무표정하게 입을 닫았다. 어떤 말도 하지 않는 마네킹처럼 서서 손님의 커피를 만드는 일에만 열중했다. 환의 커피맛 손님들은 무뚝뚝하고 냉정해 보이는 환에게 반했고 그를 좋아했다.

그날의 후드티 남자가 자신의 블로그에 우리 동네 카페에서 생긴 일이라며 도난 사건에 대한 환의 활약을 올린 것은 한 달이 더 지나서였다. 그 일로 손님은 더욱 들끓었지만 환은 까맣게 모르는 일이었다. 후드티 남자는 그 이후로도 카페를 드나들었지만 내색하지 않았다. 남방을 입은 남자와 함께 단골손님이 되어 환의 카페에 종종 들렀다.

환은 무료하고 나른한 오후가 되면 향이 풍부한 아라비카 커피 한 잔을 아무도 없는 구석진 테이블에 올려놨다.

"사장님, 이 자리에는 아무도 없는데요. 왜 매번 커피를 갖다 놓는 거죠?"

"은미 씨 눈에는 여기 있는 이 손님이 안 보입니까?"

환이 자신보다 나이 많은 은미를 골려 먹을 만큼 그들의 사이는 자연스러워졌다.

"손님들 말처럼 여기에 귀신이라도 앉아 있다는 건가요? 그래요?"

"그거야, 나도 모르는 일이죠. 정히 이상하다면 그냥 고수레 커피라고 여기면 되겠네요."

환의 말인즉슨 귀신이 거기 있다는 말이었다. 은미는 오싹함에 양손으로 팔을 쓸어내렸다. 평소 하얀 대문니가 시원한 은미 또한 젊은 사장 환을 대하는 태도가 한결 자연스러워졌다.

"사장님이 귀신과 말을 한다는 소문, 진짜인가요?"

"누가 그런 헛소문을 퍼뜨리고 다니는 겁니까?"

"저야 모르죠. 하지만 여기 오는 손님 태반이 그렇다고 믿는 것 같던데요. 우리 점원 사이에서는 공공연한 비밀이기도 하구요."

"그런 엉터리 말에 현혹되다니. 나한테 월급 받는 직원 맞아요? 고수레 커피는 놓는 것도 치우는 것도 내 몫이니 함부로 손대지 말아요."

환은 일부러 험악한 표정을 지으며 말했다. 그리고 신경질적으로 돌아서는 환의 얼굴엔 아무도 모르는 배시시한 웃음이 슬며시 스며들었다.

---

*   「계간 미스터리」 2013년 여름호 수록작

사건 둘 .

결혼의 두 얼굴

환은 매일 다니는 자신의 동네가 낯설게 느껴졌다. 멀리서 보자면 모르고 지나칠 수도 있었겠으나 가까이 다가서고 나면 동네를 주름잡고 다니는 이들이 한국인이 아니라는 것을 금방 알 수 있었다.

언제부터인가 환의 동네는 필리핀, 일본, 중국 등지에서 건너온 사람들이 정착해 사는 글로벌한 곳이 되어 있었다. 자고 일어나니 하루아침에 유명인사가 되었다는 말처럼 환의 동네 역시 하루아침에 다국적 사람들이 모여 사는 곳으로 탈바꿈해 있었다.

환은 동네 골목을 거닐면서도 자신이 이방인이 된 것 같은 착각에 빠졌다. 어느 날인가는 부딪는 사람 족족이 이방인인 경우도 있었다. 서울의 변두리 동네는 저들의 터전이 되어 있었고, 저들은 너무도 자연스럽게 활보하고 다녔다. 위축되고 낯설어지는 건 되레 환 자신이다.

저들을 위한 회사나 공장이 그의 동네 어딘가에 들어선 것은 아닌가. 저들을 움직이게 하는 누군가가 환의 동네를 은둔지로 삼고 있어서 암암리에 모여들고 있는 것은 아닌가. 이태원이나 인사동에서라면 아시아계의 동양인을 보는 것이 그리 낯설지 않은 일이다. 황인종뿐 아니라 다양한 인종이 오가도 무심했을 터다.

여행자들이 거쳐 가는 동네도 아닌 서울의 변두리 동네. 삼삼오오 혹은 유모차를 대동한 가족 단위의 저들은 정녕 관광객이 아니다. 그렇다고 동네 토박이도, 다른 지역에서 이사를 온 한국인도 아니다. 장시간의 비행으로 바다를 건너온 저들은 주민의 복장을 하고 저들의 땅을 활보하듯 환의 동네를 일상으로 휘젓고 다녔다.

필리핀에서 온 젊은 아가씨는 저들끼리 속삭이며 지나가고, 한국 남자를 남편으로 둔 일본인 주부는 장바구니를 손에 들고 다녔다. 어디 그뿐인가. 유모차에 아기를 태우고 동네를 산책하는 일가족은 저들 특유의 향내를 당당히도 풍긴다. 대만 아니면 중국에서 온 이들. 저들 곁을 지나자면, 저들의 언어가 환의 주변을 감싸고 돌았다.

환이 사는 동네는 북한산 서쪽 자락. 강남과는 달리 고만 고만한 능력과 고만고만한 살림살이를 가진 사람들이 사는 곳이다. 그 자신이 사는 동네가 맞나? 다른 나라의 어느 동네를 잠시 여행하고 있는 것은 아닌가? 환은 혼란스러울 때가 한두 번이 아니다.

집을 나서면 다양한 언어가 귀에 박혀 온다. 어색해지는 쪽은 저들이 아니라 환 자신. 정확히 언제부터 그의 동네가 이방인이 선호하는 곳이 됐는지 알 수 없다. 저들은 소리 소문 없이 환의 동네로 들어왔고 조금씩 그 숫자를 늘려 갔다. 이방인들이 현지인처럼 생활한다. 서울인지 아시아의 어느 변두리 동네인지 헷갈릴 때면 환은 씁쓸한 웃음마저 감도는 것이다.

중국인 며느리를 둔 복순을 알게 된 것은 혼란이 중첩되던 그 무렵의 일이다. 커다란 짐을 머리에 인 것도 모자라 양손에 보따리를 들고 낑낑 끙끙 걸어가는 구부정한 복순. 환은 그녀를 그냥 지나치지 못했다. 한번은 짐을 받아들고 그녀의 아들 집까지 동행한 적도 있다.

대문 앞에 나와서 반기는 사람은 한국말을 전혀 못하는 복순의 중국인 며느리. 같은 유색인종임에도 한국인과는 확연히 구별되는 인상을 풍겼다. 조사나 동사가 생략된 몸통만 있는 그녀의 말투에서도 한국 사람은 아니라는 것을 충분히 짐작할 만했다.

"우리 며느리 리밍. 참하게 생겼지?"

복순의 며느리 자랑은 서슴없었다. 아는 사람이라고는 하나 없는 낯설고 물선 동네에 아는 사람이 생겼다며 환에게 며느리를 부탁하기까지 했다. 안면을 익힌 복순은 아들네를 오갈 때면 환의 카페에 들렀다 가기를 마다하지 않았다.

오늘도 복순은 '할의 커피맛'에 들렀다. 언제 올지 모를 며느리를 무한정 기다리는 중이다. 미리 연락을 하지 않고 온 것이 착오다. 그도 그럴 것이 아들 기섭은 재택근무를 하고 중국인 며느리 또한 시집온 지 석 달이 되지 않은 상황이어서 그들이 집을 비울 만한 일은 없었다. 설령, 외출을 했다고 해도 금방 돌아올 터다. 무엇보다 둘 중에 하나는 집에 있겠거니, 했다.

가던 날이 장날인 것이다. 새로 담근 김치를 주려고 두 시간여 버스와 지하철을 타고 와 보니 아들의 집 현관문은 굳게 닫혀 있었다. 아파트단지라면 경비실에 맡겨 놓기라도 하겠지만 다세대주택이다. 옆집에 부탁해도 되기는 하겠으나 복순은 그러고 싶지 않았다. 아들이든 며느리든 얼굴을 보고 직접 전해 줘야 직성이 풀렸다.

"내 입맛엔 다방커피가 딱인데……."

환이 내온 고구마라떼에 복순은 딴소리를 했다.

"입맛에 맞으실 거예요. 한번 마셔 보면 다방커피는 다시 안 찾게 될걸요. 그나저나 며느님과 통화는 해 보셨어요? 점심시간도 다 됐는데……."

"나이 들면 위도 쪼그라드는걸. 배도 안 고프고, 먹고 싶은 생각도 별로 없어. 둘이서 영화라도 보러 나갔겠지. 곧 돌아올 거야. 말도 안 통하는데 남자 하나 보고 한국으로 시집왔잖아. 저들끼리라도 정분나게 잘 살면 좋지, 뭐."

복순은 묻지도 않는 얘기를 해가며 웃음을 지었다.

"말도 안 통하는 며느리가 그렇게 좋아요?"

"두말하면 잔소리지. 말귀는 못 알아들어도 눈치 하나는 엄청 빨라서 내 속을 다 읽어 낸다니까. 손짓발짓만 해도 다 통해. 이건 어떻게 하냐. 저건 뭐냐. 밥 먹자. 처음엔 어디서부터 어떻게 소통하고 사나, 심란했지. 막상 닥치고 보니까 아무것도 아니야. 사람 사는 거, 다 거기서 거기더라고. 나하고는 잘 안 통한다고 해도 저들끼리 잘 통하고 잘 살면 또 그만이지. 남녀 사이엔 말 말고도 통하는 게 많잖아."

"그렇기는 하죠."

환이 고개를 끄덕여 수긍하는 태도를 취했다.

"어라, 총각은 총각 아니었나? 내 눈엔 아직도 한참 애기 같지만……."

복순은 정색하는 환을 위아래로 훑었다. 그 와중에도 아들과 며느리 생각뿐이어서 말도 설고 먹는 것도 선 며느리 걱정을 땅 꺼지게 했다. 자식새끼들 낳을 때까지는 어떻게든 정 붙게 만들어야 한다고 토로했다.

자랑인지 걱정인지 모를 그녀의 며느리에 관한 수다는 손님이 들어왔다가 빈자리를 찾지 못하고 되돌아 나갈 때면 더 부풀었다. 얼굴만 고운 게 아니라 마음씨도 곱다는 둥. 눈치가 빨라서 우리말도 금방 배울 거라는 둥. 갈 때마다 중국 요리를 하나씩 해 준다는 둥. 며느리에 대한 칭찬으로 복순은 입에 침이 말랐다.

"내 상관은 말고 어여, 총각 일이나 봐."

남의 영업장에서 공짜 커피를 마시는 것도 모자라 장시간 자리를 차지하고 있었다. 복순은 내심 미안한 생각이 똬리를 틀었다. 환은 종일 있어도 상관없다고 했지만 눈치가 보이는 것은 어쩔 수 없는 일이었다.

며느리 줄 김치를 맡겨 두고 가도 좋다, 전해 주겠다고 환이 설득했지만 복순은 고개를 가로저었다. 직접 만나서 줘야 한다는 것. 자식을 생각하는 복순의 마음이 환은 따뜻하게만 느껴졌다. 한편으로 저런 사랑을 자신이 받아 본 적이 있었던가 싶은 환은 마음의 허기가 지나가는 것을 느꼈다.

복순은 일주일이면 한두 번씩 아들네를 방문했다. 오늘처럼 아무도 집에 없어서 카페에서 신세를 지는 일은 없었다.

고구마라떼로 배를 채우고 손님이 줄어든 늦은 오후가 되었음에도 복순은 아들의 집으로 가지 못했다. 결국은 내내 들고 다니던 김치통을 환에게 부탁했다. 가지러 오지 않는다면, 환이 먹어도 좋다는 말을 따로 남겼다.

카페를 나선 복순은 뒤도 돌아보지 않고 갔다. 양손에 들거나 머리에 인 보따리가 없음에도 그녀의 허리는 여전히 구부정한 채였다.

"시어머니가 온다는 걸 분명히 알고 있었을 거야."

종업원 은미가 물수건으로 테이블을 닦다 말고 한소리 했다.

"시어머니가 온다는 것을 알면서 설마하니 집을 비웠을라고요?"

"저 할머니도 그렇지만 우리 사장님도, 뭘 몰라도 한참 몰라서 큰일이네. 너무 순진해 빠졌다고요."

"내가요?"

"그럼, 우리 애기사장님 말고 여기 누가 또 있을까요?"

은미의 과한 변조 말투에 환은 헛웃음만 흘렸다.

사람에 관해서라면 알 만큼 안다. 환은 복순이 사라질 때까지 지켜보고 있었다. 그녀는 끝내 돌아보지 않았다. 그녀가 보이지 않게 된 뒤에도 구부정한 복순의 뒷모습은 뇌리에 잔상으로 남아 오락가락했다.

폐점시간이 다가오도록 김치통을 찾아가야 할 복순의 아들과 며느리는 나타나지 않았다. 앞서 보낸 문자 메시지가 엉뚱한 데로 갔나. 환은 퇴근길에 직접 가져다줄까도 생각했다. 한 골목 정도만 돌아가면 되는 일이다.

그러나 남의 집을 방문하기엔 너무 늦은 시각. 환은 복순의 김치통을 주방 한쪽에 밀쳐 두었다. 날이 차니 하루쯤 밖에 두어도 괜찮을 성 싶었다. 내일 아침 일찍 가져다주면 카페에 김치 냄새가 밸 일도 없을 터였다.

다음 날, 환은 늦도록 이부자리 속에 있었다. 해가 중천에 떴다. 할이 일어나라고 야단했지만 이불 속에서 환은 꾸무럭거리기만 했다.

"조금만 더……."

─ 왜 안 하던 짓을 하고 그래? 사람은 자고로 아침형 인간이 되어야 성공한다는 거 몰라?

"그런 게 어딨어?"

─ 어디 있기는, 여기 있다. 해 떴으니까 어서 박차고 일어나라고.

"해가 뜨거나 말거나 내 몸이 깨어나질 않는데 날더러 어쩌란 거야?"

─ 누가 밤새 책 읽으래? 어쨌거나 사람은 해와 함께 활동해야 해.

"농경시대에나 써먹던 말로 나를 괴롭히면 좀 거시기 하지. 해 뜨면 일어나 논과 밭에 나가 일하고 해 떨어지면 자는 농경시대에 환영받을 인간형이 아침형인 거지. 지금은 문명시대고 난 저녁형 인간이야. 전기를 해 삼아 사는 21세기형 인간한테 할이 살던 농경시대의 얘기는 그야말로 호랑이 담배 먹던 시절 얘기라고."

– 인간이 제아무리 만물의 영장이라고 큰소리쳐도 자연의 섭리는 진리야. 해가 뜨면 일어나서 움직이는 게 당연한 거야. 어서 안 일어나!

유령 할의 잔소리를 듣다 못한 환은 이불을 뒤집어쓰고 앉았다.

"나도 유령이면 좋겠다. 잠 같은 거 안 자도 되고……."

– 되도 않는 소리 작작해.

전날의 피로가 유독 가시지 않는 아침. 환은 한도 끝도 없이 뭉그적대고 있었다. 전날, 폐점한 후로도 자정이 넘도록 카페에 있었다. 은미가 긴한 일이 있다며 이른 퇴근을 한 까닭이다. 뒷정리는 온전히 사장인 그의 몫이었다. 혼자서 하자니 마무리는 더뎠다. 그 와중에도 혹시 리밍이 오지 않을까, 기대했다. 그러다 자정을 넘겼다. 이불을 뒤집어쓰고서도 김치통을 카페에 오래 두면 안 된다는 생각이 슬금슬금 밀려온다.

환은 졸린 눈으로 벌떡 일어섰다. '할의 커피맛'에 들러 복순의 김치통을 다시 들고 나오기까지 사십여 분이 채 안 걸렸다. 전해 줘야 할 김치통만 아니면 서두르지 않아도 될 터다. 영업 준비야 은미 혼자서도 잘할 수 있는 일이 아닌가. 그러나 남의 물건을 맡아 두고 있다는 것은 빚을 진 것만큼이나 편치 않았다. 빚은 빨리 청산할수록 좋았다.

그리고 환이 김치통의 주인을 찾아 복순과 함께했던 골목 안으로 들어섰을 때였다. 환의 시야로 경찰차 한 대가 불쑥 끼어들었다. 골목 안으로 더 들어가자 폴리스라인이 사람들의 접근을 막고 있었다. 복순의 짐을 들어다 주었던 연립주택 앞이었다. 무슨 일이라도 생겼나? 환의 눈초리가 호기심으로 번뜩였다.

은평경찰서의 임계원 형사까지 와 있는 것을 보면 심상치 않은 일이 벌어진 것이다. 임 형사에게 다가간 환은 무슨 일이냐고 물었다.

"여기 2층에 세 들어 살던 중국인 여자가 사망한 채로 발견됐어."

"넷? 뭐라고요?"

환은 당혹스러웠다. 그녀에게 전해 줄 김치통이 그의 손에 들려 있었다. 그 무게를 잊게 하는 검은 거미줄이 환의 뇌리에 얼기설기 들어앉았다.

"이 건물에 사는 중국인 여자라면, 리밍 말인가요?"

"환도 리밍을 알아?"

"어쩌다 보니."

환은 리밍이 살던 층을 올려다보았다. 리밍의 남편으로 보이는 남자가 연립주택의 계단참에 참담한 몰골로 앉아 있었다. 기섭이라고 했다. 그의 옆으로 사무용 가방 하나가 뒹굴고 있었다. 폴리스라인을 사이에 두고 환은 기섭에게 다가갈 수 없었다. 복순의 김치를 전해 주지도 못한 채였다. 환은 무거운 김치통을 들고 터덜터덜 카페로 다시 돌아왔다.

국제결혼한 중국인 여자가 살해당했다는 기사는 그날 오후, 인터넷 실시간 검색 순위에 올랐다. 2013년 11월 22일 자로 올라온 기사의 내용은 간단했다.

『국제결혼중개소를 통해 결혼한 박 모 씨의 중국인 아내 모모 씨가 집에서 사망한 채로 발견되었다. 남편 박 씨의 말에 의하면 지방출장에서 돌아와 보니 아내 모모 씨가 이미 죽어 있었다는 것. 박 모 씨의 신고를 받고 출동한 경찰은 "감식 결과 사망한 지 20시간 만에 시체로 발견되었으며, 시체 곁에 있던 맥주잔에서 그라목손(paraquat)이 검출됐다"고 밝혔다. 평소, 남편 박 씨와 싸움이 잦았다는 이웃의 증언에 따라 경찰은 박 씨에 의한 살해 가능성을 염두에 두고 사건 배경을 조사 중에 있다.』

기사를 읽은 환은 리밍에 관한 것이 맞나 싶었다. 다른 사람의 얘기는 아닌가, 의심했다. 평소 복순이 자랑삼던 리밍의 모습과는 상당한 거리가 있었다. 말이 통하지 않아도 눈치 빠르고 싹싹한 리밍. 말은 엉성해도 심성 하나는 착하다던 리밍. 그런 그녀가 이웃이 다 알도록 남편과 잦은 부부싸움을 벌였다는 것은 선뜻 믿기지 않았다.

안 좋은 일이 생기면 무심히 넘어갈 일도 나쁜 일의 전조처럼 굳어지고 부풀려지기 마련이다. 리밍에 관한 소문도 그런 것일지 모른다. 환은 보도 내용을 에둘렀다.

리밍이 살해당했을 가능성이 농후하다는 기사와 더불어 '국제결혼을 꿈꾸는가', '사기결혼의 전모', '국제결혼의 실태', '벼랑 끝에 선 다문화, 대책은?', '국제결혼에 있어 주의해야 할 점' 등등 국제결혼에 얽힌 추악한 내용들이 인터넷 사이트의 기사마다 연동되었다. 거기에 무작위로 링크되는 사기, 위장결혼, 유전자 검사, 낙태, 살인, 성폭력, 잠적 등 다소 거칠고 자극적인 단어들에 환은 절로 눈살이 찌푸려졌다.

리밍에 관한 소문이 거짓이었으면 싶었다. 구부정한 몸으로 아들과 며느리를 위해 온갖 음식과 생필품을 가져다 나르던 복순의 마음 때문에라도 더욱이. 현실은 냉정해서 이웃들의 입방아는 믿고 싶지 않은 환의 마음을 비집고 들어와 마구 헤집어 놓았다.

한국말을 제대로 하지 못해 쏟아 내는 토막 난 말들이 거칠게 느껴지기는 했다. 그래도 복순 앞에 있던 리밍은 해맑고 조신한 며느리였다. 그녀의 주변을 훑고 들어가면 갈수록 리밍은 복순의 자랑과는 다른 전혀 모르는 사람으로 둔갑했다.

연립의 집주인 노부부는 리밍 때문에 동네 창피해서 살 수가 없었다고 혀를 내둘렀다. 계약 기간이 있으니 참기는 했으나, 이사비용을 물어 주고서라도 내보내고 싶은 세입자였다고 뜨악해했다.

"죽은 사람 두고 막말하면 죄받겠지. 하지만 뭔 사달이 나도 한번은 단단히 날 줄 알았다니까. 맹수도 그런 맹수가 없어. 어찌나 그악스럽게 구는지……. 마누라라고 어디서 하나 데려온 게 그 모양이니, 원. 쯧쯧."

"여자한테 홀려서 삼천인가, 사천을 주고 사 오다시피 했다고 하던데……. 돈은 돈대로 날리고 망신살은 제대로 뻗친 거지. 쯧쯧."

"차라리 혼자 살았으면, 이런 탈이나 없지. 쯧쯧."

"누가 아니랍니까. 쯧쯧."

"그나저나 사람이 죽어 나갔으니 당분간 세 나가기는 다 글렀어. 에이, 쯧쯧."

집주인 노부부는 말끝마다 혀 차는 것을 똑같이 했다. 죽은 사람에 대한 측은함이나 동정심은 느껴지지 않았다. 남자만 불쌍하다는 투였다. 언젠가는 이런 사달이 날 줄 알았다는 투였다. 리밍이 상냥할 때는 그나마 시어머니인 복순과 함께 있을 때라고. 한국의 시어머니가 어떤 존재인지, 어떻게 대해야 하는지, 중국에서부터 듣고 온 모양이라고. 남편은 잡아먹을 듯이 달달 볶아 대면서도 시어머니 복순 앞에서만큼은 더할 나위 없이 고분고분한 며느리처럼 굴었다고. 리밍에 관한 그들의 이야기는 엉켰던 실타래처럼 하나씩 풀려 나왔다.

리밍 사건의 첫 번째 용의자인 기섭은 경찰서에서 장시간의 조사를 받았다. 리밍의 사망은 그녀의 시체가 발견되기 스무 시간 전. 그 시각, 기섭이 대전에 있었다는 것을 확인하고서야 경찰서를 나올 수 있었다.

복순은 조사받고 나오는 아들 기섭을 기다리고 있었다. 기섭은 복순의 구부정한 몸에 자신의 큰 몸을 굽혀 아이처럼 안겼다. 복순은 아들의 등과 핼쑥해진 얼굴을 나무토막 같은 손으로 보듬었다. 카페 구석 자리를 차지하고 앉아 기섭의 손을 꼭 쥐고 놓을 줄을 몰랐다.

"손자 하나 안겨 주고 싶었는데……. 며느리가 차려 주는 밥상 받으며 살게 해 주고 싶었는데……."

기섭은 목이 잠겨 제대로 말을 잇지 못했다.

"다 안다. 내가 다 알아. 내 새끼 속이 얼마나 새까맣게 탔을꼬. 다른 건 내 다 필요 없다. 난 내 아들만 있으면 된다."

복순은 말끝에 이를 악물었다.

"어머니······. 엄마."

기섭은 애틋하게도 복순을 불러 댔다.

중개소의 왕 사장을 만나지 않았더라면. 그의 달콤한 말에 현혹되지 않았더라면. 영상 속 리밍을 만나지 않았더라면. 그러나 그 않았더라면. 숱한 가정들은 말짱 헛수고였다. 기섭은 왕 사장을 만났고 현혹되었으며 리밍과 결혼했다.

"우리 아들이 마누라 복이 없나 보다. 말 안 통해도 살다 보면 통하는 날도 있겠지 했는데······. 이렇게 허망하게 가 버리다니. 그냥, 엄마랑 이러저러 살면 되지 뭐."

복순은 기섭을 위로했다.

"죄송합니다. 이런 꼴을 보여 드려서."

기섭은 고개를 푹 숙인 채로 말했다.

"네가 그런 것도 아닌데, 뭘. 네 마음 다 안다."

그들은 속에 있는 말들을 차마 다 꺼내 놓지 못했다.

환은 생의 무게를 어깨에 짊어진 복순 모자를 바라보았다. 이런저런 생각들이 환의 머릿속을 갈랐다. 기섭 또한 많은 생각을 하고 있을 터였다.

기섭은 리밍과 단둘이 있자면, 사납게 돌변하는 그녀와 수시로 부딪혔다. 그도 그럴 것이 막무가내로 이것 사 달라, 저것 사 달라 하니 순순히 응하기만 할 순 없었다. 기섭이 안 된다는 의사를 표현할 것 같으면, 리밍은 안 된다는 것에만 꽂혔고 성질을 부려 댔다. 언성은 높아지고 행동은 과격해졌다. 그런 리밍이 알아들을 수 있게 설명하기란 기섭에겐 어려운 일이다. 안 된다는 제스처만 완강하게 취했다.

　초반에 사나운 성질을 반드시 잡아야 한다는 생각도 조금은 있었다. 둘 사이에 이해나 화해는 좀처럼 이뤄지지 않았다. 된다, 안 된다. 싫다, 좋다. 모든 대화는 이분법적으로만 이뤄졌고 시간이 지날수록 그들의 대화는 극으로 치달았다. 소통이란 것을 도통 할 수 없으니 기섭은 죽을 맛이었던 것이다.

　리밍은 이 핑계, 저 핑계로 돈을 요구했다. 다른 말은 못 해도 '사 줘'라는 말 한마디는 똑부러지게 했다. 다른 말은 못 알아들어도 '못 사 준다', '사 준다'라는 말은 기가 막히게 잘 알아들었다. 기섭이 고개를 내저으면 목소리 높여 '사 줘'를 재청했다. 한번은 모 여성지 광고에 모델이 입고 나온 옷을 보고는 그 옷을 사 내라고 성화를 부렸다. 기섭이 안 된다고 하자, 팬티와 브라 차림으로 쫓아다니며 시위를 벌였다. 입을 옷이 하나도 없다는 거였다.

견디지 못한 기섭은 집 밖으로 뛰쳐나갔다. 속옷 차림으로 대문 밖까지 쫓아 나온 것도 모자라 리밍은 옷을 사 달라고 그악스럽게도 졸라 댔다. 그 집의 시끄러운 내막을 같은 연립에 사는 사람들은 물론 인근 주민들까지 죄 알게 된 것은 당연했다.

소규모 회사나 단체의 홈페이지를 만들어 주는 일로 벌이를 하는 기섭의 월수입은 그리 많지 않았다. 그렇다고 궁색할 정도의 살림은 아니었다. 알뜰하게만 쓴다면 두 사람이 생활하는 데는 모자람이 없었다. 대기업의 홈페이지 작업에 참여라도 하게 되면 목돈도 들어왔다. 낭비만 하지 않는다면 큰 걱정 없이 살 수 있다. 기섭은 절약을 생활화했다. 번번이 명품을 요구하는 리밍이 문제였다.

한국 남자와 결혼해 사는 외국인 여자가 더는 이상할 것도 없는 요즘이다. 기섭의 이웃은 리밍에게 딴 속셈이 있는 것이 분명하다고 저들끼리 쑥덕거렸다. 그들의 결혼 생활은 이웃이 아는 한 그야말로 바람 잘 날 없는 날들의 연속이었다. 잠잠하면 둘 중 하나가 어떻게 된 것은 아닌가, 걱정을 해야 될 판이다.

하나밖에 없는 아들의 결혼 생활에 대해, 기섭은 노모 복순에게 알리지 못했다. 리밍이 외계어로 언성을 높이고 사납게 굴면, 도망치듯 자리를 피했다. 시간이 지나고 리밍이 한국말을 어느 정도 익히게 되면 모든 게 해결될 것이라 여겼다. 국제결혼중개소를 통해 리밍을 사진으로 소개받고 인터넷 동영상으로 대화를 나눌 때만 해도 마흔의 노총각 기섭은 심장이 뛰고 가슴이 설렜다.

스물 두 살의 리밍을 본 순간, 그는 반했다. 붉게 물든 뺨으로 수줍게 웃을 때면, 그녀를 마음에 담는 것조차 섣부른 욕심인 것 같아 주저했다. 리밍이 그의 신부만 되어 준다면, 말 따위는 통하지 않아도 살 수 있다 여겼다. 영상 속의 리밍을 보고만 있어도 행복했다.

리밍이 서류 절차를 밟아 한국에 오기까지는 근 일 년이라는 꽤나 긴 시간을 소요했다. 그 시간 동안 기섭은 오매불망 부푼 꿈에 기다렸다. 내게도 이런 날이 오다니. 실로 행복했고 살맛이 났다. 중국에서의 혼인신고에 필요한 비용을 달라거나, 비자 발급비가 있어야 한다거나, 신부의 가족에게 선물을 줘야 한다거나, 결혼예물이 필요하다거나 하는 결혼업체의 요구를 기섭은 그 어느 것 하나 마다하지 않았다. 순순히 응했다.

마음에 들어와 자리를 차지해 버린 리밍과 결혼하기 위해서라면 아까울 것이 없었다. 결혼을 하자면 들어가야 하는 당연한 비용이었다. 언제까지 영상으로만 보고 살 순 없다. 하루라도 빨리 와 준다면……. 아내가 되어 준다면……. 기섭의 애간장은 하루가 다르게 녹아들고 있었다.

"얼마나 더 기다려야 합니까? 언제 올 수 있습니까?"

마음은 언제나 성급했다. 그렇게 기섭은 결국 리밍과 한 집에 살게 되었다. 환장하리만치 좋았다. 입꼬리가 귀에 걸려 종일 실실거렸다. 그러나 딱 보름이었다. 그 보름이 지나자, 불편이 하나씩 모습을 드러냈다. 결혼 생활의 행복감은 첫눈이 막 날리기 시작할 때의 설렘만큼이나 금방 끝나 버렸다. 기섭의 애간장을 녹이던 영상 속의 리밍은 감질난 첫눈과 함께 사라졌다.

기섭의 결혼 생활 3개월은 그렇게 지나갔다. 눈이 녹고 붉은 진흙이 신발에 엉겨 붙었다. 3개월이 3년은 된 것처럼 길게만 느껴졌다.

환과 유령 할은 복순과 기섭 모자의 애틋함을 앞에 두고 깊은 한숨만 내쉬었다.

– 풀려난 걸 보면 남편이 죽인 건 아닌가 봐. 그럼, 자살인가? 환, 네가 보기엔 누구 짓인 것 같아?

"배우자 중 어느 한쪽이 살해당할 경우 상대 배우자의 소행일 가능성이 많지. 이 경우는 아니지만."

– 벌써 범인이 누군지 알고 있다는 거야?

"물론. 하지만 내 생각이 틀렸으면 하고 바라는 중이야."

– 남편이 아니면, 누가 리밍을 살해했는데?

"저기 있는 두 사람 중 한 사람."

환은 기섭과 복순을 바라보며 말했다.

ㅡ 뭐라고? 그럼, 저 힘없는 할망구가 그 드센 리밍을 죽였다는 거야? 어떻게?

환은 더 말하지 않았다. 김치통을 끌어안고 카페에서 온종일 아들 내외를 기다리던 복순은 석연찮았다. 안 그래도 되는데 환을 붙잡고 자꾸 말을 걸었던 건 불안한 마음을 지우기 위해서였을 터다. 환이 나서서 복순의 범행을 까발리지 않아도 시간이 지나면 복순 스스로가 자수하게 될 것이다. 모든 것은 아들 기섭을 위한 일이었으니까. 사건의 내막을 짐작하는 환은 기다려 주기로 했다. 경찰이 앞서 살인범을 잡게 된다고 해도 그것은 어쩔 수 없는 일이다.

복순이 기섭과 함께 일어나 카페 문을 나서려던 그때였다. 환은 잠시 기섭을 불러 세웠다.

"어머님이 전해 달라고 했는데 경황이 없었습니다."

경찰차가 기섭의 집 인근에 진을 쳤던 그날. 직접 전해 주겠다고 들고 나갔다가 도로 가져온 김치통을 환은 기섭의 손에 들려 줬다.

기섭은 김치통을 받아들고도 아무 말이 없었다. 복순을 바라보기만 할 뿐이었다. 그는 함께 가자는 복순을 혼자 있고 싶다며 택시에 태워 보냈다. 복순이 탄 택시의 꽁무니가 보이지 않음에도 기섭은 길을 잃은 아이처럼 한참을 그곳에 멍하니 서 있었다.

자기 여자가 원하는 것 하나 제대로 못 들어주는 남자가 무슨 남자냐고 왕 사장은 기섭의 비위를 무던히도 건드렸다. 그를 조롱했다. 그의 가정사에 무참하게도 참견했다. 화가 솟구쳤지만, 기섭은 어떻게 해야 할지 몰라 피하기만 했다. 왕 사장의 말이 틀린 것도 아니었기에.

중국에 있는 장인, 장모에게 사위가 생활비는 줘야 한다. 리밍이 죽기 이틀 전에도 왕 사장은 기섭을 찾아와 돈을 요구했다. 말만 하면 돈을 고스란히 갖다 바치던 기섭은 이제 아니었다. 그들이 자신의 장인, 장모라는 것을 증명하면, 그때 다시 생각해 볼 것이다 항변했다.

"뭐라는 거야? 이혼이라도 하고 싶단 거야? 그렇다면 위자료를 물어야지. 남의 집 귀한 딸을 데려다 이혼녀로 만들려면……."

왕 사장은 상당히 위협적으로 굴었다. 복순이 아들의 결혼 자금으로 한 푼 두 푼 십여 년 동안 모아 둔 알토란같은 돈을 아무렇지도 않게 꿀꺽 삼켰으면서. 그것으로는 부족하다는 뜻이었다. 복순의 소원을 이뤄 주는 일이 왕 사장의 사기로 이뤄졌다는 사실을 너무도 늦게 알아 버린 기섭이었다.

국제결혼이었다. 그렇다 보니 신부를 데려오는 데 이래저래 많은 돈이 드는 것이라고만 여겼다. 국제결혼이 성사된 다른 사람들만 봐도 과정이 만만치 않았고 적잖은 돈이 들어갔다. 예상보다 훨씬 많은 비용이 지출되었지만 그런가 보다 했다. 야금야금 기섭과 복순의 주머니를 털어 가는 왕 사장의 술수를 전혀 눈치 채지 못했다. 기섭은 들떴고, 복순은 순진했다.

"위자료는 당신이 나한테 줘야지. 내가 모를 줄 알아? 사기결혼을 시켜 놓고 뭐, 위자료? 양심도 없는 놈. 죽고 싶지 않으면 내 앞에서 당장 꺼져."

배신감으로 물든 기섭은 왕 사장의 협박이 두렵지 않았다. 리밍을 데려가라고. 결혼은 무효라고 왕 사장의 귀에 바짝 대고 어금니를 앙다물었다.

기섭만 보면 생글생글 웃던 리밍. 그로 인해 하루하루가 달콤했다. 결혼이란 게 이런 거로구나. 부부라는 게 이런 거구나. 기섭의 매일은 행복감으로 차올랐다. 그리고 그 행복은 야속하리만치 짧았다. 언젠가는 들통 날 거짓이었다. 심장 떨리는 리밍의 웃음도. 영상으로 만난 그녀의 가족도.

결혼한 리밍은 수준에 맞지도 않는 비싼 명품 옷과 가방을 사 내라고 졸라 댔다. 낯선 땅에 시집온 그녀의 마음을 달래 줘야 했다. 명품은 아니지만 그녀를 위한 마음의 선물을 사다 안겼다. 쓸데없는 짓. 리밍은 명품만을 고집했다. 기섭의 성의나 마음은 안중에도 없었다. 선물은 담장 밖으로 내던 져졌다. 리밍은 막무가내였다. 남편의 말을 귀담아들으려는 시도조차 하지 않았다. 사 줘. 돈 줘. 안 사 줘? 왕 사장 불러? 이혼해. 토막 난 그녀의 말들이 신혼부부의 방에서 날마다 난투극을 벌였다. 리밍은 바람난 남편을 잡는 마누라처럼 드셌다. 말해도 알아듣지 못했고 소통하려는 노력은 하지도 않았다. 기섭을 닦달했다. 대화를 나눌 수 없으니 관계는 밑 바닥이었다.

슬슬 리밍을 피하기 시작했다. 마주하면 시끄러웠다. 사나운 맹수처럼 달려들어 기섭의 마음에 상처를 입혔다. 기섭은 일을 핑계로 밖으로 나갔고, 갈 곳 없는 부랑아처럼 배회하고 다녔다. 리밍이 잠들었을 늦은 밤이 되어서야 슬그머니 집으로 돌아왔다.

그러나 잠들지 못한 그녀의 고문은 한밤에도 이어졌다. 못 살겠다, 죽겠다는 말을 거르지 않고 들먹거렸다. 알아들을 수 없는 리밍의 말이 따발총처럼 기섭의 몸에 와서 박혔다. 차라리 죽어 버렸으면. 그런 생각을 순간 안 했던 것도 아니다. 그들의 관계는 나날이 악화일로였다. 생활비는 줘 봤자 삼 일을 못 넘겼다. 밖에 나가 하루 만에 다 쓰고 들어왔다. 어디다 썼는지 따져 물을 수도 없었다. 제대로 대화를 하자면 통역을 불러야 했다.

왕 사장을 통역으로 두고 대화를 시도하기도 했지만 그것도 한두 번이다. 먼 데서 왔지 않느냐. 의지할 사람 하나 없는데 남편이 채워 줘야 하지 않겠냐. 왕 사장은 무조건 리밍의 요구를 들어주라는 식이다. 기섭의 원만하고 안정적인 결혼 생활 유지에 그는 관심도 없었다.

리밍이 스스로의 분을 못 이겨 가출해 며칠씩 들어오지 않는 날은 차라리 평온했다. 아예 들어오지 않았으면 싶었다. 꿈같은 바람. 리밍의 전화가 기섭의 평온을 깨고 무단으로 침입했다. 한국말이 신통치 않으니 음식점 주인이 리밍의 수화기를 넘겨받아 상황을 전하는 일이 반복됐다. 무전취식으로 경찰에 신고하라는 말은 차마 나오지 않았다. 리밍이 먹은 음식과 술값을 지불하고 마지못해 집으로 데려오는 일이 거듭됐다. 하루 이틀은 리밍이 기섭의 눈치를 봤다. 그동안은 잠잠했다. 삼사 일째가 되면 리밍의 못된 버릇은 다시 도졌다.

명품가방을 사 달라고 졸랐다. 생활비를 달라고 손바닥을 턱밑에 들이댔다. 기섭은 거부했다. 음식점으로 모텔로 리밍을 데리러가는 바보 같은 짓을 일상으로 했다. 뭔가 잘못되어도 크게 잘못됐다. 3개월을 부부로 함께 살았음에도 집 안에 리밍의 물건이나 흔적은 좀처럼 자리 잡지 못했다.

리밍이 없는 집은 안락했다. 평온했다. 중국으로 돌아가겠다고, 죽어 버리겠다고 악을 써 댔지만 빈말이다. 기섭은 속지 않았다. 모두가 그의 주머니에서 돈이 나오길 바라는 술수에 불과했다. 어긋나 버린 결혼 생활의 억울함을 기섭은 홀로 삭혔다. 복순에게도 차마 말할 수 없는 수치였고 걷잡을 수 없는 분노였다.

경찰서에서 나와 복순을 돌려보내고 돌아온 집. 기섭은 가스레인지 위에 냄비를 올렸다. 라면 봉지를 뜯어 내용물을 그 안에 넣었다. 그러고는 복순이 주고 간 김치통에서 김치 한 쪽을 꺼내 썰었다. 라면이 먹고 싶다는 것 외에 다른 생각은 들지 않았다. 라면은 끓고 복순의 김치는 통 한가득이었다.

리밍을 살해한 범인이 남편 박기섭이라는 기사는 며칠이 지나고 나서였다. 기섭이 자진 출두해 범행 일체를 자백했다는 내용이 조간신문에 실려 있었다.

ー 기섭이 리밍을 죽였대. 일어나, 어서 일어나서 이걸 보라니까.

할은 환의 생각이 적중하지 못했음을 핀잔하는 투였다.

"기섭이 자수라도 했단 거야?"

환은 간신히 일어나 앉았다.

ー 기사도 안 봤으면서 자수를 했다는 건 어떻게 안 거야?

"좀 더 기다려 봐. 리밍을 살해한 진짜 범인이 자수를 하게 될 테니까."

ー 어떤 멍청이가 끝난 사건에 내가 범인이오, 하고 자수를

한다는 거야? 말도 안 되는 소리지. 참, 리밍을 죽인 범인이
그 할망구라고 했지. 복순 씨인가 뭔가?

"맞아. 그들 결혼에 문제가 있다는 것을 알면서도 가출한
리밍을 번번이 집으로 데려온 사람은 그녀의 남편 기섭이잖
아. 죽기를 바랐을지는 몰라도 죽이는 일만은 할 수 없었을
거야."

환이 파악한 기섭은 누군가를 죽일 만큼 모진 성격이 못
됐다. 집 나간 리밍의 전화를 받을 때마다 외면하지 못한 쪽
은 기섭이었다. 리밍이 유부녀라는 것을 알면서도 어쩌지 못
한 기섭이 아니던가. 자수 또한 그의 죄책감이 만들어 낸 또
다른 거짓말일 터였다.

― 대체, 그들의 결혼에 무슨 비밀이 있는 거야?

"리밍이 혼인신고를 하고 한국에 오기까지 11개월이 소요
됐다고 했잖아."

― 그랬지?

"그동안 내가 뭔가 새롭게 알아낸 게 있어. 그게 뭐냐면 말
이야."

혼인신고를 하는 데 그토록 긴 시간이 소요될 리는 없었
다. 복순과 기섭의 돈을 알겨내기 위한 왕 사장의 술수라고
해도 11개월은 너무 길었다. 기섭과 혼인신고를 해야 비자가
수월하게 나올 터였다. 그랬음에도 혼인신고가 늦어진 것은

리밍의 서류에 문제가 있었기 때문이었다.

— 처녀총각이 결혼하겠다는데, 문제는 무슨 문제가 있다
는 거야?

"리밍이 유부녀였다면 얘기가 다르지. 먼저 이혼을 하고
그다음에 혼인신고를 해야겠지. 그랬다면 11개월이란 긴 시
간이 필요했던 게 설명이 되는 거지."

— 냉수 한 사발 떠 놓고 맞절하면 그걸로 부부 되는 거지.
요즘 사람들은 너무 복잡하게 살아. 인생은 심플 라이프가
최고야. 아암, 그렇고 말고지.

유령 할은 홀로 고개를 끄덕였다.

외국인 여자가 국제결혼중개소를 통해 한국 남자와 결혼하
는 경우, 이유는 두 가지 중 하나였다. 진심으로 배우자를 찾
고 싶거나, 한국에 들어올 구실이 필요하거나. 한국에 입국
할 구실이었다면 가출한 리밍이 기섭을 굳이 따로 불러낼 이
유가 없었다. 그길로 그녀의 볼일을 보면 그만이었다. 기섭을
사랑한다거나 그와의 결혼에 미련이 있던 것 같지도 않았다.

— 기섭한테 숨겨 둔 재산이 있어서 그걸 노린 건가?

"그랬다면 남편의 마음을 얻기 위해 노력했어야지. 똑똑한
여자였다면 말이야. 리밍은 어떻게든 돈을 뜯어내려고 혈안
이었지."

리밍이 자신의 취업을 위해 결혼을 입국 수단으로 삼지 않

았다는 것만은 분명한 사실이었다. 국제결혼중개소 왕 사장은 둘 사이의 통역사를 자처하며 해결은커녕 분란만 키웠다. 이혼하기를 부추겼다. 리밍과 왕 사장은 처음부터 둘이서 짜고 복순 모자의 재산을 노렸을 터였다.

— 기섭이 자수를 했으니 진짜 범인이 나타날 때로군.

유령 할은 씁쓸한 입맛을 다시며 말했다.

이른 오후 무렵, 할의 커피맛을 지나는 복순의 걸음을 환은 멈춰 세웠다. 아들 집에 다녀온 복순은 기섭의 자수에 대해 아직 모르고 있었다.

"내 아들이 연락이 안 되네. 간밤 꿈자리가 사나워서 전화했는데…… 휴대폰도 안 되고 집에도 없어. 무슨 일이지?"

"혹시, 오늘 조간신문 못 보셨어요?"

환은 돌려 말했다.

"텔레비전 뉴스라면 몰라도 신문 같은 건 잘 안 봐. 눈이 침침해서 글자가 보여야지. 그것보다 내 아들이 어딨는지 알아?"

"아드님이 리밍이 마시는 맥주에 약을 탔다고 털어놓았다던데요."

환은 처음 안 사실인 척 말했다. 복순의 표정이 일순 굳어졌다.

"아냐. 내 아들은 살인자가 아냐. 내가 그랬어. 내가 리밍을…… ."

복순은 이를 악물었다. 경직된 뺨 위로 눈물이 흘러내렸다.

기섭이 홀로 집에 왔던 그날 밤. 복순은 아들 기섭의 눈가에 맺힌 눈물을 보았다. 기섭이 끝내 감추던 그 눈물이다. 복순의 무릎을 베고 누워 기섭은 한참을 떠들었다. 어릴 적 복순이 만들어 주던 수제비 얘기며, 함께 온천에 간 얘기며, 아무것도 아닌 철 지난 얘기들을 새삼스레 꺼내 늘어놓았다. 복순은 그때 직감했다. 아들의 결혼 생활이 심상치 않다는 것을.

복순은 수시로 전화를 걸었다. 아무 일 없다고. 그녀의 걱정을 사지 않기 위해 기섭은 홀로 애쓰고 있었다. 일주일이 멀다 하고 이 핑계 저 핑계를 대고 아들네를 들락거렸다. 아들 내외가 잘 살기를 바라는 마음에서였다. 어떻게든 잘 살아 주기만을 바랐다.

그리고 그 일은 집주인과 이웃이 다 아는 일이었다. 리밍이 제아무리 여우같은 재주를 부린다고 해도 복순을 끝까지 완벽하게 속일 수는 없는 노릇이었다.

"우리 며느리가 한국말이 서툴러서……. 예쁘게 좀 봐 줘요."

아들네를 찾은 복순은 이웃을 만나기만 하면 리밍에 관해 얘기했다. 그녀 딴에는 잘 봐 달라는 것이었지만 이웃들은 시큰둥했다. 그때까지만 해도 복순은 며느리 칭찬이 과해서 시샘을 사는 줄로만 알았다. 이웃 간에 무정하다고 리밍을 곁에 두고 토로하기도 했다. 그리고 무턱대고 방문한 어느 날에 복순은 모든 것을 알아 버렸다.

"내가 봤어. 고년이 내 앞에선 온갖 여우짓을 감쪽같이 해대고 뒤로는 내 아들을 쥐 잡듯 잡더라고. 그날도 그랬어. 현관문까지 활짝 열어 놓고, 내가 온 줄도 모르고 둘이 휴대전화를 사이에 두고 부부싸움을 하고 있더라고. 참으로 가관이었어. 왕 사장이었을 거야. 휴대전화로 리밍이 하는 말을 우리 아들한테 다시 통역을 했을 거야. 고년이 뭔 말을 하는지 알 수 없었지. 알아들을 필요도 없었어. 딱 봐도 왕 사장이랑 고년이 짜고 내 아들을 잡는다는 거, 그것 하나는 내 확실히 알겠더라고. 처음부터 기세등등하게 구는 게 뭔가 있다 싶었어. 말로만 들었지. 내 아들이 사기결혼을 당했을 거라고는 꿈에도 생각 못했어. 시골 노인네라고 내가 아무것도 모른다고 생각했겠지. 나한테도 귀 있고 눈이 있는 걸, 어떻게 안 보고 안 들을 수가 있었겠어."

기섭을 돈줄로만 여기는 리밍을 복순은 도저히 봐줄 수 없었다. 용서할 수 없었다. 술이라고는 입에 대지도 않는 아들 기섭과 술이라면 김빠진 맥주도 벌컥벌컥 마셔 대는 리밍을 본 순간, 복순은 해서는 안 될 생각을 하고야 말았다.

먹다 만 맥주에 리밍 몰래 제초제를 넣고 뚜껑을 다시 덮어 두는 일쯤은 아무것도 아니었다. 기섭이 지방출장을 간다고 하던 날이다. 복순은 그날 저녁, 며느리만 있는 집을 찾았다. 작년에 쓰고 남은 제초제 그라목손을 가방에 챙겨 갖고서. 그녀의 심장은 두 근 반 세 근 반으로 쿵쾅거렸다. 잠시 심부름을 보낸 리밍이 언제 들이닥칠지 모르는 사이, 복순은 마시다 만 맥주병에 그라목손을 따라 부었다. 아무렇지도 않게 냉장고 안에 다시 넣어 두었다. 그러고는 심부름을 보낸 리밍을 기다리지도 않고 휘적휘적 어둠 속을 거닐었다.

새벽녘까지 잠을 이루지 못했다. 확인해야 했다. 이른 아침부터 담근 김치는 그저 구실을 만들기 위한 것이었다. 환에게는 연락이 안 된다고 했지만 복순은 알고 있었다. 리밍이 독약이 든 맥주를 마셨을 것임을.

김치통을 끌어안고 점심도 건너뛰던 그날, 복순은 혼자 있을 수 없었다. 카페에서 이미 죽었을 리밍을 기다렸다. 그리고 다음 날, 리밍은 사망한 채로 발견된 것이다. 모든 게 어설프기만 했다. 환은 리밍의 시체가 발견된 그날 오후, 복순 씨의 행적을 꿰뚫었다. 어떻게 꿰뚫지 않을 수 있을 것인가. 본심 하나 제대로 감추지 못하는 어머니의 어긋난 사랑을.

"이제 그만, 내 아들한테 가 봐야겠어. 내 아들 살리자고 한 일인데, 내가 내 아들을 잡고 말았어. 총각은 알고 있었어? 내가 그랬다는 걸?"

"……!"

"후회는 안 해. 해 봤자 뭐하겠어. 그년이 나쁜 년이지. 고약한 년이지. 끝내 내 아들을 이렇게 불쌍하게 만들어 놓고야 마는군." 복순은 가려다 말고 환을 돌아보았다. "내 아들이 오면 맛있는 커피도 주고, 말 상대도 좀 해 줘. 총각이 타주는 커피, 진짜 맛있더라."

복순은 장성한 아들의 걱정을 끝까지 놓지 못했다. 기섭이 어떻게 지내는지, 가끔 들여다봐 달라는 부탁도 잊지 않았다. 환에게 리밍을 인사시키며 잘 봐 달라고 하던 그때처럼.

복순의 발걸음은 어느 때보다 가벼워 보였다. 발걸음을 떼어 놓을 때마다 그녀는 뒤를 돌아보았다. 환을 향해 안타깝게도 손을 흔들었다. 아들 기섭을 당부하는 복순의 인사였고 확인이었다.

유령 할은 할 말을 잃었다. 홀로 쯧쯧거렸다. 그가 살던 때에도 바다 건너온 여자들이 조선에 있기는 했다. 양반, 상놈을 구분 짓지 않는 그녀들은 할에게도 친절했다. 그러나 결혼할 수 있는 상대는 아니었다. 배필을 찾아 물을 건너온 그녀들도 아니다. 결혼을 위해 생전 가 보지도 못한 땅을 밟고, 서로 다른 언어를 사용하는 이들이 만난다는 사실에 할은 허탈한 웃음만 쏟아냈다.

─ 한 사람의 인생을 송두리째 바꿔 놓는 걸 보면 결혼이란 게 대단하긴 한 거야.

유령 할은 씁쓸함을 머금은 채 말했다.

"결혼을 무슨 비즈니스쯤으로 여기는 사람들이 문제겠지."

— 결혼이 비즈니스라면 이익을 남겨야 하는데 그런 게 있을까?

"잘난 척 대마왕 할이 모른다는 거야? 내가 그 말을 믿어야 하는 거야?"

— 비아냥대지 마라. 내가 오래된 사람이고 잘난 사람인 것은 맞다만 장가 한번 못 가 보긴 네놈이나 나나 피장파장. 그러는 넌 연애라도 해 봤지, 난 그것도 못해 봤다. 그 시절에 연애가 어디 그리 흔했어야 말이지.

"물레방앗간이나 서낭당에서 몰래 만나던 여자는 없었어? 양탕국 타 주던 그 여자는?"

— 갖고 놀아라, 갖고 놀아. 그나저나 그 양반은 왜 자수를 한 거야. 자신이 죽이지도 않았으면서…….

"그거야, 효자니까. 어머니 죄를 대신 짊어지려는 거였겠지. 꼭 효자여서 그런 것이라고만 볼 순 없지만 말이야."

— 그럼, 또 다른 이유라도 있다는 거야?

"그의 죄책감. 그 역시 마음으로는 리밍을 수도 없이 죽였을 걸?"

그랬다.

행복과는 거리가 먼 결혼생활을 기섭은 어떻게든 끝내고

싶었다. 처음엔 왕 사장과 리밍 사이를 의심했다. 그녀의 뒷조사를 하기 시작했다. 사이버 상에서 이뤄지는, 일명 신상 털기였다. 컴퓨터 관련 일을 했던 기섭은 검색에도 일가견이 있었다. 리밍의 과거 흔적을 블로그나 페이스북 등에서 찾아내는 일쯤은 식은 죽 먹기였다. 젊은 사람치고 인터넷에 자신의 사생활을 한번쯤 안 올려 본 사람은 없을 터였다.

이혼녀라는 사실은 감출 수 있다. 인터넷에 올린 과거의 흔적까지 전부 지운다는 것은 쉽지 않은 일이다. 누군가는 퍼 날랐을 것이고, 다 지웠다고 해도 어딘가에 한 장은 반드시 남아 있기 마련이었다.

기섭은 리밍의 가족들을 만나 인사도 나눌 겸 중국에서 식을 올리겠다고 했다. 리밍과 왕 사장 모두가 반대하고 나섰다. 이중으로 비용이 드니 굳이 그럴 필요가 없다는 거였다. 그보다는 리밍이 이미 아들까지 둔 유부녀라는 사실을 감추기 위해서였다. 기섭과의 혼인신고에 11개월이란 시간이 필요했던 것도 서류상의 이혼이기는 했으나, 리밍과 그녀의 남편 사이에서 빚어진 갈등 때문이었다.

그리고 기섭이 찾아냈을 한 장의 그 사진을 환 또한 인터넷상에서 찾아냈다. 사진만으로도 사건의 내막은 훤히 꿰뚫렸다. 리밍은 중국인 남편과 서류상 이혼하고, 기섭과 서류상 결혼했다. 하필이면 남의 인륜지 대사를 돈벌이 수단으로 이용할 생각을 했는지 어처구니없는 일이다.

이미 이룬 가족과 함께할 수 있는 정당한 일은 과연 없었을까. 또 다른 피해자를 만드는 험난한 선택을 해야만 했던 것인지 환은 이해되지 않았다. 환은 자신이 찾아낸 리밍의 가족사진을 할 앞에 내밀었다.

"그녀가 페이스북에 올린 것을 프린트한 거야. 지우지 않은 걸 보면 리밍의 가족은 아직 그들이란 의미겠지. 가족에게 보낼 돈이 필요했던 거야."

— 기섭도 이 사진을 보고 리밍이 유부녀라는 사실을 알았던 거로군.

"마음으로는 수도 없이 돌이키고 싶었을 거야. 한편으론 리밍에 대한 분노와 살의를 느꼈을 테고. 어머니 복순 씨가 하지 않았더라면 아마 그가 끝내 리밍을 죽이게 됐을지도 모르지."

— 완전 요지경 속이로군. 결혼이란 게, 부부란 게 도통 뭔지 모르겠다. 유부녀가 남편 두고 또 결혼이라니. 결혼이 무슨 프랜차이즈 사업도 아니고.

"누군가는 입 하나를 덜고 누군가는 일손을 얻고……. 할이 살던 그때도 남녀가 결혼하는 일은 일종의 사업이었다고 생각되는데……."

— 요즘에 비하면 그땐 그래도 순수의 시대지. 이건 너무

노골적이잖아. 사람이 황금 아래 있다는 걸 믿어야 하는 거야, 말아야 하는 거야?

유령 할의 심사는 복잡하고 머릿속은 잘 정리되지 않았다.

"이거 한 잔 마시면서 진정 좀 하시죠, 조상 어른!"

환은 크레마가 풍부한 에스프레소를 할의 테이블에 올려놓았다.

일찍이 달테랑[1]은 커피를 악마같이 검고 지옥처럼 뜨겁고 천사같이 순수하고 사탕처럼 달콤하다고 예찬했다. 결혼이란 커피와 같은 것이지 않을까. 천사같이 순수하고 사탕처럼 달콤하지만 그 한편으로 악마같이 검고 지옥처럼 뜨거운 것이 존재하는. 커피의 그윽한 풍미 앞에서 환은 쓰디쓴 유혹에 빠져들었다.

---

1   18세기 프랑스 외교관

* 「계간 미스터리」 2014년 여름호 수록작

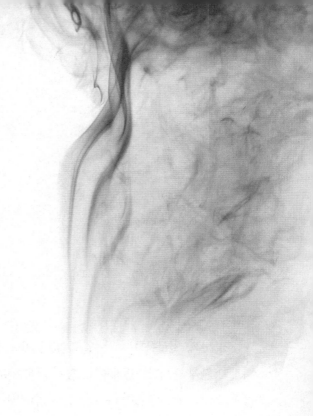

사건 셋 .

비 오는 날의 수다

해가 반짝 얼굴을 내미는 일도 없이 천둥 번개를 동반한 비가 며칠째 을씨년스럽게 카페 앞을 기웃거렸다. 기나긴 장마의 초입. 카페 밖으로 나가지 못한 커피 향이 실내에 드러누웠다.

테이크아웃을 원하는 손님은 물론이거니와 창가에 앉아 비를 즐기는 감상적인 손님조차 없다니. 은미는 카페의 한가로움이 영 마뜩치 않았다.

"하늘에 구멍이라도 났나 봐. 누가 얼른 가서 그 구멍 좀 막고 오면 좋으련만……."

유리벽 앞에 달라붙어 있던 은미가 홀로 중얼거렸다.

귀 밝은 은평경찰서의 임계원 형사, 그가 은미의 혼잣말을 놓치지 않고 낚아챘다.

"은미 씨, 그러지 말고 이리 와서 우리랑 함께 얘기나 하면서 놀자니까."

모처럼의 휴일.

임 형사는 할의 커피맛에서 환과 시간을 보내고 있었다.

"종업원이 사장님과 같은 테이블에서 놀 수야 없죠. 손님이 없으니 노는 게 더 눈치 보인단 말이에요."

농담은 아니지만 그렇다고 꼭 진심도 아니었다. 은미는 임 형사와 환 그리고 인아가 함께 둘러앉아 있는 테이블을 힐끔거렸다.

"언제부터 내 눈치를 그렇게 봤어요? 이리 와요, 어서. 목 빼고 기다린다고 안 올 손님이 오는 것도 아니고."

환이 은미를 안으로 불러들였다.

임 형사와 인아가 카페 손님의 전부다. 실상은 그들조차 손님이라기보다는 환과 시간을 보내기 위해 와 있는 지인들이다. 그리고 환은 임 형사가 인아에게 내준 문제의 상대를 해 주고 있었다. 환의 양 손목을 연결한 세 뼘 가량의 끈은 인아의 그것과 교차되어 있었다. 손목에 묶인 끈을 자르거나 풀지 않고 두 사람이 분리되도록 하는 문제였다.

임계원 형사는 이미 오래전 저승 사람이 된 환의 모친과 초등학교 동창생이었다. 그 사실을 인아 엄마를 통해 알게 된 이후로 환에게 특별한 애정을 쏟았다. 그는 아버지가 일본에 있어 혼자나 다름없는 환을 친아들처럼 여겼고, 카페를 차리기 전에는 집에만 틀어박혀 있는 환을 종종 불러내기도 했다. 그 역시도 혼자 사는 처지인지라 환의 대화 상대가 되어 주거나 놀아 주었다. 할의 커피맛은 그들의 아지트나 다름없었다.

출근하지 않는 날이면 임 형사는 카페에 나와 시간 보내는 것을 즐겼다. 수사 중인 범죄 사건에 대해 환과 얘기를 나누기도 했는데, 그때마다 환은 임 형사의 수사나 범인 잡는 일에 일조했다. 상황이 이렇다 보니 임 형사가 환을 특별하게 여기는 것은 당연한 일. 경찰서 밖에서 그들의 팀워크는 웬만한 수사관 저리 가라다.

어쨌든 인아는 이리저리 머리를 굴려도 보고 환의 양팔 사이로 자신의 몸을 통과시켜도 본다. 하지만 교차되어 있는 끈은 그녀의 몸이 통과한 다음에도 여전히 그대로다.

환은 하나로 묶여 있는 그것을 분리시키기 위해 인아가 몸을 쓰는 동안 그녀의 요구에 순순히 부응하고 있었다. 그러다가 인아가 자신의 품에 안긴 것처럼 양팔 사이에 낄 때면 잔뜩 긴장했다. 얼굴은 화끈 수줍게도 달아올랐다. 심장 소리가 가슴 밖까지 들렸다. 인아를 처음 본 열네 살 무렵 그때부터 한 번도 고백해 본 적 없는 감정이었다. 혼자였던 환에게 인아는 위안이자 즐거움을 주는 친구였다.

 학교에 적응하지 못하고 결석을 밥 먹듯 하던 환이 한국에서의 초등학교 한 학년을 그나마 무사히 다닐 수 있었던 것은 순전히 인아가 그 학교에 있어서였다. 학교에서 인아와 마주칠 것 같으면 환은 서둘러 발길을 다른 곳으로 돌렸다. 따돌림을 당하는 자신 때문에 인아도 그렇게 되면 어쩌나 싶어서였다. 그러나 인아는 그런 환을 또 끝까지 쫓아왔다. 왜 모른 척하냐고. 뒤따라오느라 숨 막혀 죽는 줄 알았다고. 실제로 인아는 턱까지 차오른 숨을 환 앞에 뭉텅이로 토해 내는 일이 잦았다. 제발 도망 좀 가지마. 내가 힘들어하는 게 네 눈엔 안 보여? 인아는 친구들의 시선 따위는 개의치 않았다. 인아의 그런 용기가 조금이나마 학교를 좋은 곳이라고 여기게 했는지도 모른다.

 그러나 중학생이 되자 모든 것이 달라졌다. 환의 학교에 인아는 없었다. 학교생활을 버티게 해 줄 그 무엇도 환은 찾지 못했다. 학교생활은 엉망진창으로 변해 갔다. 교실의 친구들과 잘 어울리지 못한 것은 당연한 일이었다. 학교생활은 지옥만큼이나 고통스러웠다. 학교가 왜 싫은데? 친구도 많고 모르는 것도 배우고. 난 학교가 좋은데. 그래도 한번 버텨 봐. 환이 학교를 왜 그렇게 힘들어하는지, 인아는 알 수 없었다.

선명의 재혼과 더불어 이뤄진 일본행. 한국으로 혼자 돌아왔을 때, 환은 고작 열네 살이었다. 부모처럼 돌봐 줄 수 있는 누군가가 있어야만 했다. 어린 아들을 한국에 혼자 두면서 선명이 근심하지 않았다면 거짓말일 터였다. 다행인 것은 전처의 절친한 친구가 환을 돌봐주겠다는 약속을 한 것이다. 바로 인아 엄마였다. 선명은 안도했다. 환의 한국행은 그 덕분에 빠르게 진행되었다.

환의 입장에서 보자면, 인아는 엄마 친구의 딸이다. 환은 그녀가 살고 있는 주택의 옥탑방에 둥지를 틀었다. 한국에 온 뒤로 줄곧 그곳에서만 살았고 지금까지도 살고 있다. 한 살 어린 인아가 환을 오빠라고 부르는 일은 곧 죽어도 없었다. 친구처럼 이름을 불러 댔다. 모친이 오빠라 부르라 하면 고개를 내저었다. 나한테 오빠는 없어. 인아는 입술을 앙다물었다.

인아는 옥탑방에 사는 환을 위해 엄마 몰래 밥이며 반찬을 거의 매일같이 싸다 날랐다. 요리라고는 할 줄 모르는 환을 위해 인아 엄마가 만들어 놓은 것들. 그 사실을 모르는 인아는 제 엄마의 눈치를 살피며 도둑고양이 노릇을 착실히 했다.

환은 말하지 않았다. 옥탑방에만 틀어박혀 있는 그 자신을 위해 인아 엄마가 냉장고에 맛있는 반찬들을 채워 주고 전기밥솥에 밥을 해 놓고 가기도 한다는 것을. 그것은 인아만 모르는 비밀이었다. 그래서 제 집의 음식을 꺼내 올 때마다 몸을 낮추고 발걸음을 조심스럽게 했다. 환의 생활 전반을 자신의 엄마가 돌봐 주고 있었다는 것을 알고 난 다음에는 그동안 속은 것이 분한 듯한 표정을 지었지만 심부름이라며 또 여전히 음식을 갖다 날랐다. 퉁명스럽고 쌀쌀맞은 태도로. 그렇더라도 환은 매일 옥탑방을 찾아 주는 인아가 반갑고 고마웠다.

환이 학교에 가지 않는다는 것을 알면서도 모른 척했던 아버지 마선명. 마음에 안 드는 아들을 더는 눈앞에 두고 보지 않을 수 있게 되어서 선명은 그냥 홀가분했을까. 환은 오늘처럼 비가 그치지 않는 날이면 가끔 그런 의구심이 들기도 했다.

곁을 내주지 않던 무덤덤한 선명을 대신하는 유령 할은 더할 나위 없는 잔소리꾼이었다. 할이 할 수 있는 게 잔소리 말고 다른 것이 있기를 바란다면 그것은 환의 욕심일 터였다. 유령 할의 특기는 진실로 잔소리. 유령의 몸을 지닌 까닭에 환을 학교에 끌고 가지 못했다. 매를 들지도 못했다. 잔소리하는 할을 못 본 척, 못 들은 척 환이 외면하고 나면, 할도 환을 어찌해 볼 도리가 없다.

인아를 대하는 환의 태도는 유령 할을 대할 때와는 사뭇 달랐다. 그녀의 말은 못 들은 척하거나 외면할 수 없는 것이다. 왈가닥 인아는 환이 봐줄 때까지, 대답을 할 때까지 어떻게든 용을 썼다. 그가 하는 일에 훼방을 놓거나 그녀의 말에 대꾸할 때까지 집요하게도 괴롭혔다. 여자애가 왜 그렇게 조신하지 못하냐고. 왜 그렇게 시끄럽냐고. 환은 정신 사나워 했지만 인아를 향한 툴툴거림은 그저 말뿐이다.

사정이 이렇다 보니 인아가 임 형사의 문제를 풀어 보겠다며 몸을 이리 움직이고 저리 움직이며 야단법석을 떨어도 환은 얌전했다. 양팔 사이를 몸으로 넘나들며 번잡스럽게 굴어도 환은 문제를 대신 풀어 주는 일은 하지 않았다. 애면글면하는 인아를 지긋한 눈길로 바라보기만 할 뿐이다.

"이거 너무 어려운 것 같아. 끈을 잘라 내는 방법 말고 다른 방법이 있기는 한 거예요, 아저씨?"

환의 양팔 사이를 서너 차례 관통한 다음이었다.

"문제에 해답이 없으면 그건 문제가 아니잖아."

임 형사는 인아와 환을 번갈아 보며 껄껄거렸다. 대체 뭐가 그리 재미있다는 것인지.

"환, 너도 머리를 좀 굴려 봐. 어떻게 하면 이 문제를 풀 수 있는지."

인아는 애처로운 눈길로 환을 바라보았다.

"아저씨가 네게 내준 문제니까, 네 힘으로 한번 풀어 봐. 실은 나도 모르거든."

"진짜로 몰라?"

믿지 못하겠다는 듯이 인아의 눈이 휘둥그레졌다. 환은 그녀를 피해 시선을 다른 곳으로 돌렸다. 인아와 엮여 종일 붙어 있어야 한다고 해도 괜찮았다. 어차피 손님은 종일 없을 것이다. 있다고 해도 은미가 알아서 할 일이 아닌가. 인아가 스스로 문제를 해결할 때까지 환은 아무것도 하지 않고 기다려 줄 생각이었다. 끝내 문제를 풀지 못한다고 해도 말이다.

자신이 움직이는 것에 지친 인아는 환으로 하여금 그녀의 양팔 사이를 빠져나가도록 청했다. 결과는 똑같았다. 못 풀겠다. 답이 있기는 한 거냐. 인아는 혀를 내둘렀다. 그만 포기하라는 임 형사의 말에는 아니라고 시간을 좀 더 주면 풀수 있다고 자신했다.

"알고 나면 참 쉬운데 답을 알기 전까지는 도대체 답이 없을 것 같다는 게 문제야. 그럼 머리도 식힐 겸 끈 퍼즐은 잠시 쉬었다 풀기로 하고 다른 문제를 한번 내 볼까?"

"네."

인아와 은미가 귀를 쫑긋 세웠다. 그들의 눈이 임 형사에게 모아졌다.

"아직 일어나지 않은, 그러나 언젠가는 일어날지도 모를 사건을 예측해 보는 문제야."

"일어난 사건의 범인도 못 잡는데 일어나지도 않은 사건의 범인을 우리더러 잡아 보란 건가요? 우리가 무슨 수로요?"

다혈질인 인아가 발끈하고 나섰다.

"우리 인아, 이런 말은 들어 봤나? 에스프레소맨이라고."

"저를 아주 물로 보시는군요. 에스프레소에 우유를 넣으면 라떼가 되고, 우유 거품을 넣으면 카푸치노가 되고, 물을 넣으면 지금 아저씨가 마시는, 아니, 환이 좋아하는 아메리카노가 되고, 우유 거품과 캐러멜을 넣으면 캐러멜 마끼아또가 되고, 초코 시럽이나 분말을 섞어서 생크림을 올리면 은미 언니가 좋아하는 카페모카가 되고, 아이스크림을 넣으면 내가 좋아하는 아포가토가 되는 거죠. 즉, 에스프레소맨이란 건 어떤 상황에서도 쓸모 있는 사람으로의 변신이 가능한 사람을 일컫는 말 아닌가요? 에스프레소가 있어야만 다양한 다른 커피들을 만들 수 있는 것처럼……. 꼭, 반드시 있어야 하는 사람이란 뜻이죠."

"와우, 제법인 걸."

"쳇, 이래 봬도 남자 친구가 바리스타거든요. 이 정도는 기본인 거죠. 그렇지, 환?"

"어, 엉."

남자 친구라는 소리에 환은 말을 더듬거렸다. 얼굴은 또 화끈 달아올랐다.

"에스프레소와 범죄가 무슨 상관관계라도 있다는 건가요?"

인아는 갸우뚱한 고개를 하고 물었다.

"어떤 사람들에게 어떤 상황이란 게 주어지게 되면 범죄의 상황으로 이어질 수도 있다. 뭐, 그런 거거든."

"에스프레소에 다른 첨가물을 넣어 만드는 커피처럼, 에스프레소 같은 사람이 어떤 상황이란 첨가물을 만나면 범죄를 저지를 수 있다. 뭐, 그런 뜻인가요?"

인아는 임 형사의 말이 왠지 껄끄럽고 불쾌감마저 느껴졌다.

"아저씨 때문에 앞으로 커피는 못 마실 것 같네요. 커피를 주문할 때마다 범죄를 주문하는 것 같은 그런 기분에 빠져들 것 같단 말이죠."

"이런? 인아한테 말 한번 잘못했다가는 뼈도 못 추리겠는걸."

임 형사가 능청을 떨며 말했다.

"형사님이 잘못하신 것 같아요. 여긴 커피 파는 곳이라고요. 형사님 말을 듣자니까 긍정적인 표현으로 알고 있던 에스프레소맨이 더는 긍정적으로만 받아들여지지 않는 걸, 어떡해요."

은미였다.

"내 의도는 전혀 그게 아닌데……. 내가 예를 잘못 들었나 보다. 미안, 미안."

"그럼, 아저씨가 말하려던 건 정확히 뭐였는데요?"

인아가 되물었다.

"내가 하려던 얘기가 뭐였냐 하면 말이지."

의자 등받이에 기대어 상체를 한껏 뒤로 젖히고 있던 임 형사다. 그는 테이블 가까이 몸을 밀착시켰다. 그러고는 다음 말을 이어 나갔다.

"범죄라는 건 말이야. 어떤 것이든 사전 징조 없이 어느 날 갑자기 일어나지는 않거든. 결과가 있기 전에 반드시 원인이 있는 것처럼 범죄도 일어나기 전까지 진행 과정이란 게 존재해. 그것만 미리 파악하고 있어도 어떤 범죄는 사전에 충분히 예방할 수 있다고 생각해. 물론 은둔형 외톨이처럼 고립된 상태라면 그가 언제, 어떻게 사고를 치게 될지 아무도 모르기는 하겠지만. 또 그들이 모두 범죄를 저지른다고 볼 수는 없지만 간과할 수는 없는 일이지. 사람은 관심과 애정 속에 살아야 하는데 어느 순간 단절되거나 고립된 상황에 놓이게 되면 그 누구도 다음 사태를 장담할 수 없어. 암튼, 각설하고 내가 말하는 이들 중에서 범죄 위험에 가장 많이 노출되어 있는 사람이 누구일지 한번 맞혀 봐."

"사람이라면 누구나 어느 정도는 범죄에 노출되어 있는 것 아닌가요? 나도, 인아도, 사장님도, 그리고 임 형사님도……. 아니라고 말할 수 있어요?"

은미가 임 형사의 말허리를 자르고 나섰다.

"당연히 그렇긴 하지. 그러면 말을 조금 바꿔서 가장 위험한 상태에 있는 사람. 즉, 가장 빨리 범죄의 위험에 처할 것 같은 사람이 누구일까, 예측해 보는 건 어때?"

"알았어요. 그러도록 하죠."

"첫 번째는 가짜 대학생 노릇을 하며 대학생들과 어울리는 28세 남자. 두 번째는 갓난아기를 데리고 공원에서 노숙하는 25세 엄마. 세 번째는 과하게 엄격한 아버지를 둔 얌전한 18세 남학생. 네 번째는 남의 집 담장 안에 볼일을 보는 32세 남자. 다섯 번째는 PC방에서 댓글 다는 일로 하루를 보내는 21세 청년. 이들 중에서 누가 과연 가장 위험한 상황에 근접해 있다고 볼 수 있을까?"

양손을 깍지 낀 임 형사는 긴장이 되는지, 기대가 되는지 손바닥을 비볐다.

"가짜 대학생과 남의 집에 볼일 보는 남자는 이미 범법 행위를 저지른 것 아닌가요? 그 두 사람 중 하나일 것 같은데……. 내 생각엔 가짜 대학생? 남의 집에 볼일 본 남자? 아, 모르겠다, 모르겠어."

인아는 자신의 머리칼을 양손으로 움켜쥐었다.

"갓난아기와 공원에서 노숙하는 25세 엄마는 어때요?"

다음으로 은미가 말했다.

"왜 그렇게 생각하는지도 한번 들어 볼까?"

"아기 때문에라도 그럴 수밖에 없을 것 같아서요. 엄마는 굶어도 아기는 굶길 수 없잖아요. 분유라도 먹여야 하니까. 아무 가게나 들어가 분유를 훔칠 수도 있을 것 같다. 뭐, 그런 거죠."

은미의 설명이 끝나자, 임 형사는 고개를 환 쪽으로 돌렸다. 너도 뭔가 한마디는 해야지 하는 표정을 하고서.

"나는 빠지겠습니다."

"왜 빠져? 탐정님이시라 이런 시시한 얘기를 하기엔 자존심이 상한다. 뭐, 이런 뜻인가?"

"내가 탐정이라고 말한 적은 한 번도 없습니다. 그건 사람들이 멋대로 나를 그렇게 부르는 거라고요."

환은 퉁명스러웠다. 그들의 얘기를 듣는 것만 하고 싶었다. 하지만 임 형사는 자꾸만 환을 그들의 이야기 안으로 끌어들였다. 포기하지 않는 임 형사에게 환은 마지못해 말문을 열었다.

"제 생각을 굳이, 꼭 확인해야겠다면 좋습니다. 제 생각은 누가 먼저다, 나중이다 할 것 없이 모두 다 위험하고 위태로운 상황이란 겁니다. 그들이 범죄 상황에 놓여 사고를 칠 확률이 100퍼센트든 1퍼센트든 간에 그보다 앞서야 할 것이 있다면 관심이죠. 누구든 그들에게 애정과 관심을 보여 줘야 한다는 겁니다. 가짜 대학생은 가족들로부터 사랑을 받지 못하고 있는 사람일 테죠. 오죽하면 가짜 대학생 노릇을 하면서까지 학생들 틈에 있고 싶어 하겠어요. 아기와 노숙하는 엄마에게는 안전한 보금자리가 필요할 테고, 과도하게 엄격한 아버지는 자식을 억압하고 있을지 모르니 남학생에겐 속내를 털어놓을 수 있는 상담자가 필요할 테고……. 남의 집에 볼일을 본다는 건 뭔가 자신 안에 내포된 문제를 좋지 못한 방법으로 표출하고 있다고 보는 거죠. 그 안의 문제가 해결되지 않으면 어떤 문제적 행동으로 옮아갈지 알 수 없는 상태인 거예요. 종일 댓글만 단다는 것도 감정을 글로 배우는 사람과 같아서 현실적인 대화 감각을 잃기 십상이라고 생각합니다. 자신의 댓글에 대해 어떤 공격이라도 받게 되면 그가 어떻게 돌변할지 생각해 보셨습니까? 위험한 상황을 불러올 수 있어요. 아저씨의 보기에 속한 그들이 문제적 상황에 처하는 건 한순간일 겁니다. 크든 작든 범죄가 발생하는 건 그야말로 시간문제인 거죠. 그들 중 누가 제일 먼저 범죄를 저지를 수 있는 상황에 놓인 사람인가 하는 것을 논하는 것 자체가 어불성설이라고 봅니다. 그들이 사회에 반하는 범죄에 연루될 수도 있지만 일어나지 않는 일이 될 수도 있으니까. 범죄 노출을 따지기 전에 관심과 애정의 손길을 먼저 내미는 게 순서일 것 같은데……. 친구를 만들어 준다거나 전문적인 상담 치료를 받을 수 있다면 그것도 좋겠네요."

"역시, 탐정은 뭐가 달라도 한참 달라. 섣부른 판단은 절대 금물이라는 거지?"

인아가 활짝 웃음을 머금었다.

"자꾸 그렇게 부르지 말라니까. 민망하잖아."

"우리끼리인데. 뭐, 어때?"

쑥스러움을 감추지 못한 환은 테이블 위에 시선을 두었다.

"어떤 범죄도 아직 일어나지 않아서 다행이네요."

은미가 어깨를 살짝 들었다 내려놓으며 말했다.

"대학생 신분을 사칭하거나 남의 집에 볼일을 보는 건 범죄야. 그렇죠, 아저씨?"

인아가 동조를 구했다.

"그 비슷한 경험들을 다 갖고 있지 않나? 괜히 내가 아닌 다른 사람인 척 굴었던 경험 같은 거 말이야. 환의 말대로 관심을 둬야 할 사람들이라는 걸로 대충 마무리하자고."

"한 번이 두 번 되고 두 번이 세 번 되는 거잖아요. 바늘 도둑이 괜히 소도둑 되는 게 아니잖아요."

"퀴즈 문제가 영 거시기 하네요."

인아와 은미의 항의 깃든 말투에 임 형사는 실없이 웃기만 한다.

지치지 않고 내리는 비로 카페 안의 습도는 높았다. 모두가 끈적끈적하고 유쾌하지 못한 기분에 사로잡혔다. 임 형사의 대책 없는 문제도 한몫을 한 터. 이런 날에는 제습기가 있어야 한다고 모두가 입을 모을 때였다.

– 이런 날에는 그냥 아무 일도 일어나지 않았으면 좋겠어.

그들 중 누군가는 분명하게 들은 말이었다.

"그렇지만 이런 날은 뭔가 험한 일이 발생하기에 딱 어울리는 날이야."

임 형사가 대꾸했다. 그리고 앞서 말한 이가 누구인지 그들은 말의 주인을 찾아 눈동자를 휘둘렀다.

순간, 뜨악한 기류가 그들 안에 흘렀다. 다들 자신은 아니라고 고개를 저었고 의혹의 눈망울만 서로를 향해 굴렸다.

"이런 날에는 그냥 아무 일도 일어나지 않았으면 좋겠다. 우리 중 누가 방금 말한 것 같은데, 아무도 아닌 거야?"

오싹해진 인아가 환을 바라보며 말했다.

"난 아냐."

"나도 아냐."

"나도 아닌 걸."

다들 고개를 내저었다. 카페의 분위기는 급속도로 냉랭해졌다. 그들 모두가 똑똑히 들은 말. 진원지를 찾아내기는 어려웠다. 단지 두려운 눈길로 서로를 곁눈질하기만 했다.

을씨년스런 날씨에 을씨년스런 얘기까지 겹쳐서 다들 신경이 예민해진 모양이라고. 멋쩍어진 상황을 환이 무마하고 나섰다.

"안타깝게도 인간이 모여 사는 곳에 범죄는 항상 도사리고 있어. 아무 문제가 없는 것 같다가도 행동 범죄의 초기 단계가 나타나고 또 거기서 다음 단계로 발전하기도 해. 여기서의 발전이 결코 좋은 의미로 사용된 게 아니라는 건 다들 알지? 암튼 범죄 없는 사회가 되려면 친구끼리, 가족끼리, 연인끼리, 이웃끼리, 동료끼리 수시로 소통하고 서로를 이해하려는 마음이 우선해야 돼. 그런 의미에서 이 분위기도 날릴 겸, 서로의 애정도 도모할 겸, 오늘은 내가 커피 값 다 쏜다. 환, 여기서 가장 맛있고 비싼 커피로 모두에게 한 잔씩!"

임 형사는 카페에 있는 커피 종류대로 한 잔씩 모두 사겠다고 설레발쳤다. 그리고 환이 벌떡 일어서려던 때다. 인아의 양손이 일어선 환을 따라 딸려 올라왔다. 그때까지도 둘은 서로를 잇고 있는 끈을 유지한 채였다. 환은 난감한 듯 손을 들어 보였다.

"일은 종업원인 제가 해야죠. 사장님은 그대로 앉아 계세요."

엮여 있는 끈으로 인해 환과 인아가 우왕좌왕하는 걸 귀엽게 여기는 것은 임 형사만이 아니었다. 환보다 세 살 많은 은미도 마찬가지였다. 환 대신 저마다의 커피를 주문받은 그녀는 주방으로 향했다. 그녀가 커피의 기본 에스프레소를 추출

하고 손님 취향대로 커피에 정성을 들이는 동안에도 비는 계속해서 쏟아졌다.

새 커피가 나오기를 기다리는 동안 임 형사는 환을 바라보고 있었고 환은 인아를 바라보고 있었으며 인아는 환과 엮인 끈을 바라보며 난감해하고 있었다. 은미가 새 커피를 갖고 나오자 인아는 또다시 끈 퍼즐을 뒤로했다.

"내 아메리카노는 어디로 간 거야? 사는 사람은 나인데, 왜 내 것만 없는 거야."

새 커피를 차지하지 못한 임 형사가 불평 어린 투로 말했다.

"사람 수에 맞게 가져왔는데…… 왜 잔이 하나가 부족하죠?"

은미는 이해가 안 됐다. 카페 안을 둘러보는 그녀의 시야로 빈 테이블에 놓여 있는 커피 한 잔이 들어왔다. 아니, 저게 왜 저곳에? 귀신이 곡할 노릇이다. 은미는 빈 테이블로 걸음을 옮겼다. 아메리카노를 도로 가져오려는데 그녀의 손과 발이 마비된 것처럼 꼼짝하지 않았다.

"어머나! 내 몸이 왜 이러지? 바닥에 달라붙은 것 같아. 꼼짝을 안 해. 이를 어쩌면 좋아?"

당황한 은미는 허둥댔다.

"아무래도 화가 난 모양입니다. 거기에도 주문한 이가 확실히…… 임 형사님 커피는 별도로 부탁합니다."

빈 테이블에 있는 커피가 유령 할의 커피라는 것을 아는 사람은 환뿐이다. 자신의 커피를 챙겨 주지 않음에 화가 난 할이 은미를 상대로 장난을 좀 치고 있다는 것을 아는 것도 환뿐이었다.

어쨌거나 은미가 알았다고 대답하자 동상 같던 그녀의 몸이 신기하게도 단번에 풀렸다. 그렇게 하여 카페 안에 있는 모두에게 새 커피가 주어지고 그들은 다시 평온해졌다.

"아저씨, 일어나지도 않은 그런 복잡한 문제 말고 실제로 일어난 사건 같은 건 없어요? 다시 해 주세요, 네?"

인아는 아포가토의 아이스크림을 한 스푼 입에 떠 넣은 다음 말했다.

"그럼, 그래 볼까?"

어려운 일도 아니다. 임 형사는 어깨를 으쓱했다. 그러고는 실제로 있었던 사건 하나를 그들 앞에 꺼내 놓았다. 언젠가 방송에서도 다뤘던 사건인지라 방송을 봤다면 금방 풀 수도 있는 시시한 문제가 될 가능성도 있었다. 하지만 다들 못 본 눈치여서 임 형사는 은근히 흥분됐다.

밀실 살인에 관한 이야기. 범죄 트릭은 추리소설에나 나오는 것이라 여겼던 임 형사였다. 그러나 영화와 소설의 이야기가 결코 현실에 없으리란 법은 없다. 예술은 현실을 모방하고 현실은 예술을 모방하는 일이 많잖은가.

"현실에서 밀실 살인이라는 소설 같은 사건을 접하기는 나

역시 처음이었던지라 모골이 송연한 일이었지."

임 형사는 팔에 달라붙은 소름을 양손으로 쓸어내렸다.

"아이참, 어떤 사건인지 빨리 얘기나 해 보세요. 궁금해 죽겠네."

인아는 환을 자신 가까이 끌어당겨 놓고는 한 손으로 턱을 고였다. 그러고는 아이스 아메리카노를 빨대로 한 모금 쭉 빨아 목을 적시고 있는 임 형사의 입술을 주시했다.

"사건은 복도식 아파트 5층 어느 집에서 벌어졌어. 그 집에는 다섯 살짜리 아들을 둔 젊은 부부가 살고 있었어. 화목하기만 했던 그 집의 엄마와 어린 아들이 어느 날, 특별한 이유도 없이 집 안에서 사망한 채로 발견된 거야. 아들은 그의 방에서 베개에 눌려 질식사를 당한 상태였고 엄마는 안방 문에 목을 맨 채였지. 외부에서 강제로 침입한 흔적은 없고 실내도 전혀 흐트러져 있지 않았어. 현관은 안에서 잠겨 있었고 복도로 난 창문에는 방범창이 붙어 있어서 외부에서 살인범이 잠입했다고는 볼 수 없는 완전 밀실의 상황이었지."

"그래서요?"

인아와 은미가 동그란 눈으로 이구동성을 했다.

"처음엔 엄마가 우울증이 있어서 아들을 질식사시킨 다음에 자신도 방문에 목을 맨 게 아닐까 생각했어. 그게 아니라면 가정 불화가 있었다거나 여자가 심한 정신 질환을 앓고 있었을 거라고 지레짐작했지. 그런데 말이야, 여자의 가정에는 아무런 문제가 없었고 여자 또한 정신적으로 매우 건강했어. 여자의 남편도 아내가 왜 아들을 죽이고 자살을 했는지 모르겠다고 했지. 그럴 이유가 전혀 없다는 거야. 외부 침입 흔적이 없으니 난감한 쪽은 경찰이었지. 어쨌거나 그 집 가족의 이야기를 잘 아는 사람들부터 한 명씩 탐문 수사에 들어갔지. 그리고 그 집에 매일같이 드나들던 아이 엄마의 절친한 친구 B를 찾아냈지. B 또한 그 친구가 왜 그런 일을 저질렀는지 모르겠다고 진술했어."

"그런데 B가 범인이었던 거예요?"

"인아, 네 말이 맞아. B가 범인이라는 것을 벌써 알아채면 안 되는데……. 암튼 범인을 잡고 보니 B였어. 사망한 여자와는 둘도 없는 친구 사이였다는데……. 기가 막힐 일이었지."

"혹시 B가 친구의 남편을 사랑했나요? 그래서 그런 건가요?"

은미가 화등잔만 해진 눈으로 말했다.

"유부남을 사랑하면 그게 불륜이지, 사랑인가? 어쨌든 범인은 B였고 문제는 B가 어떻게 살인 현장을 밀실로 만들었나 하는 거야. 그 집의 현관 열쇠는 죽은 여자의 가방 안에서 나왔고 가방은 아들의 침대맡에 있었거든. 방송을 봤다면 금방 알아맞힐 시시한 문제겠지만 여기 있는 사람 중에는 본 사람이 아무도 없으니 어디 한번 추리해 봐. B가 어떻게 살인 현장을 밀실로 만들 수 있었는가를 말이야."

"아이 엄마와는 절친한 친구 사이였다고 했죠?"

"그랬지."

"거의 매일같이 그 집을 드나들었고요?"

"그랬지."

"그러면 B에게도 그 집의 열쇠가 있지 않았을까요?"

"아니, 천만에."

"아무리 친하다고 해도 가족도 아닌데 친구에게 자기 집 열쇠를 내주는 사람이 과연 있을까? 동거인이라면 또 모르겠지만."

"그런가? B가 범인이라는 건 어떻게 밝혀낸 거예요? 자백이라도 했어요?"

"순순히 자백을 할 것 같았으면 양의 탈을 쓰고 몇 개월씩이나 친구 집을 드나들면서 주도면밀하게 살인을 계획하진 않았을 거야. 주변 인물 탐문 수사 중에 자연스레 알게 된 범행이었지. 조사가 조금만 더 늦었더라면 분명 미궁에 처했을 사건이었어."

"왜요?"

"다들, 지금 손이 어디에 있지?"

임 형사의 물음에 인아와 은미는 각자의 손 위치를 살폈
다. 테이블 위에 있거나 각자의 눈에 보이는 위치에 그들의
손은 있었다.

"몸 앞에 있지?"

"당연한 거 아니에요. 손을 뒤에 두고 다니는 사람은 없을
테니까. 뒷짐 지고 다니는 경우를 제외하고는요."

"그렇지. 사람의 손은 특별한 경우가 아니면 보통 몸의 앞
쪽에 놓이게 마련이지. 더구나 앞에 탁자가 있다면 탁자 위
나 무릎 위에 놓아두기도 하겠지. B는 조사를 받는 내내 손
이 의자 등받이 쪽으로 가 있었어. 몸의 앞쪽으로 손이 오게
되면 부자연스럽게 옷소매를 끌어당겨 자신의 손을 자꾸 가
리는 거야. 뭔가 이상하다고 느낀 경찰이 B에게 손을 좀 보
자고 했지. 안 보여 주려고 애를 쓰더군. 겨우겨우 확인을
했는데 손등에 빨갛게 줄이 가 있는 거야. 그걸 보고 B가 범
인이란 걸 알아냈지."

"왜요?"

인아가 물었다.

"아, 알았다. 목을 맬 때 줄을 잡아당긴 자국이 손등에 있
었던 거죠?"

은미가 흥분해 말했다.

"벌써 맞혔군. 사실, 아이 엄마가 빨랫줄에 목을 맸거든.

다시 말해 빨랫줄을 잡아당겨 자살로 꾸미느라 생긴 흔적이 B의 손등에 뚜렷하게 남아 있었던 거야. 경찰의 추궁에 결국 범행을 시인하고 진실을 털어놓게 됐어. 자신이 죽였다고 말이야."

"친구였다면서요?"

"그러게나 말이야. 믿을 인간이 없는 거지. 어릴 때부터 함께 자란 친구한테 죽임을 당했으니. 숨바꼭질을 하자면서 B는 아이를 건넌방으로 유인해 베개로 질식사시킨 거야. 그러고는 숨어 있는 아들을 찾으라며 친구의 눈을 가리고 미리 만들어 놓은 방문 앞의 올가미 앞에 세웠지. 손등의 빨간 줄은 아이 엄마의 체중을 지탱하느라 생긴 것이고…. 사건이 일어나고 하루밖에 안 지났으니 망정이지, 한 일주일 그냥 지나가 버렸으면 어쩔 뻔했어. 손등의 흔적마저 사라져 완전범죄가 됐을지도 모를 일이지. 그보다 더 무서운 건 말이야. 몇 개월 동안을 꾸준히 그 집에 드나든 면식범인지라 침입의 흔적을 전혀 남기지 않을 수 있었다는 사실이야. 놀랍게도 B의 소지품 가운데 범행 계획을 세세하게 적어 놓은 노트가 발견돼서 우리 경찰들도 혀를 내두른 사건이었지. 인간으로 태어난 게 그 순간, 왜 그렇게도 찝찝하던지 말이야."

"왜 그런 거예요, 도대체? 둘도 없는 친구였다면서…….

인아는 도무지 납득할 수 없었다. 만약, 어릴 때부터 알고 지낸 환이 자신에게 살의를 품고 있다면 절망스러울 것 같았다. 살고 싶지 않아서 죽임을 당하기 전에 스스로 죽어 버릴 생각을 할 것 같기도 했다.

"사망자와 B는 원래 같은 보육원에서 자란 동갑내기 친구 사이였어. 그것이 문제가 될 줄은 두 사람 다 꿈에도 몰랐겠지. 둘은 보육원을 나온 뒤로 한동안 만나지 못했지. 수년이 훌쩍 흐른 뒤에 우연히 그들은 다시 만나게 된 거야. 한 사람은 사랑하는 남자를 만나 결혼을 하고 아이도 낳고 행복하게 살고 있었는데 B의 상황은 정반대였어. 행복한 친구를 보면서 상대적인 불행과 박탈감을 병적으로 느낀 거지. 여자들 그런 거 흔히 있잖아. 하긴 꼭 여자들만의 문제는 아니지. 남자도 그럴 때가 있으니까. 학교 다닐 땐 나보다 못생기고 공부도 영 못했는데 사회에 나와 보니 나보다 잘난 남자 만나서 행복하게 잘만 살고 있는 거지..친구와 자신을 비교하게 되면서 B는 헤어 나올 수 없는 불행에 점점 빠져들고야 만 거야. B도 잘 살았다면 아무런 문제도 없었을지 모르지. 같은 보육원에서 부모 없는 처지로 자라면서 B는 자신이 그 친구보다 조금은 낫다고 생각했을지 몰라. 그런데 세월이 지나고 보니 완전 반대의 상황이 되어 있었던 거지. B는 직업도 없고 아이도 없고 결혼도 못했지. 그저 근근이 살아가고 있었던 거야. 그 와중에 행복하게 잘 살고 있는 친구를 만났으니……. 자신을 친구와 끊임없이 비교하기 시작하면서 시기와 질투심에 병적으로 사로잡힌 거지. 저 친구만 없다면 B 자신의 불행이 덜어질 거라고 착각했을지도 모르지.”

“그래서 하나뿐인 친구를 죽였단 거예요? 말도 안 돼.”

인아는 못내 안타까워 했다. 친구를 그저 비교 대상으로만 삼은 B도, 그녀에게 목숨을 잃은 그 아이 엄마도.

“웬만한 사람들은 보통 자기 잘난 맛에 사는데……. B는 자신에 대한 자부심이나 자긍심이 전혀 없었던가 봐요.”

은미는 자신을 사랑하지 않은 B에게 화가 났다. 오랜만에 만난 보육원 친구를 반갑게 맞아 주고 집에도 매일 오게 한 친구의 우정을 저버린 B가 원망스러웠다.

“참으로 안타까운 일이지. 친구 간의 경쟁을 부추기고 엄마 친구의 아들을 비교 대상으로 삼는 기성세대의 훈육이나 사회 풍조도 이런 범행에 일조했다고 봐야지.”

그 순간 천둥 번개가 우르르 쾅쾅 내리쳤다. 시무룩해 있던 인아와 씩씩거리던 은미가 화들짝 놀랐다. 찰나의 정적이 그들 가운데로 흘렀다.

“천둥소리에 놀라면 지은 죄가 많다는 건데…….”

임 형사의 놀림에 인아와 은미가 동시에 그를 노려보았다.

“알았어, 알았다고. 설마하니 자네들이 죄를 지었겠어. 죄를 지었다 한들 또 얼마나 큰 죄를 지었겠어.”

"아저씨!"

정색한 인아의 목소리가 한 옥타브 올라갔다.

"알았다고, 알았어. 그런데 내가 낸 문제는 대체 언제 다 풀 거야? B가 살인 현장을 어떻게 밀실로 만들었는지 추리해 보라고 하지 않았던가?"

인아와 은미는 B의 살인 동기에 대한 충격에서 쉽게 벗어나지 못했다. 함께 자란 가족 같은 친구. 몇 개월씩이나 친구의 집을 뻔질나게 드나들면서 자신의 인생에서 그 친구를 지워 버릴 생각만 했을 B. 그것도 모른 채 매일같이 찾아오는 친구를 위해 곁을 내준 순진한 피해자. B는 정녕 눈앞의 친구만 없어진다면 자신이 행복해질 수 있다고 믿었을까. 실로 어처구니없는 일이다.

그들은 한참 동안이나 씁쓸함을 지우지 못했다. 개탄스런 한숨을 몇 번이나 뿜어댔다. 밀실 살인의 트릭 따위는 귀에 들어오지도 않았다. 삶의 의욕을 잃은 이들처럼, 그리고 희망을 잃은 이들처럼 굴었다.

"환, 네가 한번 말해 볼래?"

기다리다 못한 임 형사가 말했다. 환은 여전히 대답하기 싫은 눈치다. 인아가 궁금한 듯 쳐다보자 환은 그제야 말문을 열었다.

"복도로 난 창문에 방범 창이 설치되어 있긴 하지만 열려 있었으니 완전 밀실은 아닌 겁니다."

"그렇긴 하지. 하지만 방범 창이 있어서 그것을 떼어 내지 않고서는 사람이 드나들 수는 없어. 방범 창을 뗐다가 다시 붙인 흔적은 물론 없었고 말이야."

"복도로 난 창문이 열려 있고 열쇠가 든 가방이 아들의 방 침대맡에서 발견되었다면 얘기는 다 끝난 겁니다."

"뭐가, 어떻게 다 끝난 건데?"

인아가 눈을 동그랗게 떴다. 그녀의 눈과 마주친 환은 긴장해 또 말을 더듬었다.

"으, 으응. 방범 창이 있는 방은 분명 아들의 방이었을 거야. 그런 거죠, 아저씨?"

"그래, 맞아."

"아들을 질식사시키고 그 엄마도 자살한 것처럼 꾸며 놓은 다음에 B는 현관문으로 유유히 나왔을 겁니다. 그 집의 열쇠뿐만 아니라 친구의 가방까지 들고서. 열쇠로 현관문을 잠그고 그 열쇠를 가방에 넣은 다음, 방범 창을 통해 안으로 던져 넣으면 자동 밀실이 되는 거죠. 사람이라면 방범 창 사이를 넘나들 수 없겠지만 열쇠가 든 가방이라면 얼마든지 가능한 일이니까요."

"역시, 환다워. 우리 동네 탐정이란 소리를 괜히 듣는 게 아니었어. 훌륭해!"

임 형사는 자신의 엄지를 환을 향해 추켜세웠다.

"탐정 소리 좀 그만하면 안 됩니까?"

"사장님, 그 방송 봤죠?"

"아, 아니."

은미가 의혹의 눈초리로 추궁하자 환은 또 말을 더듬는다.

천둥 번개가 지축을 요란하게 흔들고 빗줄기는 종전보다 더 거세졌다. 거리에 사람은커녕 이제 차 한 대도 보이지 않았다. 해가 질 무렵이긴 했으나 낮이라 하더라도 어두컴컴하기는 마찬가지였을 터였다.

쉽게 풀리지 않는 사건처럼 답답하고, 막막한, 그리고 답을 알았을 때의 그 허탈함까지 모든 것이 한꺼번에 찾아들었다. 수다로 시끄럽다가도 썰물처럼 쑥 빠져나간 소리는 카페에 묵직한 정적을 남겨 두었다.

"오늘은 단 한 명의 손님도 없는, 할의 커피맛 카페의 기념비적인 날이 될 것 같군."

임 형사는 유리벽에 끊임없이 머리를 박아 대는 빗방울을 쳐다보고 있었다.

"아저씨, 다른 얘기 하나 더 해 줘요, 네?"

인아는 임 형사를 졸라 댔다.

"그나저나 묶인 그 끈은 언제쯤 풀 건데? 그리고 붙어 있어도 조금도 불편하지 않은가 보네? 역시 찰떡궁합이야."

"이제 곧 풀 거란 말이에요."

인아가 새침해져서 말했다.

감정을 얼굴에 고스란히 드러내는 그들을 바라보는 임 형사는 싱글벙글이다. 끈 퍼즐은 임 형사가 결혼을 앞두고 있었을 때, 집안 어른들이 그와 지금의 아내를 앉혀 놓고 낸 문제였다. 곧 신혼부부가 될 그들이었기에 그들의 다정함을 시험해 보기 위해서. 임 형사와 그의 아내는 간단한 것이었음에도 끝내 풀지 못했다. 세월이 한참 지나고 난 다음에야 끈 퍼즐의 답을 알게 되었다. 그리고 아내에게 말했을 때 아내는 피식 웃어넘겼다. 그걸 이제 알았냐면서.

아내는 처음부터 알고 있었다. 풀어서는 안 되는 문제라는 것을. 그들이 부부로 살아가고자 하는 한.

"환은 인아가 풀 때까지 기다리고만 있을 참인가?"

임 형사는 의뭉스런 눈으로 환을 바라보았다. 환이 정색하자 이번엔 문제 하나를 내 보라고 독촉했다.

"나는 빠지겠습니다."

"빠지긴 뭘 빠져. 아까 우리 모두가 들었지만 누구도 안 한 말, 과연 누가 한 말이었을까? 환이 말해 봐. 누구였어? 고개 돌리지 말고……. 스무고개식으로 물어봐야 대답할 건가? 그럼, 좋아. 은미의 마비와 관계있습니까?"

고개를 끄덕이는 환은 그렇다고 답했다.

"우리 중에 있습니까?"

환이 끄덕이는가 싶더니 이내 고개를 가로저으며 아니라고
했다.

"있다는 거야, 없다는 거야?"

몇 고개를 넘지도 못했는데, 인아가 임 형사 대신 불만을
터뜨렸다.

"스무고개까지 가려면 아직 멀었는데? 아저씨, 내가 말할
테니까 여기 있는 다른 사람들이 맞혀 보는 걸로."

"좋아, 콜."

인아는 환호했다. 환은 임 형사의 질문과 연장선상에 있는
명제를 하나씩 궁리했다.

"이것은 쏟아지는 장대비와 같습니다."

"장대비와 같다고? 다음 힌트."

"우리도 될 수 있고 우리가 안 될 수도 있습니다."

"모르겠는데······. 다음 힌트."

"누군가는 무서워하고 누군가는 좋아합니다."

"다음 힌트."

"생각 좀 해 본 다음에 다음 힌트를 주문해도, 해라."

문제를 풀 생각이 없어 보이는 그들임에 환이 쐐기를 박았
다. 힌트는 더 남아 있었지만 그들의 대답은 형식적이었다.

"이것은 우리 모두에게 있는 것입니다."

"내게도 있다는 건데, 그게 대체 뭐지?"

인아도 은미도 스무고개의 답을 짐작했다. 하지만 말하지 않았다. 요리저리 답하기를 피했다. 그들은 할의 커피맛에 유령이 산다는 것을 믿고 싶지 않았다.

"이번이 마지막 힌트야. 매일 아침, 내가 만든 커피를 마시는 사람."

"지금, 이 안에 있어? 우리가 볼 수는 없고?"

인아의 물음에 환은 천천히 고개를 끄덕거렸다. 서늘한 기운이 카페 안을 점령했다. 정적이 뒤를 이었다. 그 고요를 뚫고 느닷없는 휴대폰 벨 소리가 침투해 들어왔다. 모두의 깜짝 놀람. 임 형사의 휴대폰이다.

"여보세요?"

인아와 은미는 저들의 가슴을 쓸어내렸다. 그러나 통화 중인 임 형사의 표정은 경직되고 있었다. 그의 통화가 끝나고 어디서 온 전화냐고, 무슨 내용이냐고 그들은 걱정스런 낯빛을 했다.

"그만 가 봐야겠다."

"무슨 일인데 그래요?"

"살인 사건이야. 이런 날은 정말이지 아무 일도 일어나질 않아야 하는 건데……. 하필이면 이런 날에 살인이라니. 하기는 밖으로 나가지도 못하는 이런 날이야말로 제격이지. 다

툼도 많고 감정이 상하다 보면 칼부림 같은 험한 일도 일어 날 수 있고."

임 형사는 휴대폰을 주머니에 넣고 카페 밖의 골목길을 내다봤다. 휴일의 하루를 제대로 넘기지도 못하고 벌어진 살인 사건. 멈출 기미를 보이지 않는 비는 감상적이던 아까와는 다르게 심란하게도 쏟아졌다. 인간의 죄를 묻고 그 죄를 씻기어 내듯 퍼부었다.

"인아야, 우리 환이 잘 부탁한다. 이 녀석 말은 안 해도 무지하게 불쌍하고 외로운 녀석이거든. 네가 없었다면 지금의 환도 어떻게 되었을지 모르지. 앞으로도 우리 환이 범죄적 상황에 노출되지 않게, 유령과 노는 이상한 놈이 되지 않게 해 줘. 평범하게 살 수 있게 말이야."

그게 무슨 쓸데없는 소리냐고 했지만 환의 얼굴에는 그림자가 살짝 드리워져 있었다. 임 형사는 그런 환을 포옹해 마지않았다. 그리고 걱정하지 말라는 인아의 말을 들을 짬도 없이, 은미가 챙겨 준 우산을 받아 들 틈도 없이 카페 문을 열고 나갔다. 천둥 번개가 치는 빗속을 뚫고 그의 차가 서 있는 곳을 향해 뛰어갔다. 전해 주지 못한 우산을 뒤로한 은미와 환과 끈으로 엮여 있는 인아는 유리벽 앞에 서서 빗속을 가르는 임 형사를 말없이 바라보고 있었다.

천둥 번개가 그들의 유리벽 앞으로 지나갔다. 소스라치게 놀란 인아가 환의 가슴에 얼굴을 묻고 그의 품에 안겼다. 환은 당황했다. 어찌할 바를 몰라 난감해했다. 아주 잠시 동안.

 인아와 환은 끈에 여전히 하나로 엮여 있었다. 인아 역시 애초부터 임 형사의 문제를 풀 생각 따위는 없었던 모양이다. 환 또한 알고 있었다. 끈 퍼즐은 환의 마음을 알고 있는 임 형사의 능청스런 선물이라는 것을.

---

* 「계간 미스터리」 2014년 가을호 수록작

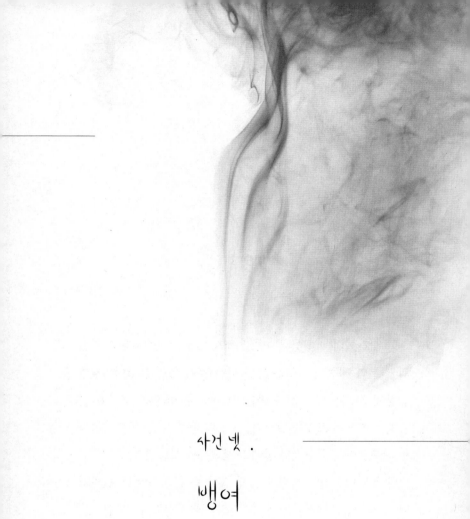

사건 넷 .

뱅어

한 시간여의 비행일 뿐이다. 매연으로 텁텁한 서울의 하늘
과 희부연 제주의 하늘은 별반 다를 것이 없어 보였다. 제주
공항에 첫발을 딛고 서자 환은 뱃속이 시원하도록 후련했다.
공기는 육지의 그것과 달랐다. 지상의 풍경 또한 뿌연 하늘과
는 딴판이어서 환상적인 섬에 도착했음을 실감했다.

　남국의 이국적인 정취가 손에 잡힐 듯 환의 눈앞에 펼쳐졌
다. 해무가 옵션처럼 섬의 곳곳을 어슬렁거렸다. 도쿄만에
서 홀로 새벽을 맞이하던 그때의 날씨가 지금처럼 꼭 이랬던
것도 같다. 묵직한 공기가 아홉 살 소년의 주변을 에둘렀다.

　어린 아들과 함께 있어 주지 못해 미안하다는 어설프기 짝
이 없는 표정만 내보이던 아버지. 환은 그런 아버지가 못내

서운하고 미웠다. 집에 있어야 할 시간에도 환은 집에 있지 않았다. 어색하기만 한 가족이라니. 환은 집을 나섰다. 나름의 가출이지만 가족 누구도 알지 못한 혼자만의 일이다. 환, 네게는 지금 엄마가 필요해. 선명의 말은 모두가 핑계 같았다. 아내를 잃고 얼마 지나지 않아 재혼한 것부터가 그랬다.

선명은 친구 집에서 자고 온다는 아들의 그 말을 진실로 믿었던 것일까. 낯선 땅. 낯선 도시. 언어마저 달라 소통이 어려운 그곳에서 자고 와도 될 만큼의 허물없는 친구가 아들에게 있다고 믿었을까. 환의 거짓말을 선명은 짐작했을 터였다. 모른 척했다.

"친구 집에 다녀오겠다고?"

"······네."

"예의에 어긋나게 굴거나 버릇없게 행동해선 안 된다."

"······네."

그게 다였다. 선명은 환의 말을 있는 그대로 받아들였다. 믿어서가 아니다. 아들의 일상을 살필 여력이 그에게 없어서였다. 당시의 선명은 도쿄대학의 교수로 한국과 일본의 비교문학을 전수했다. 한국을 떠나온 뒤로 안정되고 평화로운 일상은 없었다. 새로운 생활에 적응하기 위해 분주하고 정신없는 날들의 연속이었다. 아들의 거짓말을 신뢰하지 않으면 귀찮은 일은 꼬리에 꼬리를 물고 이어질 것이다. 선명은 그것이 두려웠던 것이다. 그렇더라도 아들을 위해 친구의 이름쯤은 물어봐 줘야 했다. 그 친구의 부모에 대해 묻고, 그 친구의 집이 어디에 있는지 한번쯤은 확인했어야 했다. 알고 나면 아들을 데려다줘야 하고, 아들 친구의 부모에게 감사의 말을 전해야 하고, 귀가 시에는 또 데리러 오겠다는 말을 해야 한다. 선명은 진실로 그 일이 성가셨던 것일까.

환이 아는 한 당시의 선명은 자신의 학교 일만으로도 벅차고 시간은 턱없이 부족하다고 언성을 높이는 일이 잦았다. 아들의 일이라 할지라도 자신의 시간이 조각나는 것을 원치 않았다. 이미 오래전의 일이다.

제주의 해무와 조우한 환. 음산한 기운을 머금은 도쿄에서의 일들은 하나씩 되살아났다. 환의 심호흡은 서너 차례 연속으로 이뤄졌다. 가슴속의 응어리를 뿜어내듯이.

– 여기가 한국 땅이란 거야? 다른 나라 땅인데 나한테 뻥치는 거 아니고?

유령 할은 제주의 풍광에 탄성을 자아냈다.

"하여간 촌스럽기는······."

환은 자신을 못 믿는 할을 괜스레 핀잔했다. 비행기 안에선 순한 아이였다. 땅에 닿자 자갈 굴러가는 소리를 내는 유령 할은 몹시도 시끄러웠다. 그들은 공항 게이트를 빠져나와 버스승강장 앞에 서 있었다.

벌써 도착했다는 박형주의 차는 보이지 않았다. 커피농장이라는 스티커가 붙어 있다는 그의 차를 찾아 환은 승강장 주변을 두리번거렸다. 블로그를 통해 석 달 전쯤에 알게 된 사람. 커피농장을 운영하는 그는 바리스타 환에게 언제든 놀러 와도 좋다고 인심을 썼다. 오기만 하면 커피농장은 물론 제주 여행을 시켜 주겠노라고 언약했다. 그와 두 번째 전화 통화를 하고 나서야 커피농장 스티커가 붙은 차량이 환 앞에 다가와 멈춰 섰다.

"스물셋이라더니 거짓말 아냐? 고등학생 같아서 내가 찾는 사람은 아니겠거니 하고 아까 전에 보고도 그냥 지나쳤어. 사진이라도 한번 봤으면 한 바퀴를 더 돌지는 않았을 텐데 말이야."

차창으로 얼굴을 내보인 형주는 놀랍다는 듯이 말했다.

"스물셋 맞고요. 마환입니다. 아시다시피 직업은 바리스타⋯⋯."

보조석에 올라탄 환은 소개를 확실히 했다.

"아무튼 반가워!"

짧은 악수가 이어졌다. 뒤를 잇는 차들로 인해 형주는 차부터 뺐다. 그들은 공항을 곧장 빠져나왔다. 해안도로를 달리는 동안 그들은 블로그를 통해 나눴던 이야기들을 재탕하며 서로의 존재와 블로그로 인해 생긴 일상의 경험담을 주고

받았다. 환은 달떴다.

습도가 높은 흐린 날씨. 너른 바다가 곁에 있어서 그나마 상쾌했다. 바리스타가 되고 난 다음부터 커피 품종, 역사, 추출 기구 등에 관한 환의 관심은 조금씩 폭넓어졌다. 카페 운영에도 조금씩 취미가 붙었다. 커피 로스팅과 커피나무 재배에 관한 관심은 그 연장선상에서 자연스레 이어졌다.

그리고 오늘. 제주에서 재배되고 있다는 커피나무의 커피 체리를 직접 볼 수 있다는 기대감에 젖어들었다. 조금만 더 가면 커피농장에 도착한다는 형주의 말에 환은 한껏 기대에 부풀었다.

그들이 바다와 어깨를 나란히 하고 달린 지 삼십여 분이 흘렀다. 형주의 농장이 위치해 있다는 마을 입구가 가까웠다. 그때 환의 시야로 화려한 꽃장식의 상여가 들어왔다. 운구차로 시신을 운반하는 줄로만 알고 있었는데, 상여꾼이 동원된 형형색색의 상여가 환은 신기했다. 상여꾼의 상여를 보는 것도 처음이지만 이렇듯 가까이에서 보게 될 줄은 몰랐다. 그리고 그때였다.

"무슨 좋은 일이 있으려나."

형주가 빈말처럼 중얼거렸다. 호기심 많은 환이 그냥 넘어갈 리 없다.

"사람이 죽어 나가는데 좋은 일이라뇨?"

"상여 나가는 것을 아침에 보게 되면 그날은 운 좋은 날이라는 속설이 있거든."

"왜요?"

"나도 모르지. 하지만 죽은 사람이 산 사람의 액을 모두 가져간다고 여겨서 그런 거 아닐까 싶은데…….."

형주는 환을 바라보고는 씩 웃었다. 그의 웃음과 달리 환의 기분은 왠지 씁쓸했다. 형주에게는 보이지 않는 유령 할이 불쑥 말을 꺼낸 것도 그때였다.

– 내 장례는 치러지기나 한 걸까? 정처 없이 이렇듯 여태 떠돌고 있으니……. 우리 가족들은 내가 죽었다는 사실조차 모르고 있는 게 분명하겠지? 알았다면 내가 저승에 갈 수 있게 위령제라도 지내 줬을 테니까. 그게 없어서 난 아직도 산 사람들 틈에 있는 거야.

유령 할은 견줄 수 없게 시무룩해져 있었다. 그가 살던 19세기는 지나갔다. 지금은 어느덧 21세기. 할이 살아 있는 목숨이 아니라는 것쯤은 자명한 일이다. 태어난 지 2백 년이 지난 다음에도 살아 있는 인간이 있다면 그는 이미 인간이 아니다. 어쩌다가 남의 나라 일본까지 가서 목숨을 잃게 되었을까. 유령 할은 아무것도 기억나지 않았다.

"그나저나 참, 신기하단 말이야. 일본에 왜 갔는지, 어쩌다 죽었는지조차 모르면서 커피를 좋아했다는 것만은 어제

일처럼 생생하게 기억하잖아."

유령 할에게 한 말이다. 그게 무슨 엉뚱한 소리냐고 반응을 보인 것은 형주였다. 환은 바보처럼 배시시 웃음을 머금었다. 뒷머리를 긁적였다. 혼잣말이라고 얼버무렸다.

살아 있는 다른 사람들과 있자면 유령 할이 말을 걸어도 환은 대꾸하지 않는다. 상여와 마주한 할은 애처롭고 처연해 보였다. 그 바람에 형주가 곁에 있다는 것을 잠시 잊었다.

"원래 그렇게 뜬금없는 혼잣말을 자주 하는 사람인가?"

"아니요. 아니, 아주 가끔씩 그렇긴 해요. 그래서 이상한 놈 취급을 당하기도 합니다."

그렇지만 별일은 아니라는 듯 환은 어깨를 으쓱 들었다 놓았다.

"평범한 사람은 아닌 모양이군."

"그래도 멀쩡할 때가 더 많으니까, 굳이 신경 쓰시지 않아도 됩니다."

"나보다 한참 어리니까 말은 놔도 되지?"

"내내 반말해 놓고서는 새삼스럽게 왜 그러십니까?"

"내가 그랬나? 그러고 보니 내 소개를 안 했네. 서른아홉 박형주. 아내랑 둘이서 칠 년째 커피농장을 꾸려 가고 있지. 이곳 제주에서……."

형주의 제주 생활은 환도 익히 알고 있었다. 그의 블로그를 통해서. 그에 대한 웬만한 정보는 거의 섭렵한 상태다. 새롭게 알게 된 것은 따로 있었다. 블로그를 통한 인터넷상의 만남은 성별이나 서열을 떠나 그저 닉네임으로만 대등하게 불린다는 게 특징이다. 직접 대면하자, 형주는 큰형이 되고 환은 막냇동생이 되는 서열이 생겨났다. 형주가 형이라는 게 환은 좋았다. 보호자가 생긴 것 같아 한편으로 위안이 됐다. 보호받고 있다는 느낌, 든든했다. 아버지로부터 느껴 보지 못한 것인지라 형을 자처하는 형주가 환은 믿음직스러웠다.

커피농장에 들어서자, 대형 비닐하우스가 제일 먼저 눈에 띄었다. 형주는 커피향이 가득한 커피매장을 뒤로하고 비닐하우스 앞에 차를 세웠다.

"바리스타라면 이곳을 제일 먼저 보고 싶어 할 것 같아서 말이야."

형주는 사람 좋은 웃음을 짓고 있었다.

"마음까지 헤아려 주시다니 몸 둘 바를 모르겠는데요."

"내 인생의 마지막이자 전부가 있는 곳이야."

커피농장에 대한 형주의 애정은 남달랐다. 차에서 내린 환은 그의 기대에 부응이라도 하듯 비닐하우스로 직행했다.

형주의 블로그에서 사진으로만 봤던 커피체리. 비닐하우스 안에서 체리가 붉게 물들어 가고 있었다. 농장을 운영하기 전까지 형주는 커피회사의 로스터였다. 결혼과 함께 제주에 정착했다. 하루 스물네 시간. 커피를 재배하고 상품을 만들고 판매하는 일에 몰두하고 살았다.

열대지방에서 자라는 커피나무의 재배는 제주의 따뜻한 날씨만으로는 충분치 않았다. 형주의 커피나무가 비닐하우스 안에서 자라고 있는 것은 그 때문이었다. 야생에서 자란 커피만은 못하겠지. 제주에서 커피를 수확할 수 있다는 것만으로도 환에게는 충분히 매력적인 일이다.

제주에서의 커피 재배. 화산 토양이어서 그나마 가능했다. 온도만 잘 맞춰 주면 커피나무 재배가 불가능한 일만은 아니다. 한창 익어 가는 커피체리의 선홍빛이 환의 마음을 괜스레 설레게 만들었다.

"천천히 둘러보고 있어."

형주가 뒤에서 말했다.

"어디 가시려고요?"

"점심 준비가 어떻게 돼 가고 있는지 한번 보고 올게."

"그럼, 저도 같이 가요."

"아니야. 천천히 둘러보다가 와."

환은 고개를 주억거렸다. 그러고는 커피체리 한 알을 따 금메달을 목에 건 선수처럼 이로 물었다. 껍질 안의 딱딱한 생두에 환의 치아가 미끄러졌다. 커피와 인연을 맺게 되리라고는 상상도 못했던 지난날들이다. 친구 하나 없던 그 시절,

유령 할은 유일한 친구였다. 커피 맛도 모르면서 커피라면 사족을 못 쓰는 할. 환은 물을 끓이고 커피를 만들고를 반복했다. 항상 곁에 있어 줘 고맙기만 한 유령 할을 위해서.

– 그때가 아직도 생생해. 내 마음을 송두리째 뒤흔들어 놓은 여인. 커피가 뭔지도 모르고 높은 양반이 건네는 검은 물은 사약인 줄로만 알던 때였어.

커피라면 종류를 가리지 않고 무조건 좋아하고 보는 할은 홀로 허허거렸다. 첫눈에 반한 여인이 내민 검은 물의 정체를 할은 알지 못했다. 버리지도 못했다. 사약이라고 해도 그녀가 주는 것이라면 뭐든지 받아 마실 것이다.

외세가 몰고 온 개방의 물결은 거침없었다. 그러나 조선 땅에서도 오지, 왜색의 문명은 구경조차 힘든 곳이었다. 천주 안에 모두가 평등하다지만 천민에 대한 양반의 의식 또한 견고한 오지 중의 오지. 천민은 그야말로 천해서 사람 노릇을 제대로 할 수 없었다. 있어도 없는 사람이나 마찬가지. 할은 살아오는 동안 그토록 극진한 대우를 받아 본 적이 없었다. 사약 같은 검은 물의 정체 따위는 궁금하지도 않았다.

오늘 깨달으면 내일 죽어도 여한이 없다는 옛말처럼 사람으로 대우받으니 당장 죽어도 여한이 없을 듯했다. 사내 체면에 울 수는 없다. 울컥했고 진실로 감격했다. 섬섬옥수로 따라 준 검은 물을 단숨에 들이켰다. 화염을 들이킨 것처럼 이내 비명을 내지르고야 말았지만.

여인은 함박눈 같은 웃음을 한동안 멈추지 못했다.

"양탕국은 천천히 병아리 모이만큼씩 마셔야 되는 거랍니다. 안 그럼, 지금처럼 화를 당하기 십상입니다."

뜨거운 양탕국을 입에 한가득 물었으니, 입천장의 허물이 이미 홀딱 벗겨진 다음이었다. 바지춤이 겁게 커피를 다 먹어 버린 다음이었다. 엉거주춤 서 있는 할은 함박웃음을 선사하는 여인 앞에서 황홀함을 금치 못했다. 바보처럼 넋을 놓고 있었다.

"커피 맛에 마음을 빼앗긴 게 아니라 여자한테 맛이 간 거였군. 그런 줄도 모르고 바리스타 자격증에 카페까지 차리고 커피를 팔고 있는 내가 멍청한 놈이지. 커피나무를 보겠다고 커피농장까지 온 내가 바보라고."

환은 기가 막힌 듯 한탄을 퍼부었다.

— 할아버지한테 하는 말본새하고는……. 내가 자그마치 네 5대조 할아버지야.

"쳇! 그래 봐야 나보다 고작 서너 살 위잖아."

— 그래, 맞먹어라, 맞먹어. 내가 네놈 친구다, 이놈아!

기분 상한 할의 목소리가 키를 높이던 순간, 그때였다. 째지고 갈라진 비수같은 비명이 비닐하우스 안으로 쳐들어온 것은. 환은 커피나무를 뒤로하고 총알처럼 튀어 나갔다.

소리는 커피매장의 뒤편, 형주의 살림집 마당에서였다. 소리의 주인은 형주의 아내인 민서. 그리고 환은 살림집의 돌담 밑에 쓰러져 있는 형주를 발견했다. 환은 재빠르게 사방을 훑었다. 지나가는 사람 하나 없는 고요하고 적막하기까지 한 마을. 환은 형주의 코밑에 손가락을 가져갔다. 있어야 할 숨이 느껴지지 않았다.

민서는 중심을 잃고 실신하듯 쓰러졌다. 반가운 손님이 올 것이니 점심상을 준비해 놓으라던 형주다. 상차림이 마무리되고 있음에도 형주는 나타나지 않았다. 비닐하우스에 있을 터였다. 민서는 오지 않는 형주와 손님을 마중하기 위해 밖으로 나왔다. 눈에 들어온 것은 뜻밖에도 돌담 밑에 쓰러져 있는 남편, 형주였다.

마당의 디딤돌 위로 번진 핏자국. 민서의 불길한 예감은 비껴가지 않았다. 형주가 죽었다. 아니, 살해됐다. 민서의 억장이 참혹하게 무너져 내렸다.

환은 당혹스러웠다. 꿈의 농장에 도착하자마자 살인현장과 맞닥뜨리게 되다니. 누가 알았을 것인가. 비닐하우스를 형주와 함께 나오지 않은 것이 마음에 걸렸다. 함께였다면 적어도 이런 불상사만은 일어나지 않았을 터다. 도둑이 없다는 제주는 호랑이 담배 먹던 시절의 말이 되었나 보다. 살인사건과 마주했으니. 꾸물꾸물한 섬의 날씨만큼이나 환의 여정 또한 종잡을 수 없었다.

　제주경찰서 강력계 고일중 반장. 환의 신고로 그가 현장에 도착한 것은 20여 분이 지나서였다. 검게 그을린 구릿빛 피부가 인상적이다. 고 반장은 외부인이 현장에 있는 것을 경계하며 시신을 주시했다. 뒤통수에서 흐른 피가 머리칼에 엉겨 붙은 형주는 토막 난 부적을 손에 쥐고 있었다. 민서는 전연 모르는 부적. 그가 부적을 몸에 지니고 있었다면 그녀가 모를 리 없었다. 그들 사이에 비밀은 허용되지 않았다. 그리고 또 지금은 아니어도 한때는 독실한 크리스천이었던 형주. 그런 그의 손에서 발견된 뜬금없는 부적. 민서 역시 한두 번 점집을 드나든 적은 있다. 어디까지나 결혼 전의 일이다. 부적을 쓰는 일은 생각조차 해 본 적 없었다.

　시신에 시선을 고정한 고 반장은 착잡했다. 한 달 전. 마을의 노파 하나가 공기총에 맞아 변사한 사건이 있었던 터다. 노파 살해범을 아직 잡지 못했다. 살인 사건이, 그것도 같은 마을에서 연달아 발생하는 일은 그간 없었다. 동일범의 소행은 아닐까. 착잡한 와중에도 고 반장의 고뇌는 흘렀다.

　변을 당한 사람은 손자와 단둘이 사는 칠순의 노파였다. 알 수 없는 병에 시달리며 밤마다 고통을 호소하는 손자. 노파는 손자를 데리고 한동안 병원을 찾아다녔다. 치료를 받고 병원에서 주는 약을 먹었지만 차도는 없었다.

의사는 손자의 병명을 확인할 바가 없다고 했다. 치료가 어렵다는 것을 그때야 털어놓았다. 약물로 다스릴 수 있는 병이 아닌 것 같다. 육지의 큰 병원으로 가 보거나 아니면 맛있는 것을 많이 해 줘라. 의사의 마지막 당부이자 처방이었다.

노파는 가망이 없다는 의사의 소견에도 불구하고 손자를 살릴 묘책을 강구했다. 육지의 큰 병원을 찾아가는 험난한 여정 대신 마을에 사는 박수무당을 찾은 것은 착오였다. 악귀가 들어서 그런 것이라고. 무당은 확신에 찬 얼굴을 했다. 굿을 해서 악귀를 쫓으면 금방 멀쩡해질 것이라 장담했다.

굿을 하면 나을까. 손자를 살리자면 망설이고 있을 짬은 없었다. 노파는 있는 돈, 없는 돈을 주위에서 되는 대로 빌렸다. 손자의 악귀를 쫓아 달라고 무당에게 청했다. 그러나 손자의 병세는 좀처럼 나아지지 않았다. 더 악화되어 가기만 할 뿐이었다. 노파는 손자의 병이 더 나빠진 것 같다고 투덜거렸다. 정성이 부족해 그런 것이다. 박수무당은 더 큰 정성을 보여야 된다고 엄포했다.

십시일반으로 빌려 모은 돈은 무당이 요구한 굿값 근처에도 못 미쳤다. 얼마 되지 않는 돈. 노파는 무당의 인정에 호소했다. 매달렸다. 젊디젊은 손자의 병을 잡기 위해 지푸라기라도 잡는 심정으로 무당의 말을 따랐다. 제대로 정성을 보여야 한다. 알량한 집을 담보로 노파는 은행에서 대출을 받았다. 그 돈은 고스란히 박수무당의 주머니 안으로 들어갔다.

그러나 노파의 손자는 끝내 죽음을 면치 못했다. 집은 고스란히 은행으로 넘어갔다. 모든 것을 다 잃은 노파는 막막하기만 했다. 이럴 줄 알았으면 의사의 충고대로 맛있는 거나 많이 사 줄 걸. 억장이 무너지는 후회는 쉼 없이 밀려들었다. 이미 죽어 버린 손자. 노파의 피눈물은 마를 새가 없었다. 시간이 흐르자 노파는 조금씩 정신을 차렸다. 손자의 죽음 앞에 내가 이성을 상실했구나. 그동안의 모든 것이 박수무당의 농간이라는 데 생각이 미쳤다. 그의 집에 찾아가 마당 한자리를 차지했다. 죽은 손자를 살려 내든지, 굿값을 도로 내놓든지. 둘 중 하나를 해. 노파는 갈 곳이 없었다.

죽은 손자의 명이 다해 그런 것을 어디 와서 생떼를 부려. 무당은 야단했다. 손자를 잃은 노파의 억울한 심사는 견고했다. 나무 한 그루 없는 박수무당의 집 마당에서 더위를 먹으며 시름시름 앓았다. 손자를 잃은 상실감이 생의 의욕을 꺾어 놓았을지 모른다. 해가 떨어져도 집으로 돌아갈 생각은 하지 않았다.

노파의 뜻하지 않은 행동에 똥줄이 타는 건 박수무당이었다. 자칫 잘못하다가는 자신의 마당에서 사람이 죽어 나가게 될 판이다. 돈을 마련해 놓을 테니 내일 다시 와라. 무당은 노파를 구슬려 돌려보냈다.

다음 날, 노파는 박수무당의 마당에 모습을 보이지 않았다. 보일 수가 없었다. 고일중 반장이 박수무당의 집에 나타났다. 노파와 그 사이에 있었던 그간의 내막을 마을 사람들로부터 전해 듣고 난 다음이었다.

노파의 시체는 무당의 집과 노파의 집 중간 지점에서 발견되었다. 박수무당이 살인용의자 선상에 제일 먼저 오른 것은 두말할 것도 없다. 혼자 치성을 드리고 있었다는 무당은 그 자신의 알리바이를 입증하지 못했다. 살해흉기인 공기총은 그의 집 어디에서도 발견되지 않았다. 그의 범행을 입증할 방법은 없었다. 심증은 있지만 물증이 없다. 고 반장으로서는 여간 답답한 일이 아닌가.

형주가 사망한 다음 날에도 민서는 자리에서 일어나지 못했다. 환은 바닷가로 나가 해녀들이 아침에 딴 전복을 몽땅 샀다. 어제 낮부터 아무것도 먹지 못한 민서를 위해.

전복죽을 끓일 생각이다. 상여 나가는 것을 보고 좋은 일이 있을 거라더니. 형주의 변고에 환의 마음은 무겁기만 했다. 그 자신의 방문이 화를 불러온 것은 아닌가. 형주의 장례를 치를 때까지 농장을 떠날 수 없을 터였다. 착잡한 마음을 안고 농장 입구를 들어설 때였다.

낯선 사내 하나가 농장 입구에 떡 버티고 서 있었다. 팔짱을 끼고 선 그는 커피농장을 한참 예의주시했다.

"이 집에 무슨 용건이라도 있으십니까?"

환은 낯선 사내에게 다가가 말을 걸었다. 그리고 내리깐 사내의 시선과 마주했다.

"내 말을 안 들으니 화를 당하지. 진즉에 이사를 갔으면 목숨만은 구했지…… 쯧쯧쯧."

환에게 하는 말이 아니다. 그렇다고 사내의 완전 혼잣말도 아니었다.

"뭡니까, 당신?"

발걸음을 돌리는 사내를 환은 황망히 다그쳤다. 사내가 돌아봤다. 위아래로 환을 훑어보고는 콧방귀를 뀌었다. 방자한 걸음걸이로 휑하니 농장 앞을 떠났다.

돌담 사이로 꼬리를 완전히 감출 때까지 환은 사내를 지켜보았다. 왠지 께적지근한 기분이 들어서였다. 시야에서 사내가 완전히 사라지고 난 다음에야 환은 농가로 발을 옮겼다. 민서는 여전히 아무런 기척이 없다. 전복죽을 먹고 나면 기운을 좀 차리겠지.

십여 년이 넘는 혼자 생활에 어쩔 수 없이 는 것은 환의 요리 실력이었다. 레시피 없이도 웬만한 음식은 다 만들게 하는 눈썰미. 환은 칫솔로 능숙하게 전복의 이물질을 제거했다.

전복에 칼집을 넣고 납작납작하게 써는 것도, 참기름을 두른 냄비에 전복과 내장을 넣고 볶는 일도 손에 익은 일이다.

바닷가에 나가기 전, 물에 불린 쌀을 환은 전복냄비에 넣었다. 불 앞에 서서 죽을 만드는 내내 농장을 지켜보던 사내가 머릿속에서 떠나지 않는다. 머릿속 일에 골몰하다 보니 죽이 끓는 것도 알아채지 못했다. 보글보글 끓는 죽이 환의 손등으로 튀어 올랐다.

"앗 뜨거!"

사내의 그림자가 한순간 사라졌다. 환은 부랴부랴 불을 줄이고 전복죽을 완성했다. 하마터면 다 태울 뻔했다.

그때까지도 민서는 침대에 모로 누워 있었다. 전복죽을 끓여 왔다는 환의 말에도 움직이지 않았다.

"해녀들이 갓 잡은 전복으로 끓인 겁니다. 입맛이 없더라도 한 술······."

민서의 흐느낌이 가느다랗게 새어 나왔다. 환은 더 말을 잇지 못했다. 뭐라고 위로를 해야 될지 모르니 머뭇거리기만 한다. 그녀의 흐느낌이 멈출 때까지 가만히 기다렸다. 환이 불편한 민서는 얼마 지나지 않아 억지로 일어나 앉았다. 두 눈이 퉁퉁 부었다. 그런 민서의 손에 환은 얼른 수저를 쥐어 주었다.

"기운을 차리셔야 합니다. 누가 그랬는지 밝혀서 형님의 원한을 풀어 드리겠습니다."

괜히 말했나 보다. 민서의 흐느낌이 다시 이어졌다. 죽에 수저를 꽂아 넣은 채였다.

"아까 전에 백발의 꽁지머리를 한 남자가 농장을 기웃거리던데, 혹시 누군지 아십니까?"

환은 화제를 돌리고 싶었다.

"뭐라던가요, 그 인간이?"

민서의 눈초리가 불이 붙은 것처럼 순간 이글거렸다.

"이사를 안 가서 그렇다, 뭐 그러는 것 같던데……. 그게 무슨 말입니까?"

민서는 얼굴을 잔뜩 찡그렸다. 불편한 심기를 건드린 건 아닐까. 환은 또 민서의 눈치를 살폈다. 그녀의 견고한 침묵. 한참만에야 그녀의 말문이 다시 열렸다.

"그 자가 내 남편을 죽였을 거예요, 틀림없어요."

"네, 뭐라고요?"

민서는 확신했고 환은 어리둥절했다.

백발의 꽁지머리를 한 사내. 그가 바로 그 마을의 박수무당이었다. 몇 달 전부터 형주한테 농장을 팔라고 쫓아다니며 괴롭히던 장본인이었다. 마가 끼었네, 어쨌네 하면서 심심하면 찾아왔다. 형주와 민서의 속을 발칵 뒤집어 놓고 갔다. 값을 후하게 쳐주겠다. 하지만 그들은 마다했다. 팔 농장이었으면 제주에 들어와 살지도 않았을 터였다. 팔지 않으면 큰 봉변을 당하게 될 것이라고 박수무당은 충고했다. 아니, 협박했다.

박수무당의 지나간 말을 곱씹는 민서는 죽을 입안으로 꾸역꾸역 밀어 넣었다. 형주의 사망에 그가 관계되었다고 확신하면서.

제주로 이주해 힘들게 가꾼 터전이었다. 실패를 거듭하던 초반의 커피나무도 이제 곧잘 무럭무럭 자랐다. 단골은 물론 제법 이름도 알려졌다. 안정 궤도에 올라서고 있는 농장. 큰 욕심을 부리지 않는다면 제주 정착은 가히 성공적이었고 살 만했다.

언제부터인가 마을의 길흉을 본다며 박수무당, 그가 찾아왔다. 터가 좋지 않다는 둥, 이사를 가는 게 좋겠다는 둥, 변고가 생기겠다는 둥의 악담을 민서와 형주 앞에 슬쩍슬쩍 던져 놓기 시작했다. 처음엔 그저 미친 소리거니 코웃음으로 넘겼다. 박수무당의 방문이 잦아질수록 악담의 수위는 높아지고 강도는 세졌다. 무던하던 심사가 그날은 몹시도 뒤틀렸다.

민서는 농장으로 들어서는 박수무당에게 굵은소금을 팍팍 뿌렸다. 돼먹지 않은 소리는 관두고 썩 물러가라. 쐐기를 박았다. 그것이 화를 부른 것은 아닐까. 형주의 변고가 자신의 잘못인 것만 같은 민서다. 어이없는 실소만 피식피식 새어

나왔다. 통곡해도 시원찮을 판에.

박수무당의 말을 듣지 않아서가 아니었다. 위험이 다가오
고 있음에도 진즉에 알아채지 못한 민서는 자신을 자책했다.
해코지하자고 작정하고 달려드는 무당을 너무 안일하게 대
처했다.

노파가 변사한 뒤로 박수무당이 농장에 나타나는 일은 뜸
했다. 그의 허접쓰레기 같은 소리를 듣지 않아도 되니 민서
는 속이 다 시원했다. 농장 앞에는 코빼기도 보이지 않았다.
그런 그가 다시 나타났다. 민서는 절로 몸서리가 쳐졌다. 무
슨 맛인지도 모르고 입속으로 전복죽을 밀어넣었다. 그녀는
뿌드득 이를 갈았다. 전복죽 한 그릇을 이내 비웠다.

"혼자 삽니까, 박수무당은?"

죽 그릇을 치우며 환이 물었다.

"가끔씩 들락거리던 덩치 큰 젊은 남자가 한 사람 있었어
요. 몇 달 전부터 그 집에 함께 산다고 하는 것 같더군요. 소
문엔 수양아들이라는 것도 같고."

"지금도 함께 삽니까?"

"죽었어요."

분노로 기운을 차린 민서였다. 그간의 일을 환에게 털어
놓았다.

산에서 홀로 치성을 드렸다는 사건 당시의 입증하지 못한

알리바이. 그로 인해 노파를 살해한 사람이 박수무당이다, 아니다 하는 첨예한 대립을 빚었다. 결국은 그의 범행을 입증하지 못해 사건은 미궁으로 빠져들었다. 무당의 집에 수상한 남자가 살고 있다는 제보로 그에 대한 조사가 다시 이뤄졌다. 그 무렵에 마당에 진을 치고 있는 노파를 발길질하는 젊은 남자를 봤다는 목격자도 나타났다. 그 젊은 남자는 박수무당의 수양아들로 그들이 공모해 노파를 살해했을지 모른다는 소문은 삽시간에 마을로 퍼져 나갔다.

"경찰 측에서도 그가 범인이라고 확신했어요. 그가 잡히고 나면 모든 게 끝날 줄 알았어요. 그런데 그 아들이 갑자기 교통사고로 죽었다는 거예요. 박수무당이 경찰을 상대로 고소를 하네 마네, 또 한참 시끄러웠어요. 생때같은 자기 아들을 경찰이 죽였다나 어쨌다나 하면서."

"경찰이 교통사고라도 낸 겁니까?"

"그럴 리가요. 경찰이 무고한 사람을 범인으로 몰아세우니까, 그가 정신적인 고통을 받아서 교통사고를 냈다, 뭐 그런 말도 안 되는 소리를 해댔어요. 그러고도 남을 인간이죠. 그 아들이 현장에서 즉사했다고 하더군요. 경찰 측은 노파 살인범으로 그를 지목했었는데, 증거를 찾는 와중에 그런 일이 생겼으니……. 경찰만 닭 쫓던 개가 된 거죠."

"어제 나간 그 상여가 그럼, 박수무당 아들 건가요?"

"상여를 봤다면 아마 맞을 거예요."

환의 두뇌가 복잡하게 얽혀들었다. 노파 살인 사건의 수사가 원점이 된 상태에서 그사이 형주가 또 살해됐다. 그들의 죽음에 어떤 흑막이 있는 걸까. 뭔가 연관이 있어 보이는 것만은 확실했다.

사람이 둘씩이나 죽어 나갔음에도 마을은 평화로워 보이기만 했다. 형주의 죽음에 대한 의문으로 환의 속은 들끓고 있었지만. 바다와 나란한 올레를 환은 홀로 거닐고 있었다. 바닷가 마을의 살인 사건에 대한 전모를 해무는 알고 있지 않을까. 바닷가 올레를 벗어나 환이 대로변으로 들어섰을 때였다.

– 이토록 아름다운 마을에 살인 사건이라니. 말도 안 돼.

"내 생각도 그래. 하지만 왠지 구린내가 나는 거지. 아름다운 마을이라 누군가의 시샘이 붙어서 이런 일들이 생기는 건 아닐까?"

환은 풀릴 듯 풀리지 않는 사건의 꼬투리에 매달렸다. 높은 습도에도 갈증은 찾아왔다. 편의점에 들러 생수를 하나 사야겠다고 생각하던 차였다. 고급 세단 하나가 천천히 환의 앞을 지나갔다. 아니, 쌩하니 순식간에 지나갔다. 그럼에도 조수석에 탄 꽁지머리의 박수무당은 환의 뇌리에 선명하게 인지되었다.

뒷좌석에 있는 정장 차림의 남자를 향해 몸통을 틀고 앉은 박수무당은 낯설었다. 안하무인의 기세등등한 그의 모습이 아니다. 잔뜩 저자세인 걸 보면 마을 사람은 아닐 터였다. 차 안의 그들이 어떤 대화를 나누는지 알 수 있다면 좋을 텐데. 박수무당을 저토록 숙연하게 만드는 남자가 누군지만 알아도 좋을 것이다. 상당한 부호의 냄새를 물씬 풍기는 그 남자.

박수무당을 찾는 이라면 용건은 빤한 것일지도 모른다. 일신의 문제를 상담하거나 점괘를 알아보기 위해서? 박수무당이 저토록 살랑거릴 이유가 없다. 그가 상대의 비위에 달라붙어 굽실거리고 있다. 무엇 때문에? 생수를 사러 가는 것도 잊은 채였다. 환은 대로변에 그대로 망부석처럼 서 있었다.

– 중국에서 온 사람들이야. 아무래도 제주 땅을 사려고 하는 것 같은데…… 박수무당이 중간에 끼어서 중개를 하는 모양인데.

유령 할이 그들의 이야기를 전했다.

"땅? 땅을 산다고?"

어긋난 퍼즐조각이 땅이란 단어에 그제야 하나씩 아귀가 맞아 들어가는 것 같았다. 환은 그길로 제주시내의 부동산중개소를 찾았다. 박형주의 커피농장 부지를 사고 싶다고 중개인에게 은밀히 말을 넣었다.

"그건 사기 힘들 겁니다."

중개인의 말은 단단했다.

"값은 요구하는 대로 드린다니까요. 말이라도 한번 넣어 보면 안 되겠습니까?"

"임자가 따로 있어요."

중개인은 아무리 많은 돈을 줘도 형주의 농장만은 살 수 없을 것이라는 태도였다.

"대체 그 임자가 누구란 겁니까?"

제주는 아름다운만큼 탐내는 이들도 많았다. 일본뿐 아니라 중국에서도 제주의 땅을 사기 위해 암암리에 사람들이 다녀갔다. 투기꾼들이 몰려드는 것은 당연한 일이다. 이상하게도 현지 토박이 부동산중개인들만은 그 일에서 제외되었다. 땅을 사겠다고 접촉해 오는 외국인이 없었다. 투기꾼들에 밀려 뒷전에 있었고 누군가는 외국인에게 제주의 땅을 팔았다. 중국의 부호와 손이 닿은 브로커는 땅을 내놓지 않는 주민들을 상대하기 어렵게 되자 박수무당과 결탁했다. 흉흉한 소문은 마을 사람들과 토박이 부동산중개인들 사이에서 떠돌았다.

"그 농장을 꼭 사야겠다면 그 마을 박수무당한테나 가 보시든지."

부동산중개인은 떨떠름한 투로 말했다.

"박수무당한테 가면 농장을 살 수 있습니까?"

"그거야, 나도 모르지."

부동산중개인의 말은 거기서 끝이 났다. 안타까운 듯이 환은 돌아섰다. 그리고 그간의 사건 내막을 꿰뚫었다.

마을의 땅 매매와 관련한 투기꾼들 사이에 박수무당이 있다. 마을 사람들은 그곳의 토박이로 평생을 살아온 이들이 대부분인 데다가 나이 또한 고령이어서 땅을 팔고 떠나는 일에 관심이 없었다. 비싼 값에 팔아 준다고 해도 한평생 살아온 터전을 놔두고 낯선 곳으로 옮겨 갈 마음이 없는 것이다. 그 와중에 손자의 병구완을 하는 노파를 통해 마을 주민들이 땅을 팔게 할 방법을 떠올린 건 박수무당이다. 문제는 그가 어떻게 노파와 박형주를 살해했는가였다.

환은 무엇보다 증거를 찾기 위해 골몰했다. 박수무당이 범죄에 가담했다는 증거를 밝혀야 한다. 유령 할이 또 한 번의 활약을 보여 주었다.

– 무당 아들이 숨어 있는 곳을 알아내면 되지 않겠어.

"무덤에 묻힌 사람을 찾아서 뭐하게? 우리가 여기 오던 날, 그게 바로 박수무당 아들 상여라잖아. 할도 봤으면서 엉뚱한 말 하기는……."

환은 시큰둥하니 대꾸했다.

– 뱅여가 나가는 것을 보긴 봤지.

"뱅여라니? 그게 뭔데?"

─ 내가 살던 때만 해도 마을의 어느 한 집에서 전염병이 발병하면 그게 온 마을로 퍼져서 사람들이 속수무책으로 죽어 나갔거든. 그땐 치료약이 없을 때였으니까, 전염병을 예방하기 위해 거짓 상여를 내보내는 거야. 액막이 풍습 중 하나라고 할 수 있지. 방아의 절굿공이가 마마자국을 낸다고 방아 손님을 상여에 태워 보내기도 하고……. 어쨌거나 우리가 그날 본 건 바로 그 액막이용 상여였단 말이지. 요즘도 뱅여가 있다는 사실에 놀라긴 했어.

"그럼, 박수무당이 경찰과 마을 사람들의 눈을 속였단 거야? 자기 아들과 짜고?"

─ 나는 모르지. 암튼 다른 사람들 눈은 다 속여도 내 눈은 속일 수 없지. 분명히 거짓 상여였다고.

"그런 중요한 사실을 이제야 말하다니. 할은 고약해."

─ 기껏 알려 주니까, 뭐, 고약? 나는 다 아는 줄 알았다고. 나와 맞먹는 녀석이 뭔들 모를까.

환은 유령 할의 말에 이미 귀 닫고 있었다.

박수무당. 땅 투기꾼. 살인용의자. 뱅여. 환은 모든 것이 밝아 오는 것을 느꼈다. 의술이 발달하지 않았던 옛날에야 그렇다 치더라도 의학이 발달한 오늘날에 액막이용 상여는 필요 없었다. 뱅여가 나가는 것을 보더라도 그것이 가짜라고 의심할 사람은 없었다. 환 역시, 추호의 의심도 하지 못했다. 할이 말해 주지 않았더라면 거짓 상여를 지금도 믿고 있을 터였다.

환은 기가 막혔다. 멀쩡히 살아 있는 아들을 죽은 사람으로 만들다니. 그가 어디에 숨어 있는지만 알아낸다면 모든 사건이 일단락될 터였다. 복잡했던 머릿속이 일렬로 정리되는 듯했다. 환은 고일중 반장에게 전화를 넣었다. 살인범을 잡을 수 있을 것 같으니 당집으로 속히 와 달라는 부탁을 하기 위해서.

환은 지체하지 않았다. 민가에서 외따로 떨어져 있는 당집으로 직행했다. 짐작했던 바대로 박수무당은 그곳에 있었다. 그의 은밀한 고객과 말을 섞고 있었다. 마을 주민들이 술렁이기 시작했으니 이제 기다리는 일만 남았다. 조금만 더 기다리면 그들 스스로가 마을을 떠날 것이다. 무당은 자신했다. 투기꾼이 박수무당의 말을 중국 부호에게 중국어로 옮겼다. 음흉한 웃음이 그들을 물들일 때. 환은 당집의 문을 벌컥 열어젖혔다. 은밀한 대화와 음흉한 미소를 나누던 그들. 환의 출현에 화들짝 뜨악한 표정이 됐다.

"신주님 노하시게 허락도 없이 발을 들이다니, 이게 대체 무슨 짓인가?"

박수무당은 움찔한 속내를 격노로 감췄다.

"신주님이 노했다면 나 때문이 아니라 당신과 당신 아들 이진철 때문이겠죠."

환의 눈매가 유난히 날카로웠다.

"무슨 헛소리야. 당장, 어서 나가지 못해!"

"양아버지라지만 그래도 부모지 않습니까? 어떻게 멀쩡하게 살아 있는 아들을 죽일 생각을 한 겁니까? 자초지종이나 한번 들어 봅시다."

"경찰한테 가서 물어봐. 말로는 국민을 보호하네, 어쩌네 하면서 생때같은 내 아들을 죽인 건 경찰, 그들이니까."

박수무당은 되레 엄포를 놓았다.

"이제 그만 나오시죠, 이진철 씨?"

환은 당집의 제단을 향해 소리쳤다.

"죽어서 황천 간 애가 어떻게 온단 거야?"

박수무당은 짐짓 태연을 가장한 채로 말했다. 진철이 환의 말을 들을 리 없다는 것을 잘 알았다.

"당신 말처럼 진짜 그럴까요?"

무당은 도통 말이 통하지 않는 작자였다. 환은 긴 숨을 들이마셨다가 내뱉었다. 제단을 향해 다가갔다. 박수무당이 헛기침을 하며 돌아앉던 순간이었다. 환은 제단의 커튼을 들췄다. 환과 눈이 마주친 진철은 화들짝 놀라 벌떡 일어섰다. 제단은 무너져 엉망으로 바닥에 널브러졌다. 진철은 밖을 향

해 도망치듯 내달렸다. 신이 노했다고 박수무당은 설레발을
쳐댔다.

환은 진철을 쫓지 않았다. 대신 박수무당을 쳐다보며 말
했다.

"죽었다던 아들이 버젓이 살아 있으니, 시시비비를 이제
다시 가려 봐야겠습니다."

"내 아들은 죽었어. 경찰이 내 아들을 죽였다고."

박수무당은 순순히 인정할 위인이 아니었다. 고일중 반장
이 도망쳤던 이진철과 함께 나타나자 모르는 사람처럼 먼 산
만 바라보았다. 진철의 손목에서 수갑이 반짝거렸다. 산만
한 덩치가 무색하게 그는 순진한 아이처럼 무릎을 꿇었다.

"당신이 한 짓을 이제 그만 실토하시지?"

환이 말했다.

중국 부호가 관광호텔을 짓기 위해 마을의 땅을 매입하고
자 하는 과정에서 모든 일은 비롯되었다. 현지의 부동산중개
인들은 마을에서 태어나고 자란 주민들에게 땅 팔기를 강권
하지 못했다. 이렇다 할 결과도 없이 시간은 흘렀다. 그사이
박수무당이 투기꾼과 결탁했다. 무당의 주도하에 불온한 계
획은 암암리에 진행됐다. 일 년이면 충분하다고. 마을 사람
들이 앞다퉈 땅을 내놓을 것이라고. 무당은 호언장담했다.

상황은 박수무당이 전혀 예상치 못했던 방향으로 흘렀다.

집과 손자를 모두 잃은 노파가 마을을 떠나는 대신 박수무당에게 적반하장으로 엉겨 붙은 것이다. 듣지도 말하지도 못하는 수양아들 이진철은 가히 쓸모가 있었다. 박수무당의 살인 혐의를 진철에게 씌우기에는 안성맞춤이었다. 거짓 사고를 내고 진철을 죽은 사람으로 만드는 일은 손쉬웠다.

처음부터 마을 사람 전체를 대상으로 저질러진 일이었다. 박수무당은 조금씩 계획을 실행에 옮겨 갔다. 마을의 땅 상당 부분을 차지하고 있는 커피농장의 박형주는 무당의 표적이 될 수밖에 없었다. 숱한 충고와 위협에도 박형주는 움직일 생각을 하지 않았다. 무당은 비상수단으로 진철을 시켜 농가의 출입문 앞에 부적을 묻어 두게끔 했다. 누구의 눈에도 띄어서는 안 되는 일이다. 무당은 단단히 주의를 일렀다. 지시를 이행하기 위해 진철이 부적을 형주의 현관 앞에 묻고 돌아서던 그날이었다.

진철은 부적을 남몰래 묻지 못했다. 그의 수상쩍은 행동을 형주에게 들키고 만 것이다. 부적을 파내는 형주와 다시 묻으려는 진철과의 사이에 승강이가 벌어졌다. 형주는 분노했다. 당장 경찰서로 가자고 진철을 우격다짐으로 잡아끌었다. 소리를 듣지는 못해도 형주가 불같이 화를 내고 있다는 것만은 진철도 짐작했다. 덩치만 컸지 마음 여린 그는 도망쳤다. 형주의 손에 이내 붙잡히고 말 도망. 잔뜩 겁먹은 진

철은 완력을 행사했다. 운은 지지리도 없었다. 진철은 도망
도 치지 못했고 그가 떠민 형주는 돌담 모서리에 머리를 찧
고 말았다. 그의 목덜미로 붉은 피가 뱀처럼 흘러내렸다. 진
철은 경악했다. 바들바들 온몸을 떨어 댔다. 그 와중에도 형
주의 손에 들린 부적을 빼내려고 애썼다. 너무나도 꽉 쥔 터
라 그만 반 토막이 나고 말았다. 허둥지둥 도망쳤다. 현장을
수습하지도 못한 채였다.

　살인무기 공기총은 엉뚱하게도 노파의 집 창고에서 발견되
었다. 마을 주민의 집집마다 무엇이 있는지 박수무당은 속속
들이 다 알았다. 노파의 손자가 소지하고 있던 공기총을 몰
래 빼내 온 것 또한 그였다. 집에 갔다가 내일 다시 오면 돈
을 주겠다고 노파를 구슬려 돌려보낸 뒤였다.

　박수무당은 노파의 뒤를 쫓았다. 온갖 심사가 뒤섞였다.
에이, 귀찮은 노파. 사라져 준다면 좋을 것이다. 공기총을
겨누고 방아쇠를 당겼다. 공기총의 총알이 노파의 두피를 뚫
고 들어갔다. 쇠약한 노파는 쓰러졌다. 다시 일어서는 일은
벌어지지 않았다. 사람의 목숨이 이토록 가벼운 것이던가.
내심 잘되었다고 자위했다.

　"부적만 묻어 놓으면 박형주 씨가 농장을 내놓고 떠날 줄
알았습니까?"

　환의 원망과 질타가 한데 뒤섞였다.

"내 말만 들었어도 그런 일까지 당하진 않았을 거야."

뉘우치는 기색도 없다. 박수무당은 막무가내로 뻔뻔했다. 면상에 주먹이라도 한 방 날리고 싶은 것을 환은 꾹꾹 눌러 참았다. 때릴 가치도 없는 인간. 환의 주먹만 아까울 터였다.

"이웃을 죽여서라도 내 배만 불리면 된다고 여긴 겁니까? 땅값은 두둑이 쳐주겠다고 했습니까? 그게 당신의 진심인지는 몰라도 당신의 죗값만큼은 법이 두둑이 쳐줄 테니까, 기대해도 좋을 겁니다."

환은 돌아섰다. 더는 박수무당과 마주하고 싶지 않았다. 이진철과 박수무당을 경찰차에 태운 고일중 반장이 환을 불러 세웠다.

"덕분에 사건이 해결됐어. 그런데 말이야, 그대의 존재가 나로서는 썩 유쾌하지 않아. 그렇다고 내 말을 불쾌하게 여기진 말게. 내가 해결 못해 질질 끈 그 일을, 평범한 그것도 새파랗게 어린 그대가 해결했다는 게 괜히 자존심 상해서 그러는 거니까."

환은 씁쓸한 웃음을 내비쳤다. 고 반장의 말 때문이 아니다. 사건의 전모를 꿰뚫고 나니 허탈하고 허무한 생각이 들어서였다. 피 한 방울 안 섞인 부자간이라고는 하지만 아버지가 아들을 살인자로 만들다니, 알 수 없는 분노가 치밀었다. 제아무리 돈이 세상을 움직이는 세상이라지만 돈을 위해 멀쩡히 살아 있는 아들을 유령으로 만들 생각을 하다니, 용서할 수 없는 인간이다. 아들을 살인기계로 만들어 주야 장천 이용할 생각은 아니었을까. 생각이 거기에 미치자 환은 쭈뼛쭈뼛 온몸의 솜털이 곤두섰다.

— 살아 있는 유령으로 산다는 게 뭔지, 박수무당은 전혀 모르는 거야. 그러니까 그런 짓을 아무렇지도 않게 저지른 거겠지. 안다면 어떻게 그런 짓을 할 수 있겠어?

환의 속내를 들여다본 듯이 유령 할이 말했다.

조선시대에도 나라에 큰 죄를 지은 이들 중에는 살아 있는 유령의 벌을 받은 이들이 있었다. 신분과 재산을 박탈당하고 그 어느 누구와도 산 자와는 말을 섞을 수 없는 형벌. 살아 있는 사람들 틈에서 보여도 보이지 않는 존재로 죽을 때까지 그렇게 외면당한 채로 사는 것이다. 버젓이 살아 있음에도 귀신 취급을 받는 그것은 죽음보다 더 참혹한 형벌이었다. 하물며 지금이 어떤 시대던가. 신분 증명이 안 되면 사람 행세를 할 수 없는 신용사회가 아니던가 말이다. 죽었다는 것은 그 어떤 사회 시스템도 사용할 수 없고 사람 행세를 할 수도 없는 존재가 되는 것이다. 인간으로 대우받을 수 없고 그 자신의 이름으로 된 것은 무엇 하나도 가질 수 없다. 사회적 권리 행사를 할 수 없으니 그야말로 목숨만 부지하게 된다. 조선시대 신분을 박탈당하고 유령처럼 살아가던 그 죄인처럼.

– 이제 어떡할 거야?

유령 할은 몇 발짝 앞서 걷는 환을 따라붙었다.

"비행기를 타야지."

다른 생각은 전혀 없는 환이다.

– 제주까지 왔는데, 사건도 해결됐는데. 이대로 그냥 가겠다는 거야?

"안 가면?"

– 가려거든 혼자 가. 난 싫어. 절대로 안 가.

"할 마음대로 해. 제주에 남든 나를 따라 비행기를 타든."

– 어른 공경도 모르는 천하에 불한당 같은 놈!

유령 할의 서운함은 꾸짖음으로 폭발했다. 환은 마음을 바꿀 생각이 없다. 이국적인 제주를 여행하는 일이 도무지 신명나지 않았다. 형주가 없는 커피농장 역시 더는 흥미롭지도 않았다. 환은 민서를 조문하고 서둘러 공항으로 직행했다. 조금이라도 더 빨리 제주를 벗어나고 싶은 마음뿐. 아버지 마선명으로부터 버림받은 도쿄에서의 일상이 박수무당과 이진철 부자로 인해 혼란스럽게도 겹쳐져 왔다. 아버지에 대한 원망이 아직도 남아 있는 것인가. 환은 알 수 없었다.

유령 할은 비행기를 타자마자 제주 여행에 대한 미련을 털어 버린 듯했다. 그러고 보면 할은 포기가 참 빨랐다. 성격이 좋아서 그런 것인지 그 상황만 넘어가면 지나간 일에 더는 왈가왈부하지 않았다. 대신에 다른 불평들을 생산해 내는 능력이 있었다. 기내에서 제공하는 커피가 영 입에 안 맞는다고 구시렁거린다. 성격이 좋다는 생각은 지워야겠다.

– 달콤한 커피를 마시고 싶어. 이 꿀꿀한 기분을 어떻게든 좀 달래 줘야지.

"아이스크림에 에스프레소를 얹은 아포가토라면 괜찮을까. 메슥거리는 불쾌한 속을 달래는 데에 말이야. 시원하고 달콤할 테니까."

그럼에도 환의 입안으로 느껴지는 아포가토의 맛은 뜨겁고 한약만큼이나 쓰디썼다. 집에 도착하자마자 할의 입맛에 딱 맞는 커피를 대령하겠다는 약속과 함께 환은 잠시 눈을 붙였다. 한숨 자고 나면 김포공항에 도착해 있을 것이다. 스르륵 잠으로 빠져들던 찰나다.

"손님!"

승무원이 환을 불러 깨웠다. 자는 승객을 깨우는 일은 좀처럼 없는 일이다. 환은 왜 그러냐는 표정으로 승무원을 바라보았다.

"자리가 불편하신 것 같아서 다른 자리로 옮겨 드릴까 합니다만."

"괜찮습니다."

"정말 괜찮으시겠어요?"

"물론입니다."

"손님의 어깨에 다른 손님이 올라앉아 계시는데도 말입니까?"

환은 화들짝 놀랐다. 승무원의 눈에 유령 할이 보인다는 것인가. 이 여자, 대체 뭐지? 휘둥그레진 눈으로 환은 승무원을 뚫어져라 바라보았다.

승무원은 해말간 얼굴로 환이 대답하기를 기다리는 눈치였다.

---

* 「계간 미스터리」 2013년 겨울호 수록작

사건 다섯 .

평생도의 비밀

모처럼의 휴일 아침, 환은 눈살을 찌푸리고 있었다. 이 주 전부터 낙점해 놓고 챙겨 보는 드라마 방송이 있었다. 지금 한창 하고 있는 중인데 볼 수가 없다. 리모컨을 요리조리 아무리 눌러 대도 채널은 환이 원하는 방송으로 전환되지 않았다.

이게 다 텔레비전 앞에 철썩 붙어서 떨어질 줄 모르는 할 때문이었다. 환의 기분 따위는 무시된 채였다. 화면 앞에 떡 버티고 앉아 있는 할은 채널을 장악했다.

꽃과 여인의 화가, 천경자[1]. 할은 그 천 화백의 '미인도' 위

---

1 한국화가. (1924. 11. 11. ~ 2015. 8. 6.)

작 논란에 관한 철 지난 방송 앞에서 떠날 줄을 모르고 혹해 있었다.

유령인 할이 관심을 보이는 것은 그리 많지 않다. 환의 여자와 카페에 관계된 것들이 태반이었다. 환의 문제도 아니고 환이 고민하는 범죄 사건도 아닌데 할은 미인도 방송에 푹 빠져 있었다.

할이 무엇인가에 저토록 진지한 것을 환은 본 적이 없었다. 환이 아닌 다른 것에 관심을 보인다는 게 신기하기도 했다.

─ 드라마는 평소에 보지도 않고 좋아하지도 않던 녀석이, 내가 텔레비전을 좀 보겠다는데 그리 꼽냐? 왜 난리야?

할은 시선을 방송에 꽂아 둔 채로 말했다. 시답잖은 소리는 하지 말라는 듯이.

"그러니까, 내 말이. 간만에 챙겨 보는 드라마가 생겼는데, 왜, 할이 훼방이냐고?"

환은 짜증난다는 듯이 투덜거렸다.

─ 자고로 장유유서! 찬물도 위아래가 있다. 이거 다 끝날 때까지는 얼씬도 하지 마.

"할의 진짜 나이가 몇인지는 알고? 고작 세 살 더 많은 것 갖고 할아버지처럼 굴기는……."

─ 고작? 내가 안 죽고 너처럼 살았으면 백 살도 더 넘었어. 왜 이러셔!"

할은 살짝 흥분해서 말했다.

"또 그 타령이군. 진짜로 살아 있었으면 백 살 전에 사망했겠지. 암튼 지금은 할이나 나나, 액면가 친구! 아니, 완전 떼쓰는 동생이네. 그리고 미인도 그딴 거, 더 볼 것도 없다고!"

환의 말이 끝나기도 전에 할은 순간 이동을 하듯 바투 다가와 있었다.

– 왜에?

할은 왕방울만한 눈을 바짝 들이대고 물었다.

"그, 그거야. 화가가……."

– 화가가 뭐어?

"부모가 자기 자식 알아보는 것처럼 자신이 그린 그림은 알아본다고. 미인도는 자기가 그린 게 아니라고…… 자필유언도 남겼어. 미인도는 죽어도 내 작품이 아니다, 이렇게!"

– ……!

"아, 알았어! 혼자서 실컷 방송 보라고, 봐! 내가 안 보면 되지, 뭐."

환은 들고 있던 리모컨을 탁자 위에 보란 듯이 던져 놓았다. 꾸중 듣는 아이처럼 할이 시무룩해지는 것을 보고 난 뒤였다. 티격태격은 해도 할이 침울해 하는 것을 보자니 또 측은했다.

환은 마음이 약했다. 친구처럼 맞먹다가도 할이 살던 때를 추측하자면 몇 대조를 거슬렀다. 환에게는 고조할아버지뻘이 될지도 모를 일이었다.

할의 나이보다 환이 진실로 궁금해하는 것은 따로 있었다. 귀신은 살아 있는 사람들보다 많은 것을 알고 있다. 어떤 귀신은 무당의 몸에 빙의해 천기누설을 하기도 한다. 그러나 할은 환의 미래는커녕 본인의 지난 생에 대해서조차 아는 게 없었다. 죽은 사람의 기억상실증이란 게 참으로 웃기고도 슬픈 얘기였다.

할은 존재하는 것, 그 이상도 그 이하도 될 수 없었다.

— 맞아. 화가라면 자기가 그린 그림은 아무리 하찮은 그림이라도 알아볼 거야. 어떻게 몰라볼 수가 있겠어. 작품 하나를 완성하기 위해 고뇌하고 상당 시간을 그림과 보냈을 텐데.

그랬다. 예술가의 작품은 그 어느 것도 하루아침에 뚝딱 완성되지 않는다. 영감을 얻는 것은 찰나적일지라도 그것을 작품으로 승화시키는 일은 참으로 지난한 과정이다. 그런 작품을 잊어버릴 수는 없다. 할처럼 기억을 잃어버린 게 아니라면.

"요는 그렇지. 그런데도 미인도가 천경자 화백의 작품이라고·강력하게 주장하는 사람들이 있으니 기가 찰 노릇이지. 예술가의 자존심이 뭉개지고 상처를 입는 건 당연해. 나라도 이 나라를 떠나고 싶었을 걸?"

환은 흔쾌히 맞장구쳤다. 그리고 아차 싶었다.

할은 환을 등지고 있었다. 묵념하듯, 아니 실의에 젖어 있었다. 환이 신경을 긁어서 그런 것도 아니었다. 미인도가 가짜여서 실망해서 그런 것은 더욱 아니었다. 미인도의 진위 여부에 관한 논란만큼이나 할의 존재 또한 미궁에 처해 있는 까닭이었다.

할은 홀로 탄식했다. 과거의 생을 더듬을 수 없음에 자신의 존재가 그야말로 공허하게 느껴졌다.

"미인도가 진짜가 아니라서 실망이라도 한 거야?"

할의 속내를 모르는 환은 넘겨짚었다.

– 아니…….

할은 힘없는 목소리를 겨우 토해 냈다.

"그래, 미인도나 천 화백이나 할과는 아무런 상관도 없는 일이야. 기운 좀 내라고."

할은 아무런 대꾸를 하지 않았다. 대신에 긴 한숨을 내쉬었다.

어라. 환은 내심 걱정스러웠다. 할은 꼰대처럼 꼬장꼬장하게 있어야 했다. 환이 잘못이나 실수를 할 때마다 곁에서 날카로운 훈수를 둬야 했다. 환이 귀찮아서 이제 제발 좀 그만하라고 할 때까지. 가끔은 그 반대일 때도 물론 있기는 하지만 말이다.

아무튼 침울해 있는 할은 보기 애처로웠다. 우울해하거나 서글픔에 젖거나 하는 것은 늘 환의 몫이었다. 하기는 어릴 때부터 부모의 사랑을 받지 못하고 컸으니 마음에 구멍 난 것처럼 바람이 휑할 때가 적지 않다. 그런 환을 위로하는 것은 늘 할의 몫이었다.

조금 전까지만 해도 텔레비전 채널을 독차지하고 신나서 거들먹거리던 할이다. 풀이 죽어 있는 할은 을씨년스러운 기운을 내뿜었다.

"미인도가 첫사랑이라도 떠올리게 한 거야? 홀딱 반했는데 가짜라니까 가슴이 막 아파?"

할의 기분을 풀어 주고자 환은 일부러 명랑하게 굴었다.

이상했다. 반사적으로 무슨 말이든 던져야 마땅한 할은 무슨 이유에서인지 조용하기만 했다. 환까지 덩달아 우울해지려던 참이었다.

– 난 어디서 온 누구일까?

"뭐라고?"

환은 생각지 못한 질문에 반문했다. 그리고 순간 정적이 흘렀다. 환이 대답해 줄 수 있는 사안이 아니었다.

할은 스물여섯 꽃다운 청춘에 생을 마감했다. 그 시절, 자식을 서너 명은 거뜬히 두고도 남았을 나이지만 할은 총각 귀신을 면치 못했다. 그조차도 확실하지 않았다. 자신의 생에 드리워진 것들을 할은 전혀 기억하지 못했다. 생각나는 것이라고는 엉터리 커피 맛과 그 커피 맛을 알려 준 여인뿐이었다.

그 여인이 미인도의 얼굴과 닮은 것은 아니었을까? 환은 그럴지도 모른다고 생각했다. 하지만 할의 고뇌는 다른 곳에 있었다.

사망할 당시의 모습으로 존재하는 할은 스물 셋 환과 다를 바 없다. 겉보기에 나이는 서로 엇비슷해 보였다. 턱 주변에 거뭇하게 올라온 수염이 할을 좀 더 형답게 보이게 한다는 게 차이라면 차이였다.

옷차림새를 보자면 둘이 전연 다른 시대를 사는 이들이라는 것을 한눈에 알 수 있었다. 할은 경성시대 모던보이들처럼 스트라이프 무늬가 들어간 양복에 호빵 같은 베레모를 쓰고 있었다. 마치 경성시대를 배경으로 하는 영화 속에서 튀어나온 사람 같기도 했다. 환과는 단연코 비교가 될 수밖에 없는 차림새였다.

옷차림만으로 할이 경성시대의 사람이냐고 묻는다면 그 또한 고개를 갸우뚱할 일이다. 할의 신분에 대한 정보는 모두가 환이 알고 있는 견지에서의 추측일 뿐이었다. 자신의 생을 기억하지 못하는 할은 한마디로 미궁의 존재나 다름없었다. 할 자신에게나 환에게나.

"과거가 뭐가 중요해. 난 지금의 할을 무지무지 사랑해. 내겐 둘도 없는 유령인걸."

– 한 번만이라도 볼 수 있다면 좋겠어.

잠시 침묵에 휩싸여 있던 할의 회한 어린 목소리가 터져 나왔다.

"뭘? 누구를?"

환은 다급히 되물었다.

– 달덩이처럼 큰 얼굴을 가진 아이가 그곳에 있었어.

뜬금없는 얘기였다. 십수 년을 함께 지냈으면서 환은 할에 대해 아는 게 희박했다. 할의 과거에 대해 심각하게 생각해 본 적이 없다는 사실에 환은 적잖이 놀랐다. 할이 기억하는 지난 생이 없어서이기도 했겠지만 환은 자신의 무심함을 홀로 자책했다.

재령. 환은 할이라 불렀지만 할의 진짜 이름은 재령이었다. 거기에 경성시대 사람이거나 조금 더 거슬러 간다면 조선시대 후기쯤의 사람일지 모르겠다고 귀띔해 준 것은 환이었다. 순전히 옷차림만으로 미루어 짐작한 일이었다.

할이 기억하는 이름 외에 하나가 더 있었다. 양탕국! 유령인 할이 인지하고 있는 또 다른 하나. 그것은 양탕국의 맛이었다. 할이 처음 맛본 양탕국의 쓴맛. 그것은 인생의 쓴맛. 아니, 처음 맛본 사랑의 달달함이고 황홀함의 극치였다. 양탕국은 그 시절, 서양문물의 하나였다. 뭔지도 모르고 마셨던 그때의 커피 맛을 할은 기억했다. 짧은 동영상처럼 할의 뇌리에 꿈결처럼 박혀 돌아가는 장면과 함께 말이다.

기와지붕이 날렵한 대감 집 마당은 눈에 선했다. 할은 그곳 마당을 가로지르고 있었다. 툇마루에선 양반가의 자제들이 둘러앉아 시끌벅적한 풍류를 즐겼다. 어찌 보면 할이 입고 있는 옷과 비슷한 것도 같다.

요상한 차림새를 한 그들의 틈에 할의 뇌리에 박힌 그 여인이 있었다. 유난히 뽀얀 피부. 붉은 입술. 어디서도 맡아본 적 없는 향기. 여인은 낯설었다. 그만큼 또 친숙했다. 일본 여인일지도 모른다는 짐작은 환이 해줬다.

어쨌든 마당을 가로질러 가는 할을 불러 세운 것은 그 여인이었다. 감히, 고개를 들고 쳐다볼 수도 없는 눈부신 여인임에 할의 허리와 고개가 저절로 땅을 향해 굽었다. 남자들의 야유와 농이 마당으로 던져졌다. 여인은 신경 쓰지 않았다. 호기롭게 할을 향해 다가왔다. 그러고는 소꿉장난 같이 생긴 앙증맞은 다기 잔을 할에게 내밀었다. 어서 받으라는 재촉의 눈짓과 함께.

여인의 웃음은 활짝 핀 꽃처럼 화사했다. 꽃향기가 풍기는 것만 같았다. 코끝이 간질간질했다. 실체도 없는 꽃향기에 취해서 할은 맥을 못 췄다. 할은 온몸을 조아려 여인의 잔을 황송하게도 받아 들었다.

할의 눈이 휘둥그레진 것도 그 순간이었다. 잔에 든 것이 무엇인지 확인한 찰나. 검디검은 물이었다. 한약인지, 사약인지 분간되지 않았다. 거부할 힘이 할에게는 없었다. 홀린 사람처럼 할은 잔을 입가로 가져갔다. 설령, 그것이 사약이라는 것을 알았어도 할은 마셨을 것이다.

다른 생은 기억나지 않았다. 여인이 건네주던 커피만은 온몸이 기억했다. 또렷했고 생생했다. 천지개벽을 앞에서 보는 듯했고 혀는 펄펄 끓는 가마솥에 들어갔다 나온 듯했다. 전율이 할의 몸을 관통했다. 그때 마신 커피. 그때 본 여인의 웃음. 유령 할의 존재를 오래도록 지배해 온 유일한 기억이었다.

환이 경찰이 되고픈 꿈을 접고 '할의 커피맛' 주인이 된 것은 순전히 할의 영향이라고 봐야 했다. 환의 짧은 생에 깊숙이 간여하고 있는 유령, 할이다. 커피라면 사족을 못 쓰는 할을 위해 환은 커피에 관심을 갖기 시작했다. 커피가 일상이 되었고 지금껏 후회는 없었다.

유령이 되어 이승을 떠도는 할은 커피만 있으면 불행도 견딜 만했다. 실상은 커피가 아니라 커피를 건네던 그 여인 때문일 테지만 말이다. 진의는 중요하지 않았다. 커피는 할의 모든 것이나 다름없다. 할은 또 환의 전부였다. 할이 벽을 뚫고 나온 그때부터 그들은 한 몸과 다를 바 없었다.

– 내가 태어나 처음으로 맛본 커피였어. 무슨 맛이었냐
고? 혀가 델 만큼 뜨거운 맛이었지. 하지만 뜨거운 줄도 몰
랐어. 한약처럼 썼지만 쓴 줄도 몰랐지. 내 눈앞에서 박꽃처
럼 하얗게 웃는 그 여인 때문에, 내 눈도 내 혀도 달달하기만
했지. 다른 건 모두 마비된 것처럼 없는 듯했으니까.

환은 알 것도 같았다. 뜨거워서 맛은 전혀 느낄 수 없음에도
분위기만은 달달해서 할의 뇌리에 각인된 그 커피 맛. 할의
지난 생에 대한 단초가 될 수도 있었다. 할이 자신도 모르는
사이 빠져서 보게 된 미인도 또한 숨은 이유가 있을 터였다.

"첫눈에 반했네. 그 여인이 할의 첫사랑? 온몸이 막 달아
오르고 심장이 막 요동치던가?"

환은 짓궂게도 굴었다. 돌아앉은 할의 한숨은 지나치게 무
겁기만 했다. 할의 등과 마주하는 것이 이토록 코끝 찡한 일
이 될 줄은 몰랐다. 형체도 없는 육신인데 건드리기만 해도
한순간에 바스러져 내릴 것만 같다. 환은 그 등을 한동안 멀
뚱히 바라보았다.

미안한 생각이 자꾸 드는 건 왜였을까. 친구 하나만 보내
주면 그 무엇도 바라지 않겠다고. 아버지 선명의 무관심도
굳건하게 견뎌 내겠다고. 환은 간절하게 기도했다. 아주 오
래전에. 엄숙하고도 간절한 기도 끝에 환은 할을 얻었다. 할

은 환의 침대가 놓인 벽을 뚫고 나왔다. 평범한 다른 아이들 같았으면 무서워 도망갔을 테지만, 기절했을 테지만 환은 기쁨으로 가득했다. 자신의 기도가 이뤄진 것이 그저 신기했다. 아버지를 닮은 듯한 할이 자신을 위해 와 준 것이 좋아서 펄쩍펄쩍 뛰었다. 발소리가 누구에게도 건너가지 않게 조심하면서.

그날 이후로 할은 아빠도 됐다가 삼촌도 됐다가 형도 됐다가 친구가 되기도 했다. 환의 눈에만 보이는 할. 그렇게 십수 년의 세월을 환은 할을 의지하며 살았다. 도움이 필요한 쪽은 환 자신이라고만 여겼다. 할에게도 뼈아픈 사연이 있어서 누군가의 도움이 필요하다는 사실을 간과했다.

할의 생을 찾아 주는 일에 대해 왜 그토록 무심했을까. 할은 어쩌다 환의 방에 나타나게 될 것일까. 한번쯤은 진지하게 의문을 가졌을 만도 했다. 할조차 모른다는 것을 핑계 삼아, 자신의 기도 끝에 나타난 할이라서 모른 척 방관만 했던 것인지도 모른다.

– 언젠가 본 적이 있어. 또래 아이들이 모여서 노는 그림…… 여러 아이들 가운데 한 아이만 유독 커서 인상 깊은 그림이었지.

할은 그의 기억 속에서 건져 올린 그림에 대한 말을 이어 갔다.

"혼자만 잘 먹고 잘 큰 부잣집 도령이 모델이었던 모양이지."

– 아니. 그건 부모의 눈에 비친 자식의 모습이었어. 못났어도 당신 자식이 제일 크게 보였을 테니까. 입성 좋은 아이도 그림 속에 있었지만 그 아이처럼 눈에 들어오지 않았어. 당신 자식에 대한 깊은 사랑이 느껴졌어. 참, 이상하지? 달덩이 같은 그 아이를 보는데 내 가슴이 뭉클한 거야. 내가 마치 그림 속의 그 아이라도 된 것처럼.

"그 그림을 어디서 봤는지, 혹시 기억은 나?"

환은 어떻게든 할을 돕고 싶은 마음뿐이었다. 할은 고개를 내저었다. 기억나지 않는다는 뜻이리라. 누구의 작품이었는지도 할은 알지 못했다.

그림 속의 고만고만한 아이들 가운데 유난히 돋보이는 아이. 좋은 옷을 입지 않아도 아이는 해맑아서 부유해 보였다. 할은 그 모두가 사랑 가득한 시선으로 바라보는 부모가 아이의 뒤편에 있어서라고 여겼다. 그늘 한 점 볼 수 없는 아이의 모습에서 할은 부모의 마음이 읽히는 듯했다. 그러나 그 충만한 애정 속에서 할은 서글프게도 자신의 결핍과 공허함을 떠안아야 했다.

– 머릿속에 선명하게 자리하고 있는 건 분명한데 모르겠어. 내 환상이 만들어 낸 것일지도 모르겠다는 생각이 들어.

내가 모르는 것들 천지라서.

할은 심히 낙담했다.

"좋은 생각이 났어. 할의 과거를 되살릴 묘수가 될 거야."

환은 쾌재를 불렀다. 의미심장한 미소가 그의 입가로 번졌
다. 환은 행거에 걸쳐 둔 겉옷을 챙겼다.

– 묘수라니, 뭔데?

할은 자신도 모르는 사이 기대감에 부풀어 물었다. 집을
나서는 환을 부랴부랴 뒤쫓았다.

할은 몸을 어디다 둬야 할지 난감했다. 관람객들 틈에서
자지러지는 외마디 비명을 질러 댔다. 할을 향해 정면으로
돌진해 오는 이들이었다. 미술관 안에 있는 사람들 누구도
할을 발견하지 못했다. 그들은 할이 있거나 말거나 무심하게
도 지나다녔다.

– 가는 날이 장날이라더니, 웬 사람들이 이렇게나 많은
거야.

바투 다가오는 사람들 탓에 할은 안절부절못했다. 할의
몸을 관통해 지나가는 사람들을 요리저리 피해 보지만 사람
들이 워낙 많았다. 잠시만 한눈을 팔아도 그들은 할의 몸통
을 뚫고 지나갔다. 화들짝 놀란 할의 비명은 수시로 터져 나
왔다.

할은 허락을 받을 새도 없이 환의 어깨에 훌쩍 올라탔다. 날선 비명과 함께 환이 비틀거렸다. 할의 짧은 괴성이 또다시 이어진 것도 그때였다. 관람객의 시선은 환을 향해 포화처럼 쏟아졌다. 미술관 내의 예절을 무시하고 소음을 내는 유일한 사람, 환이다.

"숨을 곳도 없고, 창피해 죽겠네. 제발 좀, 얌전히 있어."

환은 관람객들의 싸한 눈길에 어디에 몸을 둬야 할지 몰랐다. 고개를 외로 꼰 환은 할을 타박했다.

– 그러니까 말이야. 사람 많은 데는 왜 와 갖고 이 생고생이냐고?

할의 잔소리는 여지없이 쏟아졌다.

미술관의 가장자리로 옮겨 오고 나서야 환에게 집중됐던 눈길은 흩어졌다. 환은 달라붙은 할을 떼어 내기라도 할 듯이 손을 머리 위로 가져갔다. 잡히지 않는다는 것을 알면서도 환은 멈추지 않았다. 그래 봐야 할을 더 불안하게 만든다는 것도 모르진 않았다.

– 뭐하는 거야? 내 몸무게가 나가면 얼마나 나간다고……비틀비틀, 허우적대는 꼴이라니. 이건 좀 아니지 않나?

환의 목말을 탄 할은 내려올 생각이 없었다.

"눈앞에서 갑자기 달려들면, 어느 누가 얌전히 서 있겠어."

– 나도 마찬가지야. 저들이 나한테 마구 달려들잖아. 내

몸을 갈기갈기 찢어 놓잖아.

"할이 더 소름 돋는 존재거든. 안 보이니 그나마 다행이지. 하지만 난 아니잖아. 눈앞에서 그렇게 달려들면 할이나 나나 피장파장이라고!"

환은 그냥 물러나지 않았다.

할과 함께 밖에만 나오면 번잡스런 일들이 생겨났다. 사람들이 붐비는 곳에서만 그런 건 아니었다. 카페 앞 골목을 지나는 자동차만 봐도 할은 화들짝 놀랐고 느닷없이 달라붙는 할 때문에 환이 난감할 때가 한두 번이 아니었다. 자동차와 부딪혀도 상처 하나 생기지 않는 유령의 육신이다. 그럼에도 할은 자신을 향해 달려드는 것들에 과하게 두려움을 느꼈다. 카페 앞에 주차하는 자동차를 보고도 할은 식겁했다. 유리벽이 설치되어 있고 카페 안까지 자동차가 침범하는 일은 없다. 그것을 알면서도 할은 부지불식간에 그 사실을 잊었다.

할이 혼비백산해서 날뛰면 환까지 덩달아 정신이 다 혼미했다. 할은 누구도, 그 무엇도 자신을 해치지 못한다는 사실을 종종 아니, 자주 까먹었다.

― 사람이 많은 곳은 정말이지 딱 질색이라니까.

"알았으니까, 가만히 좀 있으라고. 정신 사납다고!"

― 아, 미안……. 사람들이 날 어쩌지 못한다는 거 아는데, 내가 어떻게 되지 않는다는 것도 아는데, 나를 향해 돌진해

오는 것 같으면 무서워. 비록, 혼령이 된 내 육신이지만 찢기는 고통이 느껴진단 말이야. 그것도 아주 심하게……. 내가 혹시 살아 있는 건 아닐까, 그런 착각까지 하게 만든다니까. 그나저나 여기는 대체 왜 온 거야? 정신 사나워서 나야말로 버틸 수가 없다고.

할은 빨리 나가자고 부산스럽게도 굴었다.

"잘 봐 봐. 여기 오니까, 뭔가 떠오르는 게 없어?"

환은 할을 진정시키고 물었다.

환이 할과 함께 찾은 곳은 덕수궁 인근에 자리한 서울시립미술관이었다. 천경자 화백의 그림이 상설로 전시되어 있는 곳. 미인도가 할의 기억을 잠시나마 뒤흔들었다면 미술관에서 뭔가 다른 단초를 찾을 수도 있지 않을까. 환의 생각은 그랬다.

그러나 할은 더는 그림에 관심을 보이지 않았다. 미술관 내의 많은 사람들로 인한 혼잡함에 숯불 위에 놓인 오징어처럼 굴었다. 환이 천경자 화백의 '환상의 잠식'이란 그림 앞에 섰을 때도 할은 집중하지 않았다. 여인의 머리카락 한 올 한 올에서 꽃이 피어나고 있었지만 할의 머릿속에선 아무것도 피어오르지 못했다.

– 고작, 이거였어. 혹시나 했는데 역시나군.

할의 실망스런 한숨이 환의 어깨를 타고 고스란히 전해졌다. 여자. 꽃. 뱀. 환상. 체념. 통곡. 잠식. 그 어떤 그림에서도 할의 기억은 자극받지 못했다. 지척을 오가는 인파에만 할의 온 신경이 집중됐다. 할은 질색팔색했다.

할의 지워진 과거를 그렇게 쉽게 되살릴 수 있을 것이란 생각은 하지 않았다. 그랬음에도 환의 실망감 또한 어쩔 수 없었다. 환은 미술관 밖으로 나왔다. 사람들은 도처에 점처럼 있었다.

기대했던 바는 어그러졌다. 광분한 할을 진정시키자면 도심을 벗어나는 수밖에 없다. 환은 더 볼 것도 없이 전철역 쪽으로 향했다.

– 저기 저건 뭐야? 한번 가 볼까?

환은 할의 손가락 끝이 향한 곳을 바라보았다. 덕수궁 돌담길을 따라 전시해 놓은 그림들이 보였다.

"괜찮겠어? 사람들 많은데……."

– 환이 있는데 뭐가 걱정이야. 저기 있는 그림이 미술관에 있는 것보다 흥미는 더 당기는데.

환은 할의 요구에 전철역으로 가던 발길을 되돌렸다. 친근한 인물화에서 고즈넉한 풍경화, 기하학적인 무늬의 추상화까지 돌담길을 따라 전시된 그림들은 다양했다. 화풍도 다 제각각이라 한 사람의 작품이 아니란 것은 그림에 문외한인 환이 봐도 알 만했다.

할이 환의 목말에서 내려온 것은 꽤나 오래됨 직한 낡은 한국화 앞에서였다.

인물화는 아니지만 화폭 안에 몇몇의 사람이 들어앉아 있었다.

"개밥에 도토리처럼 이런 그림이 왜 여기 끼어 있는 거야."

환은 중얼거렸다.

– 이 작품 왠지 친숙한데…….

할은 그림 앞에서 꼼짝하지 않았다.

그림이 눈에 들어오지 않는 환은 삼백 미터쯤 떨어진 곳에 있는 화가에게로 눈을 돌렸다. 은발의 머리를 단정히 묶은 화가는 이젤 앞에 앉아 있었다. 행인과 얘기를 하는가 싶기도 했다. 남색 티셔츠에 검정색 양복바지를 입은 남자가 화가와 함께 있었다. 화가는 남자의 말을 듣지 않았다. 붓질에만 열중했다. 멀리서 봐도 그들의 분위기가 좋지 않다는 것쯤은 짐작할 만했다. 아니나 다를까, 남자는 쳐다보지도 않는 화가에게 몇 마디의 말을 더 하는가 싶더니 횡하니 가 버렸다. 남자가 가든 말든 화가는 그림에 열중했다.

– 이 그림, 가져가자. 응?

할은 그림이 마음에 들었다.

"잠깐만…….."

환은 화가를 향해 다가갔다. 돌담길의 풍경을 담는 줄 알

앉더니 사진 속 연인을 옮겨 그리고 있었다. 환은 멈춰 서서 화가의 작업을 조용히 구경했다. 화가가 고개를 삐딱하게 튼 것은 환이 한참을 머물러 있은 다음이었다. 햇살에 부신 눈을 찡그린 채로 환을 올려다보았다.

"내게 무슨 용건이라도 있소?"

"여기 있는 그림들, 혼자 다 그리신 건 아닌가 봐요."

"마음에 드는 그림이라도 있나? 싸게 줄 테니까 한 점 들여가."

"그건 아니고요. 저쪽에 있는 저 그림은 뭡니까? 여기 있는 그림들하고는 좀 다른 것 같아서 말입니다."

환은 할이 심취해 보고 있는 그림을 손끝으로 가리켰다.

"오십만 원만 내. 기분도 그렇고 하니, 내 특별가로 주지."

화가는 캔버스로 시선을 다시 가져가며 말했다. 말은 특별가로 주겠다면서 딱히 팔고 싶어 하는 눈치는 아니었다. 다른 전시품들과는 현격하게 가격차를 보이는 작품임에 환은 그냥 넘어가지 못했다.

"다른 건 십만 원, 십오만 원이라고 가격표가 붙어 있던데……."

"미술관에 걸린 작품도 아니면서 비싸다고 시비하는 거야, 뭐야?"

"설마, 그럴 리가 있겠습니까?"

"아, 됐어! 천만 원, 일억을 줘도 안 팔아. 저리 좀 비켜! 남 일하는데 방해하지 말고!"

화가는 기분이 상했다. 냉랭한 침묵으로 환을 밀어냈다.

"매일 나오시는 겁니까?"

환은 눈치도 없이 화가의 뒤통수에 대고 또 물었다. 화가는 붓질에 열중했다. 상한 비위에 그림은 잘 나가지 않았다.

"에이, 오늘 기분 잡쳤네. 퉤퉤!"

화가는 환이 들으라는 듯이 혼잣말을 크게 했다. 의자에서 벌떡 일어나더니 어딘가로 사라졌다.

환은 괜히 말을 걸었나 싶기도 했다. 마음 같아선 할이 좋아하는 그림을 사고 싶기도 했다. 그런데 급히 나온 터라 그만한 현금이 없었다. 교통카드 외에 다른 것은 없었다. 카드가 있었다고 해도 화가에게 카드결제기가 있을 것 같지는 않았다. 환은 자리를 뜨지 못했다. 화가가 자리를 비운 짬이라 주인 없는 물건들을 지키고 있어야 할 것 같았다.

환이 돌담길을 벗어나 다시 전철역으로 향했을 때, 할은 따라오지 않았다. 그림 앞에서 발만 동동 굴렀다. 그냥 가자니 발길이 떨어지지 않고, 그림을 가져갈 수도 없음에 애만 탔다.

"할, 나중에 혼자서 오든지 말든지. 난 간다!"

– 에이, 고약한 놈!

할은 환이 멀어져 감에 또 안절부절못했다. 그림과 환 사이를 오가던 찰나, 택시 한 대가 할의 몸을 관통해 지나갔다. 할은 길바닥에 나자빠지고 말았다. 죽은 육신에도 살려달라는 말이 절로 나왔다. 혼자 다니다가는 무슨 봉변을 당할지 알 수 없었다.

카페로 돌아가는 일도 혼자서는 수월치 않을 것이다. 할은 욕지기를 도로바닥에 뿌리고는 환을 뒤쫓았다. 무심한 환의 등짝에 파리채처럼 재게 철썩 달라붙었다. 할의 괴성은 멈추지 않았다. 차들의 경적 소리와 어우러졌다. 환은 비틀거리지 않았다. 앞으로 달려드는 것이 아니라면 할 때문에 허둥댈 일은 좀처럼 없었다. 할의 괴성에도 귀머거리인 양 환은 침착했다.

집으로 돌아가는 길. 환은 문 닫힌 카페 앞을 지나야 했다. 매월 두 번째 화요일은 환이 정한 휴일이었다. 점원인 은미는 일요일에도 쉬었다. 손님이 많지 않아 환 혼자 나와 근무했다.

이달 들어 두 번째 맞이하는 화요일이다. 환은 오후 늦게 카페를 열었다. 마음을 잡지 못하는 할을 위해서였다. 환의 커피와 마주하고 나면 조금은 진정되지 않을까. 환이 스탠드에서 커피를 내리는 동안 사람들이 카페 앞을 지나갔다. 문 닫는 휴일이라는 것을 알아서였을까. 오픈 팻말이 내걸리지 않아서였을까. 그들은 무심하게 카페 앞을 벗어났다. 환은 할을 달래기 위해 내린 커피를 할의 지정석에 갖다 놓았다.

아까부터 남자 하나가 카페 유리창에 바짝 붙어 안을 기웃거렸다. 남루한 행색이 노숙자 같기도 했다. 환은 그를 위해 커피 한 잔을 더 만들었다. 그사이 가 버리면 어쩌나 초조한 마음으로 카페 앞을 눈으로 더듬으면서.

별일이었다. 손님 맞을 채비는 벌써 끝났는데 할이 나타나지 않는다. 우중충한 바깥 날씨 덕에 카페에 번지는 커피 향이 유독 진했음에도 말이다.

시내에 나갔다가 돌아온 뒤로 할은 뜸했다. 하루라도 커피를 주지 않으면 하늘이 무너질 것처럼 구는 할이 보이지 않는다. 환의 곁에서 정신 사나운 수다를 늘어놓을 만도 하건만 정적만이 감돌았다.

환은 할의 지정석 테이블을 바라보다가 날짜를 헤아렸다. 할이 모습을 감춘 지 나흘이나 됐다. 하루 이틀이야 건너뛸 수도 있다지만 나흘은 길었다.

"사장님, 고수레 커피가 오늘은 왜 없어요?"

막 출근한 은미는 갈색 앞치마를 두르고 있었다. 은미는 환이 내린 모닝커피를 물을 것도 없이 할의 지정석 테이블로 가져갔다. 할이 보여서가 아니었다. 매일, 영업을 개시하기 전, 환이 의식처럼 행하는 일이라는 것을 은미는 잘 알고 있었다. 환이 그 의식을 미뤄 두고 멍한 표정으로 있으니 대신 나설 수밖에.

출근 초창기에만 하더라도 빈 테이블에 놓인 커피를 치우기에 바빴다. 누구도 설명해 주지 않은 일이라 은미는 손님도 없는 테이블의 커피잔을 치우고 닦았다. 은미로서는 당연한 일이었다. 손님을 위한 좌석. 주인 없는 찻잔을 방치해 두는 것은 근무 태만이라 여겼다. 자신보다 어린 사장을 보필하는 일보다 카페의 일을 자신의 일처럼 솔선수범하는 게 편했다.

– 내 커피에 손을 대다니, 이게 무슨 무례한 짓이야!

할의 노여움은 은미에게 전해지지 못했다. 할의 화를 감당하는 것은 순전히 환의 몫이다. 카페에서 유령 할을 볼 수 있는 사람은 환뿐이다. 대화를 나눌 수 있는 사람도 환뿐이었다.

"우리 카페의 수호신이 머무는 곳이랍니다. 커피는 수호신을 위한 거예요. 손님이 아무리 넘쳐나도, 자리가 없어 되돌아가는 손님이 있더라도 저 자리의 주인은 따로 있어요. 아니, 보이지 않아도 이미 그곳에 앉아 있답니다."

은미가 황당해하지 않도록 환은 에둘러 말을 전했다. 사람들을 이해시키기 위한 환의 고수레 커피는 그렇게 탄생했다.

귀신이 들린 카페 주인이라는 말보다는 훨씬 나았고 나름의 설득력도 있었다.

그 뒤부터였다. 카페 '할의 커피맛'에는 은미뿐 아니라 손님들도 익히 아는 고수레 커피가 존재하게 됐다. 가끔씩 고수레 커피를 메뉴판의 커피로 착각해 주문하는 이들도 있었다. 그러자면 은미는 고수레 커피를 메뉴에 넣는 것은 어떠냐고 제안했다. 그럴 때마다 다른 사람은 듣지 못해도 환의 귀에는 따갑게 달라붙는 성난 목소리.

– 뭐어, 내 커피를 팔겠다고?

소소한, 아니 엄중한 갈등은 자주 벌어졌다. 일 년이 지난 지금, 은미는 '할의 커피맛'에 완벽하게 적응했다. 카페의 그림자 같은 할의 존재에 대해 경외감을 표했다.

환은 할이 없는 텅 빈 테이블에 커피를 올려놓는 은미를 멀뚱히 바라만 보았다.

"오늘 하루도 잘 부탁합니다. 노여움은 타지 마시고요. 아셨죠?"

은미는 의자를 향해 말했다. 할이 그곳에 앉아 있기라도 한 것처럼.

대체 어디로 숨어 버린 걸까? 환은 멍한 눈길로 골똘한 생각에 잠겼다. 귀 따가운 잔소리가 사라졌으니 좋아야 했다. 번잡스럽지 않으니 평온해야 했다. 환은 허전했다. 카페 전체가 텅 빈 것처럼 적요했다. 안 되겠다. 환은 앞치마를 벗지도 않은 채로 카페를 뛰쳐나갔다.

"사장님, 무슨 일이에요?"

은미가 등 뒤에서 큰 소리로 물었지만 환은 내달린 터였다. 카페를 거슬러 집으로 가는 골목에도 주택가 담장이나 전봇대 위에도 할은 보이지 않았다. 골목으로 사람과 차가 지나다니니 할은 높은 곳을 곧잘 찾아냈다. 높은 곳은 안전했다. 골목이 조용해지면 할은 그제야 내려왔다. 서둘러 카페로 가거나 환에게 달라붙었다. 할의 안전지대, 바로 환이었다.

"할! 어디 있는 거야? 나 왔어. 어서 나와 봐, 할!"

환은 결국, 집에까지 오고야 말았다. 환은 부산스럽게 커튼을 젖히고 옷장을 열어젖혔다. 없다. 변기에 홀로 앉아 있는 걸 좋아하니 화장실에 있을지도 모른다. 역시나 없다. 환이 벽을 두드려도 봤지만 할은 나타나지 않았다. 실랑이는 곧잘 벌여도 크게 화를 내는 법이 없었다. 그러나 한번 노여움을 타기 시작하면 벽 안의 어둠에 틀어박혀 며칠씩 나오지 않기도 했다.

할의 은신처나 다름없는 벽. 한참을 불렀음에도 할은 나타나지 않았다. 환의 불안이 고무풍선처럼 부풀었다. 할이 걱정되는 한편으로 할이 없으면 두렵기는 환도 마찬가지였다.

아직, 그대로 있을지 알 수 없다. 그사이 누가 사 가지는 않았을 것이다. 환은 덕수궁 돌담길에서 봤던 그림을 떠올렸다. 함께 집으로 돌아오기는 했지만 할의 기분은 그때부터 좋지 않았다. 할의 잠적이 그림 때문은 아닐까. 그림을 가져오면 할이 모습을 드러내지 않을까.

정적이 감도는 집. 홀로 있는 환은 배 속의 내장이 다 빠져나간 것만 같았다. 할을 돌아오게 할 방안을 어떻게든 강구해야겠다.

사내는 땟국물이 줄줄 흐르는 철 지난 외투를 걸치고 있었다. 온몸을 꽁꽁 감싸듯이 틀어쥔 채로. 더울 것도 같은데 사내는 되레 한기를 느끼는 듯했다. 오랜 노숙 생활의 냄새에는 더위도 도망을 가는 모양이다. 사내는 그림 앞에 웅크리고 앉아 떠날 줄을 몰랐다.

은발의 화가는 사내의 진한 노숙의 냄새에 예민해져 있었다. 몸을 공처럼 말고 앉은 사내는 이 그림, 저 그림 사이를 굼벵이처럼 오갔다. 그림에 눈을 들이대고 코를 들이대고. 사내가 하는 행동은 요상했다. 그림을 감상하는 것도 아니고 저게 대체 뭐하는 짓이람. 화가는 그림과 어울리지 않는 사내의 존재가 영 마뜩치 않았다.

벼이삭을 주워 먹는 참새도 아닌데 그림에서 떨어지라고

휘이휘이 바람을 날릴 수도 없잖은가. 사유지도 아닌 공유지를 버젓이 차지하고 있는 쪽은 화가였다. 행인이 오가는 길목에 그림을 전시해 놓고는 못 보게 한다는 건 이치에 맞지도 않았다. 행색이 비루하다는 이유로는 더욱이 아니었다.

한두 시간이었다면, 여러 날이 아니었다면 참아 냈다. 오늘도 어제도 그제도 사내는 흉물스럽게 그림이 전시된 거리를 독차지했다. 인내심을 발휘해 보지만 언제까지 참을 수 있을까. 이젤 앞의 은발 화가는 손에 붓을 들고도 눈길은 사내를 향해 있었다.

"남의 그림 앞에 앉아서 뭐하는 짓이야. 차라리 거기 앉아서 구걸을 해라."

혼잣말을 하는 화가는 속이 탔다. 봄부터 가을까지 궂은 날이 아니면 계속된 일이었다. 본인의 것은 물론이거니와 여기저기서 받아 둔 그림들을 갖고 이곳에 나왔다. 차들이 지나다니고 사람들이 오가도 돌담길의 고즈넉한 운치는 사라지지 않았다. 맞은편에 미술관이 있으니 더할 나위 없이 좋은 자리다. 덕수궁의 회색 돌담은 다양한 색채의 작품을 돋보이게 만들었다. 인근에 화구를 펼쳐 놓고 앉아 그림을 그리기에도 어울리는 그런 거리다.

이만한 전시장이 서울 시내 어디에 또 있을 것인가. 그만의 화랑이 있다거나 대관을 할 수 있다면 좋을 테지만. 일생을 무명화가라는 낙인으로 살아온 터라 그것은 턱없는 욕심. 호의를 베풀게 할 유명함도, 장소를 빌릴 만한 자금도 화가에게는 없었다.

길거리 전시로 판매되는 작품은 한 달에 한 점도 많았다. 화가는 연인들의 인물화를 그려 주는 것으로 수입을 잡았다. 데이트를 기념한 사진을 찍어 주는 일은 화가의 일이었다. 그날의 사진을 유화로 바꿔 놓는 것도 화가의 일이었다. 작업은 빠르면 나흘, 길면 한 달이 걸렸다. 완성된 그림은 받아 둔 주소로 보내면 되었다.

전시된 작품을 구경하다 구매해 가는 손님은 드물었다. 아니, 거의 없다고 해야 옳다. 그만큼 특별한 손님이었다. 화가는 전시작품을 눈여겨보는 행인을 그냥 놓치지 않고 눈여겨보았다. 홀로 구매의 가능성을 추측해 보는 것도 소일거리 중 하나였다.

그러나 벌써 삼 일째, 오늘만도 세 시간째 그림 앞에 있는 사내는 손님이 아니다. 철 지난 외투를 구겨 입은 사내가 그림을 살 가능성은 없었다. 화가는 붓질 한 번 하고 곁눈질 한 번 하기를 반복했다. 그러다 아예 붓을 던져 놓았다. 무시하자면서도 생각처럼 되지 않았다. 온 신경이 사내에게 가 있었다. 붓질이 제대로 될 리 없다. 간이의자에 앉아 있는 화가는 팔짱을 꼈다. 지긋한 시선으로 사내를 흘겨보았다.

장장 사십 분여를 주시하고 노려보고 한 다음이었다. 신경은 긁힐 대로 긁혔다. 화가는 벌떡 자리에서 일어났다.

"그림 한 점 줘요? 어디 걸어 둘 만한 곳은 있어요?"

화가의 떨떠름한 음성, 성질을 겨우 참고 있는 게 역력했다.

"이런 그림은 그냥 줘도 안 가져가. 왜냐고? 다 쓰레기거든."

사내는 돌아보지도 않은 채 말했다.

화가는 모욕감이 느껴졌다. 평생을 그렸음에도 인정받아 본 적은 없었다. 화가의 분노 게이지가 폭발한 건 그 순간이었다. 봐주는 것은 이제 그만이다. 입씨름도 아까운 화가는 저리 가라고 사내를 양손으로 훠이훠이 그림 앞에서 내몰았다.

사내는 그림 뒤로 한 발짝 물러섰다. 눈살을 잠시 찌푸리는가 싶더니 얼굴을 들이댔다. 사뭇 진지한 표정으로.

"여기, 이 그림, 주라. 걸 데 있냐고? 많아. 하늘이 지붕인데……."

하늘이 지붕이면 달라고 할 필요도 없었다. 안 주면 또 매일 와서 죽치고 앉아 있을 것이었다. 쓰레기라면서 사내는 그림을 원했다. 화가의 일그러진 인상이 더욱 험악하게 변했다.

"팔리지도 않는 그림인데 인심 한번 써 주면 어디가 덧나? 주라, 응?"

"왜요? 밤에 땔감으로 쓰시게요?"

상대해야 분란만 커질 것이다. 어떻게 된 일인지 화가의 뒤틀린 심사는 인내심을 잃고 있었다. 이십여 년 동안, 길거리 화랑을 꾸려 오면서 온갖 사람을 봐 왔다. 무던하게 넘기던 것들이 오늘따라 눈엣가시였다. 손톱 밑의 가시처럼 아팠다.

"적선을 좀 하는 것도 복받을 일이지."

사내는 실눈을 하고 말했다. 한 일 년은 닦지 않은 누런 치아를 드러내며 능글맞은 웃음을 흘렸다. 화가는 순간 어금니를 꽉 깨물었다. 그리고 터졌다.

"가! 내 그림에서 떨어지라고!"

"싫은데."

"죽고 싶어? 그럼, 어디 내 손에 한번 죽어 봐. 오늘이 당신 제삿날인 줄이나 알아."

화가는 옷소매를 올려붙였다. 자신이 왜 그렇게 싸움닭처럼 달려들었는지 알 수 없었다. 나이 들면 귀도 눈도 순해진다. 그러나 노여움은 나이 들었다고 순해지지 않았다. 틀어지기 시작하면 판단이란 것을 할 겨를도 없이 들불처럼 들고 일어났다.

병원비는 감당할 수 없었다. 건강이 자산이던 아내. 그 아내가 삼 개월 전부터 병원을 들락거렸던 것이다. 화가는 몰랐다. 까마득히 모르고 있었다. 생전 가야 화가의 일에 왈가왈부하는 일이 없던 아내였다. 내 남편은 자유로운 영혼을 가졌다고. 화가의 변변찮은 예술혼을 늘 치켜세워주던 아내였다. 화가보다 아홉 살은 젊었고 건강 하나는 믿어 의심치 않았다.

병은 하루아침에 찾아왔다. 경제력과는 거리가 먼 예술가를 남편으로 둔 까닭에 사서 고생은 전적으로 아내의 몫이었다. 아내가 병원에 들락거린다는 것도 몰랐다. 일상의 균형이 깨지고 있다는 것을 눈치 챈 것은 열흘 전이었다. 아내는 위암 3기였다. 화가는 현기증이 핑 돌았다. 짜증이 올라왔다. 아내를 위로해야 했음에도 화가는 그 순간 이기적으로 굴었다.

"제 몸 하나 제대로 돌보지 않고 여태 뭐한 거야?"

"그만 고생하고 오라는 거겠지."

아내의 하얀 웃음은 힘이 없었다. 치료받기를 거부했다. 위선자. 화가의 노여움은 정수리에 달했다. 아내의 미소가 바스러지는데도 화가는 성질만 부렸다. 막노동판의 일당벌이라도 해야 했다. 평생 붓을 손에 쥐고 산 화가의 몸은 그쪽으로 길이 나 있지 않았다. 손 벌릴 곳 하나 없는 화가는 몸에 밴 습관처럼 덕수궁 돌담길에 나와 앉아 있었다.

몇 달 동안 그림은 한 점 팔리지 않았다. 하얀 캔버스를 마주하자면 이끌렸다. 그 안에 구상이 들어앉았다. 색을 더해 가는 평온함이 있었다. 아내는 자신의 몸을 바쳤다. 화가의 시간을 만들어 주고 가장의 걱정을 거둬들이는 일에.

아무 일도 일어나지 않은 평온한 날의 하루처럼 화가는 그림과 화구를 챙겨 거리로 나왔다. 돌봐 줄 손이 필요한 아내였다. 그럼에도 화가는 밖으로 나왔다. 그의 날선 말끝이 언제 어떻게 아내의 가슴에 비수를 꽂을지 몰랐다. 아내의 마지막 숨을 자신이 끊어 놓을 것만 같았다.

쨍한 날씨. 넘실거리는 웃음. 한없이 가벼운 마음. 화가는 모든 것들이 못마땅했다. 생명이 있는 것은 언젠가 한번은 스러지기 마련이지만 돌담길을 오가는 사람들의 풍경은 영원의 것처럼 느껴졌다.

화가의 자책과 책망은 타인을 향한 분노로 터져 나왔다. 까칠한 장사치가 되었다. 화가로서의 삶은 죽어 가는 아내 인생 앞에서 사치품으로 전락했다. 허깨비나 다름없었던 존재. 홀연히 찾아든 깨달음은 천근만근의 무게로 화가의 일상을 짓뭉갰다. 걸리기만 해라. 누구든, 무엇이든 걸리기만 해라. 화가의 심사는 별것도 아닌 일에 쉽게 상했다.

화가는 옳다구나, 네가 희생양이다, 사내를 향해 달려들었다. 눈칫밥으로 살아온 사내는 노련하게 피했다. 보기보다 몸이 잽쌌다. 화가는 잡을 수 있으면 한번 잡아 보라는 사내를 뒤쫓았다. 돌담길을 벗어나 도망쳤더라도 화가의 불붙은 마음이 수그러들었을까. 사내는 돌담길 전시장을 벗어나지 않았다. 약 올리듯 맴돌았다. 잡힐 듯 잡히지 않았다.

그들의 실랑이에 진열해 놓은 그림들이 하나둘씩 돌담길에 나뒹굴기 시작했다. 안타까움에 망설이는 것도 잠시였다. 화가는 죽기 살기로 사내를 쫓았다. 혼쭐을 내 주고야 말겠다는 생각도 없었다. 그저 뒤쫓는 것에만 사생결단이었다. 사내는 그림이 뒤죽박죽, 돌담길이 난장판이 되고서야 그곳을 벗어났다. 화가는 포기하지 않았다. 그림들을 거리에 방치한 채, 또 뒤쫓았다.

환은 당황했다. 돌담길은 난투극 현장을 방불케 했다. 나뒹구는 화가의 물건에 손을 대는 사람은 없었다. 그들은 길바닥에 널린 그림들을 피해서 지나갔다. 무슨 일인가 싶은 눈초리로 돌아왔지만 잠깐이었다. 그들은 갈 길이 더 급한 이들이었다.

환은 사방을 눈으로 휘둘렀다. 화가는 어디에서도 발견되지 않았다. 환은 흩어진 캔버스를 길 한쪽에 세웠다. 차에 깔리거나 행인의 발자국이라도 남게 된다면 안타까울 터였다. 그리고 순찰 돌던 경찰이 나타났다. 경찰은 환을 도와 그림을 재진열했다.

"여기, 김 화백은 어디 갔습니까?"

경찰은 화가에 대해 잘 알고 있었다. 모르면 그게 더 이상할 일이었다.

"무슨 사달이 났는지는 모르겠지만 제가 왔을 땐 이미 이 지경이었는걸요."

환은 빈손을 내보이며 말했다.

돌담길 정돈이 끝나도록 화가는 나타나지 않았다. 경찰도 환도 그곳을 떠나지 못했다.

삼십여 분만에 나타난 화가는 땀에 젖어 있었다. 고무줄에 단정히 묶여 있어야 할 머리는 풀려서 나풀거렸다. 진열된 그림을 확인하고는 누구 허락받고 남의 그림에 손을 댄 거냐고 시비였다. 씩씩거리는 화가는 생각할 짬을 주지 않았다.

"저는 그냥, 그림이 훼, 훼손될까 봐서……."

환은 화가의 삿대질에 말을 더듬었다. 생각해서 베푼 호의에 멱살을 잡히게 생겼으니 난감했다.

"어딜 다녀오시는 겁니까? 물건은 온통 엉망으로 해 놓고? 보시다시피 정리를 다 해 놓긴 했습니다만. 무슨 일, 있었습니까?"

경찰은 떠나지 않고 있었다. 다행이었다. 화가는 경찰의 말을 듣는 둥 마는 둥 하고는 자신의 그림들을 쭉 훑었다. 도망친 사내가 달라고 떼쓰던 그림은 그대로였다. 까치밥으로 남겨 둔 감나무에 매달린 홍시 그림. 온기가 아니라 굶주림을 면해 줄 무엇이 필요했는지도 모를 일이다. 그러거나 말거나. 죽어 가는 아내가 뇌리를 스쳐 갔다. 착잡했다. 화가는 냉정함을 잃지 말아야 했다. 길가에 세워 둔 그림은 모두 마흔아홉 점. 전시작 전부를 꿰고 있진 못했지만 사라진 그림만큼은 용케도 찾아냈다. 환의 멱살을 움켜쥔 것도 그때였다.

"너지?"

"뭐, 뭐가 말입니까?"

화가의 뜬금없는 말에 환은 당혹감을 지우지 못했다.

"내놔, 어서 내놓으라고! 내 그림!"

"무슨 말씀을 하시는 겁니까? 그림이 없어졌단 말입니까?"

적반하장이 따로 없었다.

"여기 있던 그림, 네가 가져갔잖아. 내가 모를 줄 알고! 너, 오늘 아주 잘 걸렸다."

화가는 도망친 사내 대신 환에게 분풀이라도 할 모양이었다. 화가의 손에 잡힌 채 환은 자신이 정리한 돌담 앞의 그림들을 살폈다. 없어졌다. 환이 얼마냐고 물었던 그림, 할이 좋아했던 그림이었다. 오해를 살 만했다.

하지만 이런 일이 어디 한두 번인가 말이다. 오해를 받는 일은 기본이고 사건은 늘 환의 주변에서 일어났다. 안 좋은 사건을 몰고 다니는 비운의 사람처럼. 그래서였는지 모른다. 오해를 풀기 위해서는 아니라는 것을 입증해야 했다. 사건의 용의자에서 제외되기 위해 방법을 강구해야 했다. 남들보다 뛰어난 관찰력과 논리적인 언변은 필수였다. 어릴 때는 오해나 누명을 벗는 방법을 몰랐지만 청년이 된 지금은 실력을 자부했다. 그림을 찾아 주면 되는 것 아닌가.

화가는 경찰서에 가자고 야단했지만 굳이 멀리 갈 필요도 없었다. 경찰은 내내 환과 같이 있었다.

"이 청년이 신고했습니다. 김 화백님한테 무슨 일이 생긴 줄 알고. 근데 뭐가 없어졌습니까?"

경찰은 화가를 환에게서 떼어 놓고는 말했다.

"며칠 전에 이 청년이 와서 그 작품에 눈독을 들였습니다. 분명히 나 없는 사이에 빼돌리고 신고도 했을 겁니다."

분이 풀리지 않은 화가였다. 의심의 눈초리로 환을 노려봤다.

"난, 그 그림을 사러 온 겁니다."

"그게 얼마짜리인 줄이나 알고 사러 왔다는 거야?"

"오십만 원이라면서요?"

"쳇! 웃기고 있네."

화가는 그간의 상황에 대해 경찰이 물을 때까지 좀처럼 진정하지 못했다. 왜 그렇게 사내를 뒤쫓았는지도 알 수 없었다. 사내는 한순간, 화가의 눈앞에서 감쪽같이 사라졌다. 바짝 뒤쫓고 있었는데 말이다.

사내의 등장은 처음부터 묘하게 거슬렸다. 그림을 달라고 는 했지만 굳이 갖고 싶은 마음은 없는 듯했다. 사내가 눈도 장을 찍은 그림이 없어졌다면 화가가 헤매는 사이 가져갔다 고 치부했을 것이다.

사라진 것은 전혀 다른 그림이었다. 환을 의심할 수밖에 없었다. 화가의 그림을 노렸다면 기회는 그때뿐이었다. 화 가가 사내를 뒤쫓고 경찰이 나타나기 직전. 환은 그 사이에 있었다. 난장판으로 어질러져 있던 그림들 속에서 환이 가격 을 물었던 작품만 사라졌다. 화가는 결코 우연이 아니라고 확신했다. 자신의 기분을 건드려 자리를 벗어나게 만든 것부 터가 환의 계획이었을 것이라고. 화가는 환을 향해 연신 눈 을 부릅떴다.

"없어진 그림, 사진 같은 건 없습니까?"

경찰이 물었다.

"병풍에 들어가는 한 폭짜리 그림입니다. 부르는 게 값인 조선시대 그림이란 말입니다."

경찰도 환도 놀라기는 마찬가지였다.

"그렇게 중요한 그림을 이런 곳에 길거리에 뒀단 말입니까?"

화가는 경찰의 말에 고개를 외로 돌렸다. 무슨 상관이냐는 듯이.

고려 때 들어와 조선 후기에 인기를 누렸던 병풍. 처음엔 바람을 막는 용도였으나 방안을 장식하는 데에 쓰이기도 했다. 아름다운 그림이나 자수를 놓아서. 두 폭에서 열두 폭까지 크기도 다양하고 담기는 문양도 다채로웠다. 그림이나 자수뿐 아니라 좋은 글귀를 담아 제작되기도 했다. 지금이야, 사라져 가는 옛 물건이 되었지만.

화가의 말대로라면 조선시대에 병풍을 제작하기 위해 그린 시리즈 그림 중의 하나라는 뜻이었다. 그것이 그렇게 대단한 작품인지는 알 수 없었다. 유명 작가의 작품도 아니었고 완성된 병풍도 아니었다.

환은 종로경찰서에 붙들려 있었다.

"신고한 사람은 무조건 선량하다고 누가 그럽디까? 엉터리예요, 다! 살인 사건에서도 그러지 않습니까? 최초 목격자가 살인자라고……. 열 길 물속은 알아도 한 길 사람 속은 모르는 겁니다."

"이제 그만 어지간히 좀 하시죠?"

화가의 억지는 경찰서에 와서도 멈출 줄을 몰랐다. 그리고 환은 경찰서 내의 심상치 않은 기류를 느꼈다. 분주하고 다급한. 환은 진짜 사건의 냄새를 맡았다. 벌건 대낮에 그것도 사람들이 많이 다니는 시내 중심가에서 시체가 발견됐다는 신고가 접수됐다는 내용이었다. 경찰은 화가의 사건을 뒤로했다.

"이봐요, 경찰 양반! 내 그림을 훔쳐 간 이놈 먼저 유치장에 처넣어야지!"

삼십여 분도 안 돼 상황은 역전됐다. 환을 유치장에 넣으려던 화가의 얼굴이 하얗게 질렸다. 분명, 그가 뒤쫓던 사내였다. 철 지난 외투를 걸친 사내는 부스스한 머리의 상해를 입은 채 쓰러져 있었다. 아니, 사망한 상태였다. 덕수궁 돌담길에서 그리 멀지 않은 곳이다.

시체는 바투 붙어 있는 건물 틈 사이의 으슥한 곳에서 발견됐다. 사람이 수시로 지나다니는 곳이지만 굳이 유념해 들여다보지 않으면 발견되기 힘든 장소였다.

"이 사람이 왜 여기 누워 있습니까? 내가 쫓을 때만 해도 완전 날다람쥐 같았는데…….."

화가는 경찰이 내민 사진을 보고 말했다.

"당신이 이렇게 만든 건 아니고요?"

"난 이 사람을 쫓다가 놓쳤다고요. 감쪽같이 내 앞에서 사라졌단 말입니다."

"여기, 이 손에 있는 거 보이시죠? 오만 원짜리 한 장 꼭 쥐고 있는 거?"

"그게 나와 무슨 상관이라도 있다는 겁니까? 돈은 없었는데."

"처음부터 돈을 노린 거면, 그냥 놓고 갔을까요?"

경찰의 말에 화가는 잠시 멍했다. 시체가 발견됐다는 곳에서 사내를 놓쳤다. 분통은 터졌다. 그렇다고 사내를 어떻게 할 수도 없었다. 화가는 경찰 앞에 구구절절 상황을 늘어놓았다. 절대로 사내를 죽이지 않았다고. 자신의 그림을 엉망으로 해 놓긴 했지만 죽일 이유는 정말로 없었다고.

화가는 후우, 하고 얕은 한숨을 토해 냈다. 의도된 살인은 아니었을지라도 의심은 살 만했다. 사내는 돌로 머리를 가격당했다. 뒤쫓던 화가의 돌발 행동이 사내를 죽음으로 내몰았다. 전혀 불가능한 얘기도 아니었다.

"마환 씨?"

어수선한 틈 사이로 경찰이 환을 불렀다.

"네?"

"당신은 이제, 그만 돌아가도 좋습니다."

환은 홀가분하지 않았다. 사라진 그림은 미궁이었고 살인 사건 또한 환의 궁금증을 자극했다. 경찰의 말에 고분고분 돌아갈 환은 아니었다.

건물과 건물 사이. CCTV에도 잡히지 않는 사각지대였다. 시체는 치워져 없지만 사고의 흔적은 그대로 남아 있었다. 돌담길에서 그리 멀지 않은 현장. 도망치던 사내는 화가의 눈을 피해 숨었다. 그곳의 지리를 모른다면 숨어들기 힘든 곳이었다. 환은 사내가 흘렸을 핏자국을 확인했다. 골똘한 생각과 함께 돌아서던 그때였다.

"할?"

분명, 할이었다. 건물 벽에 몸을 숨기고 얼굴만 내놓은 상태였다. 환을 보고도 멍한 상태였다. 그토록 찾아도 보이지 않던 할이 왜 살인 사건 현장에 숨어 있었는지 알 수 없었다. 혼자서 이곳에 어떻게 왔는지도 환은 궁금했다.

"나를 쫓아온 거야? 아니면 나 몰래, 매일 여기 나와 있던 거야?"

─ 나도, 나도 어쩔 수 없었어.

할은 균열이 있는 목소리로 말했다.

"뭐가?"

─ 도망치고 있었는데, 사람이 죽었어. 누군가 내 뒤통수를 돌로 가격했어……. 사람들이 날 향해 막 뛰어오지 뭐야.

할은 두서도 없이 말을 이었다. 가시지 않은 두려움이 할을 흥분의 상태로 몰아갔다. 환은 그제야 사건의 모든 윤곽이 그려지는 것 같았다.

카페에도 집에도 없던 할은 며칠 동안 돌담길에 나와 있었다. 사내의 몸을 빌려 굴러다니는 차와 사람들을 피해 다니면서. 환은 사진 속 시체가 낯설지 않다는 것을, 할을 보고 나서야 깨달았다.

며칠 전, 그러니까 할이 사라진 그날이었다. 카페 '할의 커피맛'을 기웃거리던 사내를 환은 그냥 보내지 못했다. 측은한 마음이 들었다. 환은 쿠키와 유자차를 사내에게 건넸다. 거뭇한 손이 나와 낚아채듯 받아 갔다. 얼마나 긴 노숙 생활을 했을지 알 수 없었다. 환이 카페 안으로 들어가 물티슈를 갖고 나오는 사이, 사내는 벌써 자취를 감춘 뒤였다. 할이 사내의 뒤를 따라붙었다는 것은 보지 않아도 알 수 있었다.

"결국, 할이 화가의 성질을 건드렸군. 그림들을 엉망으로 만들고?"

– 내가 그런 게 아냐. 믿지 않겠지만…….

"범인은 봤어? 할의 머리를, 아니 죽은 남자의 머리를 돌로 친 그놈, 봤냐고?"

– 화가가 따라와서 도망치고 있었는데, 누군가 내 뒤통수를 쳤지. 얼마나 아프고 놀랐는지 겨를이 없었어. 남자가 갑자기 쓰러지고 머리에서 피를 흘리지 뭐야. 차들은 쌩쌩 지나다니지, 나도 모르게 숨어 버렸어."

할은 그때까지도 사시나무처럼 떨고 있었다. 남의 몸을 빌렸는데 그 육신이 살해를 당했다. 할은 범인의 얼굴을 보지 못했다.

"이제 그만 무서워해도 돼."

마음 같아선 몇 대 좀 때려 주고 싶기도 했다. 환은 상대가 유령인지라 답답한 마음을 홀로 삭였다.

할은 사내의 몸을 잠깐 빌린다는 게 며칠씩이나 이어질 줄은 몰랐다. 환이 카페에 매여 있으니 혼자라도 가서 그림을 보고 싶은 것뿐이었다. 화가의 심기를 건드리게 될 것이라고는 미처 생각 못했다. 환과 함께 있는 할은 빠르게 진정되어 갔다.

— 달달한 커피를 마시고 싶어. 집에 가자, 응?

할은 사건 현장에 머물러 있는 환을 졸랐다. 사람들이 들락거리고 할의 존재에 대해 제멋대로 얘기를 흘리고 다녀도 카페만큼 안전한 곳도 없었다.

"할 때문에 화가가 살인 누명을 썼어."

— 잘됐네.

"멀쩡한 사람을 살인범으로 만들어 놓고 잘했다는 거야?"

— 그깟 그림 좀 본다고 닳는 것도 아닌데, 엄청 까탈스럽게 굴더니만 쌤통이네.

할의 심사도 가히 좋지는 않았다. 종종 짓궂게 굴기는 해도 이성이 흐린 유령은 아니었다. 할 때문에 사람이 죽었는데도 냉랭하기만 했다. 환은 착잡했다. 사람의 마음을 헤아려 주던 친절하고 마음 넓은 할이 더는 아니다. 요즘 들어 못되게 구는 일이 부쩍 늘었다. 말도 없이 카페를 떠난 것부터가 그랬다.

"할과 입씨름할 상황이 아니야. 범인은 못 봤어도 화가가 그런 게 아니라는 건 알잖아. 죽은 남자랑 있는 동안 무슨 일이 있었는지 하나도 **빼놓지** 말고 다 말해 봐."

－ 고집 하나는 완전 똥고집이더군.

환의 목말을 타고 앉아서 할은 그간의 일을 찬찬히 되새겼다. 죽은 남자는 긴 노숙 생활에 심신이 쇠약한 상태였다. 할 때문에 그림 앞에 앉기는 해도 남자는 고집이 셌다. 까치밥으로 남겨 둔 홍시 그림 앞에서 좀처럼 벗어나지 않았다. 할의 의지대로 움직여 줄 만도 했다. 전연 아니었다.

돌담길에 다시 나가고 싶어 할이 몸 달아 하던 그때, 하필이면 그때 남자가 카페 앞에 나타났다. 남자는 만만해 보였다. 잠시만 몸을 빌릴 생각이었다. 할은 자신이 보고자 했던 그림은 제대로 보지도 못한 채 남자가 원하는 그림 앞에서 태반의 시간을 보냈다.

보이지 않는 실랑이는 거기서부터였다. 할과 남자의 서로 다른 그림을 보기 위한 실랑이 말이다. 할이 아니었더라면 남자는 돌담길에 앉아 그림 따위를 보며 시간을 보내지 않았다. 감나무의 홍시를 보자 짙은 향수에 젖어들었다. 할은 홀로 타협했다.

－ 좋아, 좋다고. 네가 보고 싶은 거 실컷 보고 다음엔 내가 보고 싶은 것도 좀 사이좋게 나눠 보자, 응?

카페로 돌아가는 일은 수월하지 않았다. 남자의 발길이 닿는 대로 함께 움직였다. 환이 있는 카페와는 동떨어진 곳으로만 다녔다. 지하도에서 밤을 보내고 날이 밝으면 지하도를 나왔다. 그나마 다행인 것은 남자의 발걸음이 화가가 그림을 갖고 나와 있을 돌담길로 향한다는 사실이었다.

　할은 남자와 며칠을 함께 보냈다. 말은 하지 않아도 남자의 고독한 일상이 절절하게 느껴졌다. 남자는 떠나온 고향을, 돌아가지 못한 고향을 한 점의 그림에서 떠올리고 있었다.

　― 나 때문에 봉변을 당했어. 내가 몸만 빌리지 않았어도 이곳엔 오지도 않았을 텐데…….

　할의 자책감은 그제야 터져 나왔다.

　"애도는 나중에 하고, 그보다, 다른 일은 없었어? 남자가 누구한테 부탁을 받았다거나."

　죽은 남자는 오만 원짜리 한 장을 손에 쥐고 있었다. 동냥으로 얻은 금액이라고 하기에는 큰돈이었다. 위조 신분증이나 대포통장 발급에 찾는 이 없는 노숙자들이 악용되는 일이 흔했다. 남자의 오만 원은 그런 부탁의 대가성일 확률이 매우 높았다.

　― 앗! 이제 생각났다. 지하도를 빠져나와 돌담길 한쪽에 앉아 있는데, 어떤 남자가 다가왔어. 돈을 줬어, 죽은 남자한테…….　좀 성가시게 굴어 달라고 했던 것도 같은데.

"누구를?"

– 화가!

"화가를 성가시게 만들어 달라고 했다고?"

– 그랬지.

환의 얼굴로 팽팽한 긴장감이 들어찼다. 더 생각할 것도 없었다. 때마침, 그림 도둑을 잡았다는 경찰의 연락이 왔다.

"드디어 살인범이 잡혔군."

– 엥? 그림 도둑, 잡았다는데, 웬 살인범? 남자를 죽인 범인이 그림 도둑이란 거야, 뭐야?

환은 택시를 잡아타고 종로경찰서로 향했다. 유적 문화재인 덕수궁 인근에는 CCTV가 곳곳에 설치되어 있었다. 돌담길 전시장의 그림 도둑을 밝혀내는 일은 식은 죽 먹기다. 그림을 들고 가자면 사람들의 눈에 띄었을 텐데 봤다는 사람이 없었다.

화가가 죽은 남자를 쫓던 그 시각. 도둑은 차량을 이용해 그림을 싣고 갔다. 그것도 아주 짧은 시간 동안에 말이다. 뒤죽박죽으로 흩어져 있는 그림들 안에서 원하는 그림을 남의 눈에 띄지 않고 가져갔다. 그것은 도둑이 돌담길 인근 어딘가에 있었다는 것이다. 화가와 그림을 한눈에 볼 수 있는 바로 그곳에.

화가가 죽은 남자를 뒤쫓아 간 사이 그 곁을 지나가는 척,

그림을 챙겼을 것이다. 잠시라도 정차했던 차량조회 하나면 간단하게 해결될 일이었다.

"그림 도둑을 잡았다면서요? 한번 만나 볼 수 있습니까?"

환은 경찰서 내로 들어서자마자 경찰 한 명을 붙잡고 물었다. 환에게 돌아가도 좋다고 했던 경찰이었다.

"아직, 안 가셨습니까?"

"남자를 누가 죽였는지 알 것도 같습니다만."

환은 배시시한 웃음을 머금은 채였다.

"살인범은 우리가 잡을 거니까, 맡겨 두고 집에 좀 가 계세요, 네?"

경찰은 바빠 죽겠는데 성가시다는 투였다.

"살인범은 벌써 잡으셨잖아요. 다만, 남자를 왜 죽였는지 그게 궁금해서 한번 물어보려고 그럽니다."

"뭐요?"

경찰은 뜨악한 표정으로 환을 바라봤다.

할은 경찰서 내에서도 몸 둘 곳을 쉽게 찾지 못했다. 주인 없는 빈 테이블 위에 올라앉아 있거나 벽에 철썩 붙어 있거나 하기를 반복했다. 불안한 할은 살인범을 어서 데려오라고 언성을 높였지만 듣는 경찰은 한 명도 없었다. 카페를 나오는 게 아니었다고. 자신 때문에 벌어진 일이라고. 할은 홀로 또 자책했다.

그림 도둑은 뜻밖에도 살인 사건 현장에서 붙잡혔다. 덕수궁길에서 손님을 태운 택시기사의 신고 덕분이었다. 남색 티셔츠에 청바지 차림의 손님이 허리까지 오는 크기의 액자 하나를 들고 탔는데 아무래도 수상하다는 것이었다.

시청 앞에서 손님을 내려 주고 덕수궁길로 접어들었을 무렵이었다. 덕수궁길의 초입, 늘 같은 자리에 앉아 있던 화가는 보이지 않았다. 대신, 널브러진 그림들이 택시기사의 눈길을 끌었다. 액자를 든 손님을 태운 것은 그 자리에서였다.

더 의아한 일은 그다음에 벌어졌다. 택시가 덕수궁길을 빠져나오자, 손님은 새문안로를 지나 정동길에 있는 교회 앞에 세워 주기를 원했다.

애초에 반대편에서 택시를 잡아야 했다. 걸어도 금방인 거리였다. 그 짧은 거리를 택시를 타고 빙 돌아서 내렸으니, 손님이 수상쩍을 만도 했다. 흩어져 있던 그림들 또한 택시기사는 석연치 않았다. 그의 신고는 손님을 내려 주고 난 다음이었다.

"아무리 생각해도 그림 도둑 같단 말이지."

경찰은 덕수궁길에 설치된 CCTV를 점검해 볼 필요도 없었다. 신고가 접수된 동일한 인상착의의 남자가 살인 사건 현장을 배회하고 있었다.

"이봐, 당신! 여기서 뭐해?"

경찰은 사건 현장에서 빚어지는 수상한 움직임에 본능적으로 대응했다. 멈칫하는 남자. 경찰의 눈과 마주치자 슬그머니 뒷걸음질친다. 경찰이 손짓하자 내빼기 시작했다. 남자는 끝내 체포됐다.

환은 붙잡혀 온 남자를 찬찬히 훑었다. 사십 대 초반의 남자. 강원도 영월에서 올라왔다는 그 남자를 환은 또렷이 기억했다. 관찰력은 어디서도 환을 배신하지 않는다. 환이 할과 함께 미술관 나들이를 했던 날. 화가에게 성질을 부려 놓고 가 버린 남자였다. 남색의 티셔츠에 검정색의 양복바지는 그날, 말끔했다. 붙잡혀 온 남자의 양복바지는 무릎이 나오고 구김도 많았다. 며칠 동안 같은 옷만 입고 다닌 모양이다. 하기는 오래 머물게 될 거란 생각은 하지 못했을 것이다.

남자는 상경한 그날, 화가를 찾았다. 계획은 생각처럼 이뤄지지 않았다. 성질을 부렸고 제 화를 다스리지 못해 홀로 씩씩댔다. 불과 삼십 미터의 거리였다. 남자는 환의 시야를 벗어나지 못했다.

경찰서에 와서도 남자는 성질을 버리지 못했다. 벌레가 달라붙은 것도 아닌데 짧은 머리를 마른세수하듯 했다.

"저 남자, 기억나시죠?"

"……."

화가는 고개를 숙인 채 말이 없었다.

– 저 남자, 나도 봤는데…… 어디서 봤지? 아, 맞다. 돈을
준 남자. 그날 지하도에서.

벽에 붙어 있던 할이 느닷없이 목말을 타며 숨넘어가는 소
리로 말했다.

"알았으니까. 좀 가만히 있어. 정신 사납단 말이야."

화가는 혼잣말을 하는 환을 쳐다봤다. 사실, 할에게 하는
소리지만 보일 리 없다. 실성이라도 했냐는 뜨악한 눈초리였
다. 그것도 잠시, 화가는 자신의 운동화코로 시선을 도로 가
져갔다. 분노로 가득했던 화가는 시간이 지날수록 체념하고
있었다. 살인 용의자가 되었음에도 관심이 없는 듯했다.

"며칠 전에 저 남자랑 있었잖아요?"

화가는 환의 말에 다시 고개를 들었다. 경찰과 마주 앉은
남자를 무심히 건너다볼 뿐, 이렇다 할 말은 하지 않았다.

"그림을 팔겠다고 나한테 사가라고 했던 그날…….'

"!"

화가의 눈이 휘둥그레지는가 싶더니, 이내 부릅떴다. 화
가는 붙잡혀 온 남자를 향해 바투 다가갔다. 남자의 옷자락
을 부여잡았다. 훔쳐 간 그림을 내놓으라고. 어디에 숨겼냐
고. 화가는 윽박질렀다.

"아니, 이 양반이! 몰라요, 난. 아무것도 모른다고."

남자는 수갑이 채워진 손으로 화가를 밀어냈다.

"내 그림, 당장 내놔. 좋은 말로 할 때, 어서 내놔. 어딨어?"

"이게 무슨 개똥 같은 소리야."

"에이, 그림 도둑아!"

"그러게 일찌감치 팔았으면 좋았잖아. 안 팔 거면 갖고 나오질 말던가……. 젠장, 재수가 없을라니까. 캬악, 퉤!"

남자는 참지 못한 분을 가래로 뱉어 냈다.

덕수궁길까지 매일 힘들게 들고 나온 걸 보면 팔려는 의도가 있었다. 입으로는 판다고 가격 흥정을 유도하기도 했다. 화가는 어떻게든 팔고 싶어 안달난 사람처럼 굴었음에도 거래는 끝내 성사되지 않았다. 아니, 일부러 성사시키지 않았다는 게 맞을 터였다.

그것이 환이 본 그날의 광경이었다. 빈손으로 나온 터라 환 자신은 살 수 없었다지만 남자는 달랐을 것이다. 상경의 목적이 그림을 손에 넣는 것에 있었다면 더욱이.

그림을 사지 못해 화를 넘어 분노를 감추지 못했던 고물상 남자. 병풍 안에 들어앉지 못한, 사라진 그림 한 점. 죽은 남자가 손에 쥐고 있던 오만 원짜리 지폐 한 장. 그리고 오직 그림을 보겠다는 일념으로 죽은 남자와 며칠간의 동거를 감행한 할. 환은 그들 사이에 있는 연결고리들을 구슬을 꿰듯 하나씩 꿰기 시작했다.

"그림, 어디다 감췄어요?"

경찰이 남자의 범행을 다그쳤다.

"그런 거 모릅니다, 모른다고요."

남자가 언성을 높였다.

"그럼, 살인 사건 현장에는 왜 간 겁니까?"

환이 그들 사이에 끼어들었다. 남자는 또 뭐냐는 듯이 떨떠름한 눈길로 환을 째려봤다. 그러고는 고개를 돌렸다. 환은 왜 갔냐고 재차 물었다. 남자는 일절 모르쇠였다.

화가가 돌담길을 벗어나고 사방을 조심스럽게 휘두르며 나타난 남자는 그였다. 화가와 죽은 남자가 나 잡아 봐라, 를 하기 전부터 인근에서 그들을 주시하고 있었다. 난장판이 된 그곳에서 자신이 노리던 그림 한 점을 단박에 찾아 들 수 있었던 것도 그래서였다. 짧은 시간이었다. 일이 잘되려니 손발이 척척 맞듯 택시가 나타났다. 남자는 서둘러 그 택시를 세웠다.

인근 CCTV에 찍힌 영상을 확인시켜 주었음에도 남자는 아니라고 잡아뗐다. 화가와 함께 있는 영상 속의 남자는 금방이라도 주먹을 날리지 못해 발만 동동 굴렀다.

"왜 싸운 겁니까, 그날?"

"안 싸웠다고요. 안 싸웠어요!"

남자의 목소리가 험악하게 올라갔다.

"조용히 안 합니까! 여기가 무슨 당신 안방인 줄 알아! 버

것이 도둑질하고도 아니라고만 하면 다야?"

눈살을 찌푸린 경찰은 낮고 강직한 목소리로 말했다. 남자는 이내 꼬리를 내렸다. 순둥이처럼 입을 다물었지만 진실을 털어놓을 기미는 보이지 않았다.

환은 그날의 일을 떠올렸다. 화가는 그림을 사 가라고 하면서도 어깃장을 놓았다.

"그림을 팔겠다고 하고선 사겠다고 하니까 화가가 가격을 올리던가요? 그래서 그날, 그렇게 화가 났던 거고요. 그런 거죠?"

환은 조용조용 말했다. 남자의 기분을 십분 이해한다는 투여서 남자의 기분이 조금은 누그러졌다. 환은 남자와 눈을 마주하고 입을 열기를 기다렸다.

"……맞아요, 그랬어요. 처음엔 백만 원에 사 가라고. 비싸다는 생각이 들었지만 좋다고 했습니다. 돈을 주겠다고. 그런데 금방 말을 바꾸는 겁니다. 오백만 원을 내라는 겁니다. 화가 좀 나긴 했지만 그래도 좋다고 했습니다. 그랬는데 이 미친놈이 어떻게 했는지 압니까? 그림 값을 자꾸 올리면서 변죽만 울리지 뭡니까. 나중에는 이천만 원을 내놓으라고 하더라, 이 말입니다. 백만 원이 앉은자리에서 이천만 원이 되는 게 맞는 소리냐고요!"

붙잡혀 온 남자는 또다시 열을 뿜어내기 시작했다. 홀로 분개했다.

"하지만 이천만 원을 주고서라도 그림을 살 생각이었던 거죠?"

"그랬죠. 그랬는데, 나중엔 삼천만 원을 내라는 겁니다. 처음부터 팔 생각이 전혀 없었던 겁니다. 날 희롱한 겁니다."

"그토록 그림을 사려고 했던 이유가 있었을 테죠? 뭡니까, 그게?"

"그야, 원하는 사람이 있으니까……. 나야, 그림 같은 건 볼 줄 모르니, 저런 물건을 몇 천만 원씩이나 주고 뭐 하러 사나 싶은데."

"그런데요?"

"그 양반이 그림만 가져오면 사례는 원하는 대로 하겠다고……. 가격은 전혀 중요치 않은 눈치더라고요. 그래서 이천만 원이라도 주고 사려고 했던 건데, 팔 마음도 없이 사람을 갖고 노니 내가 꼭지가 돈 겁니다."

남자는 마지못해 실토했다.

"그림을 이 화가가 갖고 있다는 건 또 어떻게 알았습니까? 서울 분은 아닌 것 같고 지방에서 올라오셨죠?"

남자는 강원도 영월에서 올라왔다. 이유는 단 하나. 그림을 손에 넣기 위해서. 오래전부터 영월에는 그림에 대한 소문이 나돌았다. 병풍에 들어가는 몇 점의 그림 사진이. 그리고 그 그림을 손에 넣고 싶어 하는 사람이 있었다. 그림만 갖다 주면 돈은 달라는 만큼 준다는 소문도 함께였다.

남자는 영월군 내의 고물을 다 취급했다. 집집마다 다니다 보면 눈먼 골동품이 제 손에 들어오기도 했다. 병풍이 되지 못한 그림은 사진만 봐도 알 수 있었다.

"옆집 아들이 여자 친구랑 놀러 갔다 왔다면서 사진을 보여 주더군요. 덕수궁길에서 찍은 사진 중에 그 그림이 있었어요. 그길로 확인차 올라왔는데 진짜로 있더라고요. 사진으로 본 것과 똑같은 그림이. 그것도 길거리에 버젓이……. 돈을 좀 쥐어주면 충분히 살 수 있을 줄 알았습니다."

"횡재를 한 기분이었겠군요?"

"그랬죠. 그런데, 팔 생각이 눈곱만치도 없으면서……."

남자는 말꼬리를 흐렸다.

"그래서 그림을 훔칠 생각을 했군요. 죽은 남자에게 오만 원을 주고 화가의 주위를 산만하게 만들어 달라고 부탁한 거죠? 이왕이면 화가의 성질을 박박 긁어서 돌담길을 잠시라도 벗어나길 원했을 테고요. 그림은 어디다 감춰 뒀습니까?"

"기억이 안 납니다."

남자는 입을 굳게 다물었다. 그러고는 시선을 벽으로 가져갔다. 그곳에 할이 있어 남자에게 주먹을 날렸다.

"좋습니다. 그럼, 아무 상관도 없는 사람은 왜 죽인 겁니까?"

"그림 도둑도 억울한데 이젠 살인자까지? 이봐요, 나 이래 봬도 선량한 시민이야. 당신, 뭐야? 경찰도 아닌 게."

남자는 환에게 삿대질하며 벌떡 일어섰다. 그러자 벽에 붙어 있던 할이 떨어져 나왔다. 남자의 얼굴을 꼬집고 뭉갰다. 어서 자백하라고 종용했지만 남자는 뻔뻔했다.

"한여름도 아니고 모기가 있나? 왜 이렇게 따가워!"

남자는 철썩철썩 자신의 뺨을 때렸다.

그림을 갖고 곧바로 터미널로 가면 그만이었다. 남자는 터미널로 가지 않았다. 그림을 어딘가에 감춰 두고는 사건 현장에 다시 나타났다. 경찰의 질문에도 묵비권을 행사했다.

"그림을 손에 넣었지만 궁금했을 겁니다."

그간에 벌어진 일련의 사건에 대해 환이 설명하고 나섰다.

"뭐가 말이죠?"

"그림의 가치요. 소문만 무성한 그림 수집가는 그림만 가져오면 금액은 중요하지 않다고 했지만 그게 얼마까지인지는 몰랐던 겁니다. 그래서 생각한 겁니다. 화가라면 알고 있지 않을까. 그래서 현장에 다시 온 겁니다. 그림은 들고 갈 순 없으니, 어딘가에 숨겨 둬야 했겠죠."

"어디다 숨겼을까?"

"시체가 발견된 바로, 그곳이요."

"엥? 정말로?"

경찰이 환의 말허리를 잘랐다.

"택시를 탔지만 딱히 떠오른 곳이 없었을 겁니다. 화가를 만나려면 범행 현장에 다시 가야 하는데 말이죠. 그때 떠오른 게 교회가 아니었을까요? 여자 친구랑 서울 구경을 하고 왔다는 옆집 아들한테 정동교회 얘기도 들었을 겁니다. 그런데 반대 방향에서 택시를 타야 된다는 걸 모른 채였죠. 택시 기사는 그때부터 의아한 생각을 했을 겁니다. 걸어가도 되는 지척의 거리를 두고 역으로 택시까지 잡아탔으니까. 어찌 되었건, 교회 인근에서 내렸습니다. 사람들의 발길이 잘 닿지 않는 곳에 그림을 숨겨 둔 겁니다."

"……!"

남자는 아무런 대꾸도 하지 않았다. 왜 이렇게 근지럽냐며 자신의 뺨을 철썩철썩 때리기만 했다. 무슨 개소리를 지껄이냐는 듯 등한시했다.

환도 크게 신경 쓰지 않았다. 계속 말해 보라는 경찰의 권유에 말을 이어 나갔다.

"그림을 숨겨 두고 인근을 배회했을 겁니다. 범행 현장이 가까이 있었지만 그 사실을 모른 채 말이죠. 그런데 화가의 주위를 끌어 달라고 했던 남자가 나타난 것을 본 거죠. 그것도 그림을 숨겨 둔 쪽으로 가더란 말입니다. 생각지도 못한 일이 벌어지고 만 겁니다. 단지, 화가를 피해 그곳에 숨으려던 건데, 그림을 가지러 간다고 생각한 겁니다. 다급한 마음에 돌멩이로 남자의 뒤통수를 친 겁니다."

"뭐야? 그게 사실입니까, 김영식 씨?"

경찰의 반문에도 남자는 나 몰라라 했다. 목격자가 있으면 데려와 보라는 식이었다.

"사람들이 나타나자, 당신은 그림을 챙길 틈도 없이 도망쳤습니다. 당신이 오만 원에 고용한 그 남자가 도망치는 당신을 봤어요. 주머니에 있던 오만 원을 꺼내 손에 쥐었죠. 당신이 범인이라는 걸 알리기 위해 죽어 가면서 남긴 메시지인 거죠."

붙잡혀 온 남자는 그제야 사색을 띠었다. 죽은 남자에게 오만 원짜리 한 장을 건네는 장면을 본 사람은 없었다. 잡아떼도 그만이었다. 그러나 남자는 그러지 못했다. 누군가 자신의 행동을 하나에서 열까지 모두 지켜본 듯했다. 사색이 된 것은 그래서였다.

사라졌던 그림은 화가에게 다시 돌아왔다. 그림은 죽은 남자가 발견된 곳에서 불과 삼 미터 떨어진 널빤지 틈에 감춰져 있었다.

화가는 개조된 오토바이의 짐칸에 그림을 실었다. 달가운 표정은 아니었다. 그림을 되찾았음에도 화가는 착잡함을 금치 못했다.

　"팔아서 마누라 약값이랑, 수술비에 쓰고 싶었는데 그럴 수가 없었어요. 헷갈려서 당최 뭘 할 수가 있어야지. 마누라는 곧 죽는다는데 계산이나 하고."

　화가는 오토바이를 타지 않았다. 주머니에서 담배를 꺼냈다. 불을 붙여 한 모금 길게 빨았다. 그러고는 땅을 향해 길게 뱉어 냈다.

　"뭐가 그렇게 헷갈린 겁니까?"

　화가를 보고 있던 환이 물었다.

　"오래된 얘기라, 얘기가 참 긴데……."

　화가는 그래도 듣겠냐는 말을 생략했다. 대신, 환을 바라보았다. 지금 털어놓지 않으면 죽을 때까지 누구에게도 말 못할 얘기가 될지 몰랐다.

　환은 화가의 얘기가 궁금했다. 화가와 좋은 시간을 보낸 건 아니지만 화가에게 숨구멍이 필요하다면 되어 주고 싶었다. 왠지 그래야만 될 것 같았다. 해녀들의 숨비소리처럼 화가에게 삶의 숨구멍이 지금 필요한지도 모른다. 환은 조용히 고개를 끄덕였다.

　"이 그림, 내 것이 아냐. 한국화를 그리던 친구가 한 삼

년 전에 내게 잠시 맡긴 거라네. 이렇게 길게 맡아 두게 될 줄은 나도 몰랐어. 암튼, 저 그림을 들고 나타나서는 싱글 벙글했지."

화가는 어느새 말을 놓고 있었다.

친구는 특별한 그림을 화가에게 맡겨 놓고 갔다. 볼일을 좀 보고 세 시간 뒤에 다시 찾으러 오겠다고 했다. 그리고 그 날, 화가에게 그림을 맡기고 간 그날에 친구는 교통사고로 목숨을 잃고 말았다. 어디서 술을 마셨는지, 친구는 거나하 게 취한 상태였다. 그렇다고 넓은 도로를 무단 횡단할 사람 은 아니었지만 사고를 낸 운전자의 주장은 그랬다.

"유가족에게 돌려줄 생각은 안 하신 겁니까?"

"내가 나쁜 놈이라고 생각하는 거지?"

화가는 피식 웃음을 머금고 말했다.

"네."

"젊은 친구가 솔직해서 좋군. 유대가 없긴 했지만 찾자고 작정했으면 유가족을 찾았겠지. 돌려줬겠지. 맞아. 일부러 안 찾았어. 저 그림에는 대단한 행운이 깃들어 있거든. 그 림이 내 손에 들어오고 친구는 사망했지만 내게 좋은 일들이 연달아 벌어졌지. 그때는 저 그림 때문이란 생각은 전혀 못 했어. 설마, 아니겠지. 그냥 한 소리겠지. 근데, 이게 말이 야. 좋은 일이 연달아 생기니까, 저 그림이 행운의 부적처럼 여겨지더라, 이 말이야."

화가는 그 이후로 그림에 관해 알아보고 다녔다. 신비로운
이야기처럼 들려주는 그들의 얘기에 화가는 혹했다.

그것은 한 사람의 일생을 담은 그림이었다. 열 폭 병풍인
지, 열두 폭인지 정확하게 알 수는 없었다. 주인공의 무병장
수와 부귀영화를 기원하는 그림이었다. 화가가 소장한 그림
은 누군가의 일생을 담은 연작 중 하나였다.

누군가의 염원이 담긴 그림. 이름하여 한 편으로 끝날 수
없는 평생도. 놓치고 싶지 않은 삶의 순간과 영예로운 날들
의 기록을 병풍으로 완성시켜 남겨야 했다.

평생도 병풍은 만들어지지 못했다. 거기엔 피치 못할 사연
이 따라붙었다. 화가는 입에서 입으로 전해지는 그 사연을
알고 있다는 사람을 만나 보지 못했다. 심상치 않은 작품인
것만은 사실이나 이야기 배경에는 다들 고개를 내저었다.

출세길이 열려 있는 조선시대 양반들의 전유물이었던 평생
도. 그러나 소문 속의 평생도는 양반의 물건이 아니었다. 양
반도 탐내기는 했지만 그림 속의 주인공은 특별한 인물이었
다. 어찌 되었거나 소장하고 있다면 부귀영화를 누리는 행운
이 따른다. 그것이 소문에 휩싸인 미완의 평생도가 지닌 기
운이었다.

"자고 일어나면 나를 유명한 화가로 만들어 줄지도 모른다는

생각에 혹했지. 완성품은 아니지만 평생도의 일부라도 갖고 있으면 그림을 그린 자의 염원이 닿아 행운을 얻게 된다더군."

"그래서 행운을 누렸습니까?"

"말했잖아. 그림을 맡긴 친구가 그렇게 가고 내게 좋은 일들이 연달아 일어났다고. 그림 때문에 생긴 일이라고는 생각하지 않지만, 사람 마음이란 게 또 어디 그런가."

화가는 땅이 꺼져라 한숨을 내쉬었다.

"돈이 궁하니 마음이 흔들렸군요."

"요물이지."

화가는 쓴웃음을 머금었다. 삼 년 만에 나타난 고객. 팔까 말까. 화가의 갈등은 첨예했다. 가격을 마구잡이로 불러도 사겠다고 달려드니 화가는 시험대에 올라앉았다. 경매장에 나와 있는 물건처럼 화가는 구매자 욕망의 극점이 궁금했다. 도둑놈 심보처럼 마음이 부풀었다.

남자의 반응을 보고 싶었던 건 화가도 마찬가지였다. 그림의 가치가 얼마나 되는지 가늠해 보고 싶었다. 화가의 욕망이 고개를 치켜든 순간이었다. 도대체 얼마가 적정선인지를 알 수 없었다. 팔겠다는 마음은 뒷전으로 밀리고 가격은 경쟁을 부추기듯 올라갔다.

남자는 어떻게든 그림을 손에 넣고 싶어 했다. 살 수만 있다면 가격은 상관없는 듯했다. 몇 천만 원은 쉽게 쥘 수 있을

지 모른다. 그거면 아내의 수술비를 감당할 수 있지 않을까? 잠시 기억 밖에 있던 그림의 진가를 되새김질한 것도 그 순간이었다. 갖고 있으면 행운이 따른다. 그림만 있으면 아내의 병이 기적처럼 나을 수 있을지도 모른다.

화가는 이성적인 판단을 할 수 있는 상태가 아니었다. 복잡한 생각과 마음이 뒤섞였다. 한쪽을 포기해야만 되는 일이었음에도 화가는 그러지 못했다. 엇갈린 기대가 한가지처럼 팽팽하게 벋났다.

"마지막으로 한 번만 더 불러 볼 심산이었지. 그래도 사겠다고 하면 그땐 진짜 넘길 생각이었어. 근데, 버럭 화를 부리더라고……. 아차 싶었지. 정신이 번쩍 나데."

화가는 마른침을 꼴깍 삼켰다.

그냥 팔았더라면 오늘과 같은 일은 벌어지지 않았을지 모른다. 그림에 행운의 염원이 깃들었다는 것은 말짱 개소리다. 일찌감치 유가족들을 찾아 돌려줬으면 고맙다는 말이라도 들었을지 모른다. 이제 와 돌려줄 수도 없었다. 친구라고는 하지만 화가는 그 친구의 가족에 대해 아는 게 없었다. 친구는 혼자였고 한 번도 가족을 입에 올린 적이 없었다.

"그림, 필요하다고 했지? 가져갈 텐가?"

"네에?"

"돈은 받지 않을게. 처음부터 사고파는 그런 그림이 아니었어."

"농담도 참 진하게 하십니다."

환은 배시시한 웃음을 흘렸다.

"일생을 나 좋은 일만 하고 산 놈이 무슨 자격으로 마누라 걱정을 하겠나. 이제 와 남편 노릇을 할 것도 아니고……. 내가 생각해도 웃기는 일이지. 그래도 준다는 건 진심이었는데, 자네도 행운의 기회를 놓친 거야. 그럼, 잘 가게나."

화가는 혼자 타들어 간 담배꽁초를 손끝으로 비벼 껐다. 그러고는 오토바이에 몸을 실었다. 경찰서 앞마당을 벗어나는가 싶더니 이내 멈춰 섰다.

"공짜라 껄끄러우면 오만 원만 내고 가져가든가."

"싫습니다."

환은 웃으며 거절했다. 옆에서 할이 난리쳤지만 모른 척했다. 화가가 떠난 다음에도 할의 아쉬움은 사라질 줄을 몰랐다.

– 그게 어떤 그림인데, 네 마음대로 사양해. 빨리 가서 받아 와.

"그 말을 믿는 거야? 우리를, 아니, 나를 시험하는 거야."

– 뭐어? 이놈의 늙은이가 보자보자 하니까 이젠 나까지 갖고 놀아!

할은 화가의 오토바이를 뒤쫓았다. 얼마 가지 못하고 그 자리에 멈춰 섰다. 경찰서 앞의 대로변으로 차들이 쌩쌩 달렸다.

퀵서비스로 그림이 배달된 것은 금요일 오후였다. 오토바이를 본 할은 카페 깊숙한 곳으로 숨어 버렸다. 하지만 곧 날다람쥐처럼 튀어나올 것이다.

환은 할 몰래 평생도의 모사품을 주문했다. 순전히 할의 기분을 달래 줄 용도였다. 거금을 주고서라면 또 모를까, 평생도를 공짜로 가져올 배짱은 없었다. 화가에게 별 도움은 안 되겠지만 환은 모사품 한 점을 부탁했다. 평생도의 모사품. 화가는 거절하지 않았다. 자신의 사인이 담긴 그림을 주문하는 고객은 처음이라며 껄껄거렸다.

환은 퀵서비스가 놓고 간 물건의 포장지를 조심스럽게 뜯었다. 배달되어 온 그림은 환을 놀라게 했다. 분명, 모사품을 부탁했건만 거기엔 진품이 놓여 있었다.

"말 한마디 없이 이래도 되는 거야?"

환은 홀로 중얼거렸다. 화가에게 전화부터 걸어야 했다. 환은 평생도의 포장지를 뜯다 만 채로 테이블에 올려놓았다. 포장지 안에서 편지봉투 하나가 툭 떨어졌다. 화가의 손편지였다.

환이라고 했나?

내 그림을 받고 뜨악해할지 모르겠군. 그렇다고 돌려보낼 생각은 말게. 내게는 더 이상 필요 없는 물건이 됐다네. 내 마누라가 끝내 저 세상으로 갔다네.

마누라가 죽어 가며 남긴 말이 뭔지 아나? 그림쟁이의 마누라로 사는 거, 고단하긴 했지만 행복했다네. 거짓말이지. 나도 알아. 마지막 숨을 넘기며 나를 보고 비스러진 것 같은 미소를 짓더군. 그 고통의 순간에……

내 마누라라서가 아니라 참 아까운 여자였어. 난 지금, 그런 여자를 잃었다네. 내 인생의 행운은 내 마누라였다는 걸 이제야 실감한다네, 어리석게도.

평생도는 이제 자네가 갖게. 아직 젊으니 평생도의 염원을 펼칠 기회가 있을지도 모르지. 난, 이제 모든 것을 정리했네. 앞서간 친구처럼 나도 이제 바람처럼 산 거거든. 가볍게, 가볍게 깃털처럼, 가볍게 바람처럼 말이야. 그럼, 잘 지내게나.

환은 먹먹한 심정에 움직일 줄 몰랐다. 퀵서비스 오토바이가 사라지고 할이 나와 그림 앞에서 황홀한 표정을 지었지만 환은 허공을 바라본 채였다.

"이쪽 벽에 걸어 두면 좋을 것 같은데요."

할은 자신의 지정석 앞에 평생도를 어서 걸어 달라고 보채던 중이었다. 할이 보일 리 없건만 은미가 공구함을 들고 다가왔다.

— 은미 씨도 우리 카페의 진정한 일원이 다 됐군.

고수레 커피만 보면 바지런하게 치우던 그때부터 은미는 할의 미운털이었다. 웬일로 할이 그런 은미의 칭찬을 다 한다.

"그렇게 좋아?"

환은 달뜬 할을 보며 기분 좋은 목소리로 물었다.

"네? 뭐가요?"

"아, 아닙니다. 아무것도…… 은미 씨 말대로 여기다 걸어두죠, 뭐."

환은 은미의 뒤에 있는 할을 바라보며 씨익 웃는다.

평생도가 카페로 오고 나서 할의 아침 풍경은 달라졌다. 환의 커피보다 평생도를 먼저 찾았다. 아침 문안을 올리듯, 환이 오픈 준비를 하는 동안 할은 평생도 앞에서 시간을 보냈다. 싱글벙글한 채로. 할의 말썽도, 히스테릭한 성질도 보기 어려웠다. 환의 커피와 함께 행복한 순간을 만끽했다, 할은.

— 다른 그림들도 볼 수 있다면 얼마나 좋을까!

할은 몽상에 젖어들었다.

"그것도 천우신조로 온 거니까, 과한 욕심은 접어 둬."

— 한번 봤으면 좋겠다고, 빈말도 못해 보남?

"진심일까 봐 겁나서 그래."

– 그만큼 키워 줬으면 효도는 못할망정, 사사건건이 태클이네, 저것이.

"그게 언제 적 낱말이야? 효도? 지금도 살아 있는 낱말이긴 해?"

환은 마음과 달리 빈정거렸다.

그린 사람의 염원이 얼마나 강했으면 그런 소문이 떠도는지 환도 궁금했다. 평생도 연작의 한 점만으로도 행운이 따른다. 평생도의 연작, 전부를 갖게 된다면? 그렇게 되면 어떻게 되는 거지?

환의 심장이 멈칫했다. 평생도 전체를 손에 넣기 위해, 누군가는 이미 그림자처럼 재빠르게 움직이고 있다. 평생도에 어린 사연도, 그 연작을 거래하고자 하는 사람에 관해서도 환은 전혀 알지 못했다. 다만, 할이 좋아해 마지않는 저 평생도가 행운이 아니라 불행을 몰고 오지는 않을까. 환은 불길한 생각을 온전히 지우지 못했다.

손님과 대화를 나누고 드립커피를 만들면서도 환은 평생도를 의식했다. 그저 소문일 뿐이라고 등한시하려 해도 누군가의 평생도는 불쑥불쑥 환의 눈앞에 펼쳐졌다.

사건 여섯 .

운이 좋은 아이

엄마한테 갔던 선호가 환의 카페에 나타난 것은 근 일 년 만이었다. 조부와 단둘이 살다 친엄마의 곁으로 가던 날, 선호의 짐은 등에 진 책가방과 옷가지가 든 작은 트렁크 하나가 전부였다.

친구들로부터 놀림을 당하거나 부모와 함께인 또래 아이들을 볼 때마다 선호는 엄마가 간절했다. 다른 아이들처럼 내게도 엄마가 있다면 얼마나 좋을까. 선호의 그 간절함 때문이었을까. 어느 날, 엄마가 기적처럼 선호를 찾아왔다. 매일 꿈에도 그리던 엄마의 전화 한 통화에 선호는 토끼처럼 껑충껑충 뛰었다. 더는 부러운 것도 없이 선호는 그길로 엄마를 따라갔다. 선호는 뒤돌아보지 않았다. 한번도 느껴 보지 못한 엄마의 사랑을 담보로 조부의 곁을 떠났다.

그 선호가 환의 카페 골목에 다시 나타났다. 선호는 땅바닥에 쪼그려 앉아 글자도 그림도 아닌 것을 끼적거리고 있었다. 명랑하고 밝던 전과는 다르게 어둡고 진지한 분위기를 모락모락 풍기면서.

"할아버지 보러 왔구나."

환의 아는 척에도 선호는 고개를 쳐들고 힐끔 한번 올려다보았을 뿐이다. 선호의 시선은 내내 바닥에 꽂혀 있었다. 환이 알던 선호와는 어딘가 모르게 달라져 있었다.

야트막한 동네 야산을 오르내리자면 선호는 그곳에 있었다. 조부와 함께였다. 남자아이임에도 애교를 잘 떨었다. 처음 보는 환에게 안녕하세요, 하고 먼저 인사를 건네는가 하면 두 번째 만남에서부터는 경계심도 없이 환의 뒤를 따라 야산을 오르내렸다. 오후 무렵이면 환은 또 카페 앞을 지나가는 선호를 발견할 수 있었다. 가끔은 조부 대신 그 자신의 몸피와 맞먹는 장바구니를 들고서였다.

그런데 언제부터였을까. 어쩌다 목격되는 선호의 조부는 혼자였다. 야산을 산책 삼아 거닐 때에도, 카페 앞을 지날 때에도. 선호에게 무슨 일이라도 생긴 건 아닌지. 궁금증을 참지 못한 환이 어느 날 카페 앞을 지나는 그를 붙들어 세웠다.

"선호? 제 엄마한테 갔어."

선호의 조부는 대수롭지 않게 반응하고 돌아섰다. 그리고 사내자식이 계집애처럼 무르기만 해서, 하는 그의 혼잣말이 아프게도 환의 귀에 박혔다. 다른 아이들처럼 엄마랑 함께 살고 싶다던 선호의 말이 환청처럼 맴돌았다. 엄마와 살게 된 선호야 별 걱정 아니지만 또 홀로 남게 된 선호의 조부는 측은하게 여겨졌다.

선호의 아버지는 교통사고로 세상을 떠난 지 오래였고, 선호의 엄마는 교통사고 훨씬 전에 이미 남편과 이혼한 상태였다. 얼굴도 기억나지 않는 그런 엄마가 선호의 마음에 들어앉기 시작한 것은 초등학교에 입학하면서부터였다. 친구들은 항상 아빠나 엄마와 함께였고 선호는 조부와 함께였다. 4년의 세월이 그렇게 지나간 것이다. 선호가 엄마와 함께인 친구들을 부러워만 하던 4년이었다. 그 무렵에 나타난 친엄마의 존재는 선호의 어린 생을 송두리째 뒤흔들어 놓기에 충분했다.

"엄마랑 산다며? 근데 왜 혼자 온 거야? 할아버지 기다리니?"

선호는 어떤 말에도 대꾸하지 않았다. 스르륵 일어서더니 바닥의 낙서를 운동화 신은 발로 뭉갰다. 그러고는 카페 앞을 벗어났다. 그런 선호가 걱정되기도 했지만 환에게는 별다른 방도가 없었다. 이유 없이 말하기 싫고 매사에 저항을 일삼는 사춘기가 온 것이라고 일축했다. 애교를 잘 떨던 선호는 변해 있었다.

선호가 환의 카페를 찾아온 건 그날로부터 한 달이 더 지나고 나서였다. 일 년 만에 나타났을 때처럼 선호는 카페 앞한구석에 자리하고 있었다. 환은 서둘러 아는 척하지 않았다. 간헐적으로 지켜보기만 했다. 조부를 만나러 온 것이려니 무심히 넘겼다. 그러다 보게 되었다. 선호의 조부가 카페앞을 지나는데 선호가 몸을 숨기는 것을 말이다.

왜 저러는 거지? 기다리고 있었던 게 아닌가? 환은 고개를갸우뚱했다. 조부가 사라지고 나자 모습을 드러낸 선호는 손님이 남기고 간 음료수를 슬쩍했다. 카페 앞의 테이블에서였고 선호는 밖으로 나오던 환과 정면으로 눈이 딱 마주쳤다.

"버릴 거잖아요. 치워 주면 좋은 거잖아요."

선호는 반항적이었다. 의자에 삐딱하게 앉아 남은 음료수를 마셨다. 다시 조부의 집으로 돌아오고 싶은 거냐고 묻고싶었지만 환은 관뒀다. 대신에 "배고프면 뭐 먹을 것이라도좀 줄까?" 했지만 선호의 반응은 또 시큰둥했다.

"엄마랑 사니까 좋지?"

다른 아이들처럼 자신도 엄마와 살고 싶다던 선호를 떠올리며 한 말이었다. 그러나 선호의 표정은 밝아 보이지 않았다.

"얼마나 있어야 돼요?"

"뭘 말이야? 그게 무슨 말이지?"

"아까 여기 앉아 있던 손님들이 그러던 걸요. 나쁜 짓 한 사람들을 아저씨가 잡았다고……. 커피를 팔고 있지만 사실은 아저씨가 나쁜 놈들을 잡는 탐정이라고."

"나한테 부탁할 일이라도 있는 거야?"

"아뇨, 그냥 궁금해서요."

"그래? 그렇담 나에 대한 오해부터 풀어 줘야겠군. 나쁜 놈을 잡는 건 경찰의 몫이고 난 바리스타일 뿐이야."

"바리스타? 그게 뭔데요?"

"맛있는 커피를 만드는 사람. 그런 의미에서 내가 새로 개발한 커피 맛을 한번 볼래? 이번에 개발한 건 어른과 아이들이 함께 마실 수 있도록 개발한 거야. 마셔 보고 얼마나 맛있는지 네가 평가를 해 주면 더 좋고."

선호는 잠깐 골몰한 생각을 하는가 싶더니 환을 힐끔거리며 말했다.

"아저씨가 원한 거니까 돈은 안 낼 거예요."

"당연한 말씀."

그렇게 해서 환은 선호를 카페 안으로 데리고 들어갔다. 환이 새로 개발한 음료수는 없었다. 다만, 선호를 위해 환은 블루베리 스무디와 초코케이크 한 조각을 내놓았다. 선호는 게 눈 감추듯 허겁지겁 단박에 먹어치웠다. 환은 다른 것도 맛을 봐 달라며 이번엔 여러 조각의 케이크를 종류별로 다양하게 내왔다. 이번에도 선호는 입에 넣기 바빴다.

"엄마가 먹을 것을 안 주니?"

선호의 돌덩이 같은 침묵은 그때에 비롯되었다. 고개를 푹 숙였고 환과 눈을 마주하지도 않았다.

"나는 운이 참 좋은 아이에요."

"운이 좋다고 여긴다는 건 매우 행복하다는 건데…… 표정은 영 아니네. 운 좋은 아이처럼 보이지 않는단 말이지."

"아저씨는요? 사람들이 탐정이라고 부르면 기분이 어때요? 좋아요?"

"글쎄다. 사람들이 바리스타인 나를 탐정이라고 부르는 건 그냥 애칭 같은 거기는 하지. 기분이 좋아야 할까? 내가 진짜 탐정도 아닌데? 물론 그 비슷한 일을 하기는 해. 하지만 우리나라에 탐정이란 직업을 갖고 일하는 사람이 아직 없어. 그들이 나를 탐정이라고 부르는 건 나와 좀 더 가까워지고 싶고 나와 좀 더 친밀감을 느끼고 싶다는 뜻일 거야."

"사람들이 아저씨를 찾는 이유가 그런 거예요? 탐정이라 부르며 아저씨와 친한 척 굴고 그들의 얘기를 들어 달라면서 아저씨의 시간을 멋대로 뺏는 거?"

"네 말이 틀린 것 같지는 않다만 어째 표현이 살벌하네. 그들은 도움이 필요하고 난 기꺼이 그들을 돕지. 왜? 난 좋은 사람들이 내 주위에 많기를 바라니까."

"그러면 내 얘기도 들어 줄 수 있어요? 내가 돈을 내지 않아도, 아저씨가 만든 커피를 사 먹지 않아도?"

잘 웃지 않는 환이지만 이때만큼은 미소를 지었다. 선호가 조부와 살던 곳에 다시 나타났음에도 조부와는 마주치기를 원치 않았던 데에는 뭔가 이유가 있을 것이다. 지금껏 털어 놓을 상대가 없음에 홀로 가슴에 꽁꽁 싸매 두었던 것일 터였다. 손님들은 탐정이라 부를지 모르지만 선호 자신만은 형이라 불러도 되겠냐고 했던 선호는 그날에도 묵혔던 속내를 끝내 꺼내 놓고 가지 못했다.

낮도깨비 같은 녀석. 선호의 안부가 궁금해질라치면 환은 선호가 무심히 던져 놓고 간 말들을 곱씹었다. 무엇보다 선호의 의미심장한 표정들을 근심스럽게 떠올렸다.

그리고 그날은 헌책방에 들렀다가 카페로 가던 길이었다. 교차로 변에 서 있는 선호를 발견했다. 환이 반가운 나머지 손을 번쩍 들려던 참이었다. 선호는 혼자가 아니었다. 골목을 두리번거리는, 환에게는 수상쩍게만 보이는 남녀 한 쌍과 함께였다. 선호 엄마와 새아빠인가 싶었다. 그들이 서 있는 골목 앞으로 차량이 지나고 그들은 쑥덕거렸다. 무슨 말이 오가는지 환으로서는 알 수 없었다.

그들이 주위를 살피고는 있었지만 금방이라도 사고를 당할 듯 선호는 위험에 노출되어 있었다. 환은 선호를 불렀다. 처음엔 듣지 못했다. 횡단보도를 건너며 선호를 불렀을 때, 선호는 그야말로 위험천만한 위치에서 환을 돌아보았다.

"선호야, 거기서 뭐해? 그분들은 누구시니?"

선호가 말을 하려는데 그들은 선호의 팔을 잡아끌었다. 잔뜩 환을 경계하는 눈빛으로. 엄마의 손에 끌려가는 선호는 환을 뒤돌아보았다. 화사한 웃음을 애처롭게 짓는 선호는 그렇게 환 앞에서 자취를 감췄다.

그리고 팔에 깁스를 하고 다시 나타난 것은 이틀 후였다. 선호는 속사포처럼 말을 쏟아냈고 돈을 내고 모카커피를 주문했다. 환은 커피 대신 다른 음료수를 권했다.

"형이 주는 거면 아무거나 괜찮아요."

"어쩌다가 다친 거야? 이틀 전만 해도 멀쩡했잖아?"

"운이 좋았어요."

깁스한 팔에 손을 얹은 선호는 스스로를 대견해하는 것 같았다.

"할아버지하고 연락은 하고 지내니? 요즘 통 안 보이시는 것 같은데, 무슨 일이 생긴 건 아닐까?"

"아무 일도 없을 거예요."

"할아버지가 걱정되진 않아?"

"내게 가족이 따로 있는 걸요. 엄마와 새아빠 그리고 누나와 동생도 있어요. 그들을 돌봐야 해서 할아버지까지 신경을 쓰진 못해요."

가족을 돌봐야 한다는 그것이 정녕 선호의 생각에서 나온 것이었다면 환은 감탄했을 것이다. 아무리 조숙해도 이제 초등학교 6학년인 선호의 입에서 나올 만한 말은 아닌 듯했다.

"팔을 다친 것도 네 가족을 돌보느라 그런 거야?"

선호는 고개를 작게 끄덕였다. 그러고는 말간 얼굴로 씨익 웃음을 지었다.

선호는 다른 아이들처럼 엄마와 살 수만 있다면 좋았다. 그토록 갈망하던 엄마가 나타났을 때, 무작정 따라나섰다. 일은 선호가 원하는 대로 되었다. 조부를 홀로 남겨 둔다는 걱정보다 엄마와 함께라는 사실이 더 중요했다. 그토록 바라던 일이 아니던가. 새 집에는 새 가족이 선호를 기다리고 있었다. 새아빠가 있었고 누나와 남동생도 있었다. 조부와 살던 집과는 분위기부터 확실히 달랐다. 새아빠와 엄마는 가족의 생계를 위해 날마다 머리를 맞대고 뭔가를 궁리했다.

외출은 중학생인 누나와 늘 함께였다. 그때마다 누나는 다쳐서 돌아왔다. 선호는 그때마다 무슨 일이냐고 걱정했지만 새아빠와 엄마는 대수롭지 않아 했다. "운이 좋았어." 선호는 엄마의 말에 안도했다. 더 나쁜 상황이 벌어질 수도 있으나 누나가 조금 다치는 것으로 끝났다는 뜻이었다. 그 이후에도 밖에서 돌아오면 엄마는 그 말을 곧잘 했다. 그 말을 들을 때마다 선호는 이상하게도 마음이 평온했다. "이번에도 운이 좋았어." 그것은 마치 희망의 말처럼 들렸다.

그리고 선호는 학교 가는 일을 중단했다. 가족이 먼저라고. 학교는 그다음이어서 가족이 똘똘 뭉치자면 학교는 다니지 않아도 괜찮다고 말한 사람은 엄마였다.

학교는 부모님을 모셔 오라며 성가시게 구는 일이 빈번했다. 선호가 반 친구들과 다투기라도 하면 담임의 학부모 면담 요청은 피할 수 없었다. 선호가 부모 없는 아이라는 건 그렇게 소문이 났다. 고아라는 꼬리표가 선호를 따라다녔다. 그렇더라도 학교를 결석한다는 것은 생각조차 못했던 일이었다. 밥은 안 먹어도 학교는 가야 한다는 게 조부의 철칙이었다. 배는 곯아도 배움은 건너뛸 수 없었다.

엄마는 달랐다. 학교에 다니는 것보다 더 중요한 것은 가족이 사는 일이라고. 선호를 품에 안고 그의 등을 토닥토닥했다. 엄마가 있으니 학교 가는 일이 더는 싫지 않다고 선호는 말하지 못했다. 친구들의 놀림도 담임의 숙제도 없었다. 종일 집에서 동생과 놀며 시간을 보냈다. 엄마가 있는 집은 특별히 해야 일이 없었고 자신을 따돌리는 친구들 때문에 괴로울 일도 없었다.

그리고 엄마와 외출한 누나는 집으로 돌아오지 못했다. 누나는 어디 갔냐고. 어떻게 된 거냐고 물었지만 엄마는 누나에 대해 말하지 않았다. 화색이 도는 얼굴로 이번엔 일이 좀 크게 됐다고 좋아했다.

선호는 나중에야 알았다. 교통사고를 당한 누나가 병원에 입원해 있다는 것을. 전에도 조금씩 아팠던 누나는 병원에서 진단서만 받았을 뿐 치료를 제때에 제대로 받지 못했다. 누나의 입원은 그 와중에 알게 된 희소식이었다. 그리고 그것은 선호가 누나의 일을 대신해야 된다는 일종의 암시와도 같았다.

누나는 병원에 오래 누워 있지 않았다. 생각보다 일찍 퇴원해 집으로 돌아온 누나는 이후로 집 안에만 있었다. 그것도 매일 자리에 누워서. 화장실에 가는 일도, 밥을 먹는 것도 혼자서 하지 못했다. 가족 중 누군가는 곁에 있어야 했다. 처음엔 선호가 누나를 돌봤다. 그때까지도 선호는 누나가 외출할 때마다 무슨 일이 있었는지 정확히 알지 못했다. 그러나 분명한 것은 누나가 가족을 위해 뭔가 중차대한 일을 했다는 사실이었다. 선호도 곧 알게 되었다. 누나가 무슨 일을 했는지.

"네 누나가 이제 더는 일을 할 수 없다는 걸 너도 잘 알 거야. 우리는 가족이야. 서로에게 힘이 되어 줘야 해. 엄마가 하는 말, 무슨 뜻인지 선호 너는 알지?"

누나를 대신해서 엄마를 돕고 가족을 위해 뭔가를 해야 한다. 동생은 아직 어렸고 누나는 혼자 일어나 앉는 일조차 하지 못해 등으로 기어 다녔다. 누나의 증세는 호전되지 않았고 엄마는 일을 할 수 없어 힘들어했다. 선호는 자신을 안아주던 엄마를 떠올렸다. 그리고 말했다. 할아버지한테 자신을 보낼 생각은 하지 말라고. 힘든 엄마를 위해, 누워만 있는 누나를 대신해 무엇이든 하겠다고. 엄마는 "착한 내 아들" 하며 선호의 머리를 쓰다듬었다. 엄마와 함께라면 다른 것은 아무래도 괜찮았다. 선호는 자신이 운이 좋은 아이라는 엄마의 말을 믿었다.

"형. 나랑 내기 하나 할래요?"

깁스한 팔을 흐뭇하게 바라만 보던 선호였다.

"뜬금없이 무슨 내기를 하자는 거야?"

환은 물끄러미 선호를 건너다보았다.

"형이랑 나, 둘 중에 누가 더 운이 좋은 사람인지……."

"……?"

환은 더 말해 보라고 턱짓했다.

"내겐 누나도 있고 동생도 있어요."

선호는 의기양양하게도 말했다.

"너와 달리 내겐 누나가 없으니 선호보다 운이 나쁜 건가?"

"네, 맞아요. 그런 거예요. 그리고 또 내겐 새아빠도 있고 엄마도 있어요. 형은요?"

"이번에도 역시 선호가 운이 좋네. 형은 아홉 살 때 엄마를 잃었거든. 아버지는 뭐, 안 계신 거나 다름없지."

쓸쓸해하는 환의 태도에 선호는 또 이겼다는 듯 웃음을 머금었다.

"팔은 좀 다쳤지만 다리는 멀쩡해서 걸어 다닐 수는 있어요. 귀도 눈도 다 멀쩡해요. 매일 누워 있어야만 하는 누나에 비하면 나는 운이 좋은 아이인 거죠."

선호는 그 말을 하고 싶었던 것이다. 누나가 자신보다 운이 없다는. 선호의 마음을 이해할 수 있을 것 같다가도 환은 어느 순간 뜨악함을 멈추지 못했다. 부모가 없는 아이들에 견주어, 누워 있기만 하는 누나에 견주어 자신이 운이 좋다고 여기는 것은 이제 고작 열 세 살인 선호가 할 생각이 아니었다.

"선생님이 그러시던? 네가 아주 운이 좋은 아이라고?"

"아니요. 학교는 다니지도 않는 걸요."

"왜?"

"우리 가족이 살아야 하는 게 우선이니까요."

선호는 웃고 있었지만 환은 웃을 수 있는 상황이 아니었다. 환 역시 제대로 학교를 다니지 못했다. 학교보다 가족이 우선이어서는 아니었다. 학교생활에 적응하지 못해서였다. 그로 인해 친구들과 어울려 놀 수 있는 기회를 놓쳤고 친구를 사귈 기회를 잃어버렸다.

"학교에 가고 싶지 않아? 친구들과 어울려 같이 놀고 싶다는 생각은 전혀 없는 거냐고!"

"……."

선호는 대꾸하지 않았다. 고개를 숙이는가 싶더니 이내 환을 향해 들었다. 알쏭달쏭한 미소를 지었다. 그러고는 주문한 음료의 컵을 다 비우고는 얼음물까지 챙겨 마셨다. 어지간히도 속이 타는 모양이다. 그리고 환과의 대화는 거기서 멈췄다. 선호는 다음에 또 오겠다고 하고는 가 버렸다.

– 선호라고 했나? 왠지 느낌이 안 좋아.

선호가 나타나면 입을 닫아 버리는 수다쟁이 유령 할이었다. 환의 불안한 마음을 짐작해서인지도 모를 일이다. 선호가 장기간 모습을 보이지 않으면 환은 왠지 초조했다. 선호가 나타나기를 자신도 모르는 사이 기다렸다. 이럴 줄 알았으면 연락처나 사는 곳을 확인해 둘 것을 그랬다고. 환의 탄식이 유령 할을 향해 건너갔다. 지금쯤 팔의 깁스는 풀었겠지? 짐작하는 일로 선호에 대한 우려를 누그러뜨렸다.

그러나 다시 나타난 선호는 목발을 짚고 있었다. 계단에서 한눈팔다가 발을 잘못 디뎌 굴렀다고 했다. 석연찮은 거짓말. 선호는 환과 눈을 마주치지 못했다. 팔에 깁스를 하고 뿌듯해하던 전과는 사뭇 달랐고 말도 부쩍 아꼈다. 케이크나 좀 먹고 가라고 했지만 선호는 고개를 가로저었다. 돈을 내지 않아도 된다는 말에도 반응은 시큰둥했다. 몸이 아프고 불편하니 다른 것에 신경 쓸 여력이 없는 것인지도 몰랐다.

카페 앞에서 선호를 그렇게 보내고 이틀 뒤 인근 정류장에서 마주하게 되었을 때였다. 선호는 중년의 여자와 함께였다. 그녀가 하는 말을 주눅 든 아이처럼 얌전히 듣고만 있었다. 환과는 거리가 있었으므로 그들의 상황을 정확히 헤아릴 수는 없었다. 분위기만큼은 범상치 않았다. 환은 잰걸음으로 그들 가까이 다가갔다. 이런 데서 또 만난다고 명랑한 태도로 아는 척을 했다. 선호는 그 순간 당황했다. 남에게 들켜서는 안 되는 장면을 들킨 것처럼.

"나한테 블루베리 스무디랑 케이크를 준 형이야, 엄마."

"고마워요."

하지만 여자의 행동은 전혀 고맙지 않은 모양이었다. 그녀는 목발을 짚어 불편한 선호의 팔을 막무가내로 잡아끌었다. 선호가 환과 더 길게 말하는 것을 차단했다. 그녀는 가족이 아니면 거리를 둬야 한다는 말을 환 앞에 떨어뜨려 놓고 갔다. 이게 무슨 황당한 상황이란 말인가.

선호의 조부는 새로운 일을 찾은 모양이었다. 종이상자를 차곡차곡 쌓아 올린 작은 손수레를 직접 끌고 다녔다. 오후 나절에 카페 앞에서 만난 그는 버리는 종이상자가 있는지 환에게 물었다. 어디에 가면 폐지가 많은지에 대해서도. 선호가 없으니 혼자 있는 시간이 늘고 특별히 할 일도 없어서라고. 하지만 뭔가 이상하게 돌아가고 있었다. 그리 멀지 않은 곳에 선호가 살고 있음에도 조부는 모르는 듯했다.

"할아버지, 최근 들어 선호를 본 적 없으세요?"

선호의 조부는 무슨 엉뚱한 소리를 하는 거냐며 눈만 끔뻑거렸다. 그 역시 선호의 연락처나 사는 곳을 모르고 있었다. 가끔 카페나 동네에 모습을 드러내는 선호에 대해 그의 조부는 전혀 모르고 있었다.

"제 엄마랑 살겠다고 간 녀석이 여길 왜 오겠어. 전화 한통 없고…… 잘 살고 있겠지. 무소식이 희소식이라고."

혹시 폐지가 나오거든 연락하라는 그는 전화번호 하나를 놓고 갔다.

아무래도 심상치가 않았다. 분명 가까이 살고 있건만 선호의 조부는 아무것도 모르고 있었다. 조부와 살 때는 애교가 많던 선호였다. 동네에서 만나는 사람은 모르는 사람이라도 먼저 다가가 아는 척을 하던 명랑하고 개구지던 선호다. 엄마에게 간 일 년 사이 선호는 예전의 그가 아니었다.

환은 카페 앞에서 잠시 넋을 잃고 서 있었다. 뭐가 그렇게 심각한 거냐고 물으며 유령 할이 나타났다.

"변해도 너무 많이 변했어."

– 누가?

"선호……. 곧 터져 버릴 것처럼 위태위태해."

– 엄마랑 있는데 뭐가 걱정이야.

커피 향에 황홀하게도 취해 있는 할은 천하태평으로 굴었다.

"나도 내가 너무 예민하게 반응하는 거라면 좋겠어."

유령 할은 당연히 그렇다고 했지만 환의 예감은 불길하게 흘렀다. 커피원두를 과하게 로스팅했고 커피는 쓰다 못해 탄내가 났다. 할은 죽 쒀다 개를 줄 참이냐고, 장사를 다 망칠 셈이냐고 잔소리를 늘어놓았다. 그 와중에도 환은 신고를 해야 하나 말아야 하나를 놓고 고민하고 있었다. 전화해서 뭐라고 할 거냐고 따진다면 특별히 할 말은 없었다. 신고하고 싶은 마음은 순전히 환의 불길한 생각에서 오는 것이었다.

그리고 낯선 손님이 환의 카페를 찾았다. 양복에 노트북 가방을 손에 든 그는 보험조사원이었다.

선호는 오랜만에 집에 있었다. 쓸데없이 나가 돌아다니는 일은 하지 말라고 단단히 주의를 들은 터였다. 다리에 깁스를 한 덕분에 엄마와 새아빠가 하는 일에서는 잠시 뒤로 밀려나 있었다. 누워 있는 누나의 심부름을 하거나 화장실 가는 것을 돕는 일은 만만치 않았다. 선호 역시 제 몸 하나 제대로 간수하기 힘들었다. 누나를 바로 앉히자면 한참을 끙끙

대야 했다. 화장실에 다녀오는 일은 산을 넘고 강을 건너는 일만큼이나 고역이었다.

네가 좀 엄마를 도와줘야겠다고 했을 때, 선호는 흥분했다. 자신이 쓸모가 없어서 엄마가 찾지 않았던 것이라 여기고 있었다. 누나는 엄마에게 꼭 필요한 사람이구나. 엄마와 외출하는 누나가 한동안 몹시도 부러웠던 선호였다. 그런데 엄마가 자신에게 도움을 청하다니. 선호는 자신이 뭔가 중요한 사람이 된 것만 같았다.

그리고 엄마는 살짝 웃음을 띤 화사하고 평온한 얼굴로 말했다.

"이건 말이야, 네 운에 관한 일이야. 어떤 아이는 부모에게 버려져 길바닥에서 노숙하며 살기도 해. 또 누군가는 교통사고가 나서 목숨을 잃기도 하지. 살다 보면 팔이 부러지거나 다리가 부러지는 일쯤은 아무것도 아닌 거야. 죽지 않고 살면 아주 운이 좋은 거야. 운이 좀 나쁘면 죽을 수도 있겠지만 살아 있다면 우리 가족이 계속 함께 지낼 수 있는 거야. 누나가 우리 가족을 위해 했던 것처럼 이제 네가 우리 가족을 위해 나설 차례가 됐다는 거야. 누나는 운이 좋았어. 죽지 않았으니까. 엄마가 하는 말, 무슨 뜻인지 우리 선호는 알아들을 거야. 그렇지?"

모든 것은 선호 자신의 운과 관계된 일이었다. 엄마의 청은 거절할 수 없었다. 엄마와 함께 살기 위해서 선호는 말 잘 듣는 착한 아이여야 했다. 무엇보다 누나가 했던 일을 자신이 맡게 되었다는 사실에 무한한 책임감마저 느꼈다. 모든 것은 엄마와 가족을 위한 일이었다. 누나가 그랬던 것처럼.

두려웠다. 그러나 눈물을 깨문 눈꺼풀을 하고 선호는 고개를 끄덕였다. 몸에 상처를 조금 입기만 하면 되는 일이었다. 겁 많은 선호는 누나처럼 대담하지 못했다. 마음을 모질게 먹지 않으면 아무것도 할 수 없다고. 선호가 실패를 한 다음이면 이래 가지고는 함께 살 수 없다고 협박 아닌 협박을 했다. 엄마는 줄곧 한숨을 내쉬었고 새아빠는 조부에게 돌려보내는 게 좋겠다고 투덜거렸다.

"한 번만 기회를 주세요. 이번엔 잘할 수 있어요."

선호의 팔이 부러지고 난 다음에야 엄마와 새아빠는 흡족한 얼굴을 했다. 선호는 입원하는 대신 깁스만 하고 병원을 나왔다. 그날 저녁은 가족 모두가 풍성한 식탁에 둘러앉을 수 있었다. 선호는 자신의 희생으로 가족의 입에 맛있는 음식이 들어가는 광경을 그날에 목격했다. 엄마는 선호의 머리를 대견한 듯 쓰다듬어 주었다. 기쁨과 행복은 그 안에 있었다. 선호는 자신이 사랑받고 있다고 느꼈다.

그리고 모든 것을 확연하게 알았다. 엄마와 새아빠가 하는 일이라는 게 어떤 것인지. 누나가 어쩌다가 집에만 있게 되없는지도. 선호에게 다른 선택이란 있을 수 없었다. 엄마가 좋았고 엄마에게서 밀려나고 싶지 않았다. 사고로 목숨을 잃게 되거나 누나처럼 누워 있게 되면 모든 게 끝장이다. 선호는 눈치가 빨라진 아이였다.

화장실에 다녀와 도로 누운 누나가 선호를 향해 눈을 깜빡거렸다. 누나는 말도 제대로 하지 못했다. 목숨을 잃지는 않았지만 죽는 것보다 낫다고 여기는지는 알 수 없었다.

"누나……."

선호는 제멋대로 움직이는 누나의 손가락을 보고 있었다.

그날의 엄마는 불안했다. 살다 보면 다칠 수도 있는 거라고. 재수가 없다면 다치고도 보험금 한 푼 들어오지 않는다고. 운이 좋으면 많이 다치고 운이 나쁘면 조금 다친다고. 선호를 앉혀 놓고 횡설수설했다.

운이 나쁘면 조금 다치는 거라고? 이상했다. 엄마는 자신이 누나처럼 되기를 바라는 것일까? 마치 선호가 운이 나빠서 누나처럼 되지 않았다는 말로 들렸다. 운이 좋은 아이여서 누나처럼 되지 않았다고 믿고 있었는데……. 선호의 혼란은 그때부터 시작되었다.

뛰어내릴 수 있을 것 같았다. 엄마는 다치기를 원했겠지만 선호는 전혀 다치지 않고 바닥에 닿을 수 있을 것 같았다. 그날은 운의 크기를 시험하는 날이었고 선호는 4층 창문가에 있었다. 엄마는 사람들이 보기 전에 어서 뛰어내리라고 했지만 그때 초인종을 누른 사람이 있었다. 집을 찾아온 누군가로 인해 그날 엄마의 계획은 실패였다. 선호에게는 지지리도 운이 없는 날이 되었다. 엄마가 운이 좋은 아이라는 말을 거두어 갈 것만 같았다.

더는 운이 좋은 아이가 아니다. 엄마는 극도로 불안했다. 찾아온 손님이 돌아가고 선호는 아파트 계단을 한 층 더 올라갔다. 운이 좋은 아이로 남을 수 있기를 바라면서. 목발은 그래서였다. 다리뼈가 부러지고 나서야 엄마는 안도했다. 선호가 다리에 깁스를 하고 돌아왔을 때, 삼겹살 굽는 냄새가 집 안에 진동했다. 운이 꽤나 좋았다고. 엄마는 삼겹살을 상추에 싸더니 선호의 입에 쏘옥 넣어 주었다. 아직까지는 운이 좋은 아이다. 선호는 스스로를 위안했다.

목발을 짚고 다니는 동안, 엄마의 특별한 요구는 없었다. 선호는 할 일을 했고 보상을 받는 것이라 여겼다. 그러나 엄마와 새아빠의 외출은 날마다 있었다. 성치 않은 몸으로 동생과 누나를 돌보는 일은 당연히 선호의 몫이었다.

선호는 누나의 손가락을 가지런히 모아 쥐었다. 그러나 그의 손아귀를 벗어나자 나란했던 누나의 손가락은 곧 자유분방하게 제자리를 찾아갔다. 초인종이 울렸다. 누구에게도 문을 열어 주어서는 안 된다는 다짐을 받은 터였다. 선호는 빈집인 것처럼 조용히 있었다. "엄마 왔다"를 반복하며 동생이 현관을 향해 쪼르르 달려갔다. 선호는 검지를 입술 위에 세웠다.

"엄마가 왔잖아. 문 열어 줘야지, 형."

목발을 현관 앞에 세워 둔 선호는 손짓으로 동생을 불러들였다. 동생은 어안이 벙벙한 채로 다가왔다.

"엄마 아니야. 호랑이가 우리를 잡으러 온 거야. 문을 여는 순간 널 잡아갈 거야."

동생은 선호의 등 뒤로 숨었다. 초인종 소리가 나면 검지를 입술에 갖다 댔다. 은밀한 시선을 선호와 교환했다.

"문 열어 주면 안 돼. 호랑이가 어흥, 잡아가."

동생은 선호의 말을 잘 따랐다. 초인종 소리가 물러나면 "갔어?"를 반복했고 좁은 거실을 뛰어다녔다.

엄마와 새아빠가 집으로 돌아오지 않은 사흘이 흘렀다. 누군가 거실에서 잠든 선호를 흔들어 깨웠다. 엄마였다. 어디 갔다가 이제 온 거냐고. 그동안 무슨 일이 있었는지 아냐고. 선호의 궁금증은 확산일로였지만 조용히 하란 말만 돌아왔다. 가방에 필요한 물품들을 얼추 챙긴 엄마는 당부의 말을 잊지 않았다.

"누가 찾아와 엄마와 아빠에 대해 물으면 모른다고 해."

"어디 가는데요?"

"엄마는 집에 온 적이 없어. 너도 엄마를 보지 못한 거야. 알아들어?"

"무슨 일인데요, 엄마?"

"걱정할 것 없어. 넌 운이 좋은 아이야, 그것만 기억해."

넌 운이 좋은 아이야. 한밤에 찾아온 엄마는 꿈인 듯했다. 그러나 누나와 동생만 있는 집은 무겁고 눅눅해서 현실을 깨닫는 데는 오랜 시간이 걸리지 않았다. 다음 날이 되자 낯선 사람들은 걸핏하면 나타나 초인종을 눌러 댔다. 엄마와 새아빠를 찾아온 경찰이거나 보험조사원이거나 남 일에 기웃대는 성가신 이웃들이었다.

선호의 눈이 화등잔만 해졌다. 영문을 전혀 모르는 아이였고 낯선 이들의 방문에 잔뜩 겁먹은 아이일 뿐이었다. 그들은 엄마가 어디에 있는지 아냐고 야단했다.

"몰라요. 난 아무것도 모른다고요. 우리 엄마가 어디에 있는지, 아저씨는 알죠? 우리 엄마, 어디 있어요? 내게도 알려 줘요, 네?"

선호는 간밤의 일이 새록새록 떠올랐다. 이제부터 무엇을 어떻게 해야 될지 엄마는 아무것도 가르쳐 주지 않았다. 두려움이 양어깨를 무겁게도 짓눌렀다.

환이 찾아와 문을 열어 달라고 했을 때, 선호는 열지 않았다. 문밖의 사람들은 난폭하고 거칠었다. 가족의 비밀스런 일을 누군가 알고 있다. 누군가 엄마를 신고했고 선호는 꿀 먹은 벙어리가 될 수밖에 없었다. 여느 아이들처럼 엄마가 있는 집에서 살고 싶었을 뿐인데. 환이라면 지금의 이 상황을 설명해 줄 수 있을 것도 같았다.

"엄마가 무슨 잘못이라도 한 건지 잘 모르겠어요. 엄마는 다 우리 가족을 위해서라고 했는데……."

선호는 닫힌 현관문 앞에서 말했다.

어른은 없고 아이들만 있는 집. 신고는 이웃 중의 누군가 했다. 아이들이 돌아가며 사고를 당하는 수상한 가족. 교통사고로 척추를 다친 큰아이는 그전에도 크고 작은 사고에 노출되어 있었다. 큰아이가 움직일 수 없게 되자 선호가 그들의 가족사업에 동원됐다. 그들 가족에게만 일어나는 빈번한 사건 사고를 보험사나 경찰이 의심을 품지 않을 이유는 없었다.

환 역시 마찬가지였다. 선호가 깁스를 하고 나타나 자랑스러워하던 그때부터 환은 감지했다. 선호의 부모가 자식을 볼모 삼아 보험사기를 치고 있을지 모른다는.

"누군가 우리 엄마를 신고한 게 맞죠?"

"네 엄마가 너희를 위험한 일에 끌어들이고 있다는 건, 보험사나 경찰 측에서도 알고 있었던 일이야."

환은 변명처럼 말을 늘어놓았다.

"우리 엄마인데…… 왜 그랬어요?"

선호는 눈치가 빨랐다. 환의 장황한 말이나 잠깐의 침묵에서 상황의 진실을 알아챘다. 자신의 엄마를 경찰에 신고한 사람이 환이라는 것을 확신했다.

"엄마라고 해서 모두 좋은 사람만은 아닌 거야. 창문에서 뛰어내리거나 달리는 차로 뛰어드는 그런 일을 누구도 네게 강요할 순 없어. 그건 매우 위험한 일이야. 누가 시킨다고 해도 해서는 안 되는 일인 거야. 할아버지가 기다리고 계셔……."

선호가 카페를 다녀간 어느 날에 뒤를·밟았다는 말은 하지 않았다. 엄마를 따라간 선호가 카페에 다시 나타난 것만으로도 뭔가 불길한 일이 벌어지고 있다는 징조였다. 조부와 마주치기를 꺼린다는 것도 그랬다. 더욱이 선호가 떠난 동네에 다시 나타나 얼쩡거리고 다닌다는 것을 그의 조부는 까맣게 모르고 있었던 것이다.

"난 그저 엄마랑 살고 싶었을 뿐인데……. 내가 뭘 잘못한 걸까요?"

선호의 자책에 환은 아무 말도 할 수 없었다. 두 사람의 돌덩이 같은 침묵이 문을 사이에 두고 흘렀다. 가족이 함께한다는 것. 그것이 어떤 의미인지 여태 혼자 살다시피 한 환은 알 수 없었다.

아버지 마선명 교수는 아들인 자신이 있어서 좋았을까. 환이 생각하는 한 결코 아니었다. 마 교수는 환을 귀찮아했고 새엄마와 새로운 생활에 적응하지 못하는 환으로 인해 불행해했다. 새엄마와 새로 태어난 동생들 틈에서 환은 자신이 애물단지라고 여겼다. 그때의 환 또한 자신이 무엇을 잘못했는지, 선호처럼 자문했다. 태어났다는 것 자체가 잘못이라고 홀로 눈물을 삼키기도 했다. 어린 나이에 부모와 떨어져 산다는 것은 두렵고 떨리는 일이었지만, 지금에 와서 돌이키자면 그 어떤 선택보다 잘한 일이라고 스스로를 위안했던 것이다.

가족이라고 다 같을 순 없었다. 어떤 가족은 함께여서 행복할 수 있고 어떤 가족은 함께여서 지옥일 수 있었다. 그럼에도 불구하고 가족에게조차 의지할 수 없다는 것은 불행이며 절망이었다. 환은 닫힌 문에 등을 기대고 섰다. 하늘은 여전히 청명하고 그래서 씁쓸한 슬픔이 번졌는지도 모를 일이었다.

"형, 나 궁금한 게 하나 있는데……. 나를 만난 엄마는 운이 좋았을까요, 나빴을까요? 그게 알고 싶어요. 엄마가 그랬거든요. 내가 운이 좋은 아이라고."

선호는 혼란스러워했다. 환은 말해야 했다. 엄마가 하는 말은 다 맞는 말이라고. 엄마는 자신의 아이에게 거짓말을 하지는 않는다고. 엄마와 새아빠가 집으로 돌아오는 데는 좀

긴 시간이 걸릴지 모른다고. 어떤 경우에라도 자신의 몸을 다치게 하는 일을 수단 삼아서는 안 된다고. 환의 입술은 달라붙어서 떨어지지 않았다. 그의 상념은 깊어서 어디로 튈지 가늠할 수도 없었다.

"말하지 않아도 알아요. 엄마가 사라졌지만 괜찮아요. 엄마가 있기 전에도 내게 엄마는 없었으니까. 다리가 부러져 목발을 사용하지만 괜찮아요. 누나처럼 종일 누워 있지는 않으니까. 시간이 지나면 멀쩡해질 테고 목발 없이 걸을 수 있을 테니까. 돌봐야 할 누나와 동생이 있지만 괜찮아요. 혼자여서 외로운 아이는 아닐 테니까. 그러고 보면 난 운이 참 좋은 아이에요."

그리고 선호의 굳게 닫혀 있던 말문이 열렸다. 그는 자신이 운이 좋은 아이라고, 전혀 기쁘지도 설레지도 않은 다 늘어진 녹음테이프 같은 목소리로 재생 반복했다. 환은 화상이라도 입은 듯 가슴이 화끈거렸다. 환은 선호를 포옹하고 말했다.

"아무것도 걱정할 것 없어. 할아버지가 널 돌봐 주실 거야."

"그렇겠죠. 운이 좋은 아이니까, 난."

말은 그렇게 하고 있었지만 환은 선호의 모습에서 그 어떤 감흥도 느낄 수 없었다. 죽고 싶다는 말을 선호는 그렇게 역으로 하고 있는 것인지도 모를 일이었다.

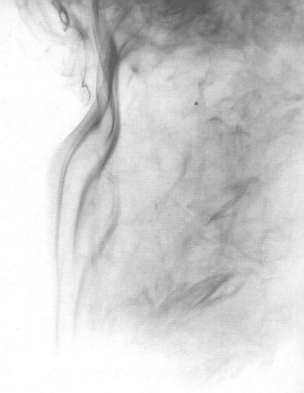

사건 일곱 .

길바닥에 놓인 사랑

까무룩 잠이 들려던 참이었다. 한밤을 찢어 놓는 주택가의 고성에 환은 눈을 번쩍 떴다. 한동안 잠잠하다 싶었다. 또 시작이군, 시작이야. 신경질적인 환의 발언 또한 습관처럼 입가를 맴돌았다. 한밤중에 주택가를 뒤흔들어 놓는 추잡한 얘기들. 부부싸움을 하려거든 저들 안방에서 조용이나 하던 가. 것도 아니라면 대낮에 하던가. 이웃에 대한 예의는 밥솥에 삶아 먹었나 보다. 남들 다 자는 밤에 이게 무슨 만행이란 말인가.

하기는 낮에는 남편 아내뿐 아니라 식구들 얼굴 보기도 힘들다. 학교로, 일터로, 공원으로 저마다의 볼일이 한창인지라 주택가의 대낮은 되레 조용하다. 어두워져서야 그들은 낮

동안의 사연을 안고 서로 마주했다. 문제는 빈정 상한 일들이 낮 동안에 조금씩 그들의 가슴에 쌓인다는 것이다. 저녁 무렵에도 풀지 못했다면 야밤에 이르러 정점에 도달하게 되는 것은 수순이었다.

자정을 넘긴 밤. 남자의 상한 감정은 그냥 넘어가지 못했다. 내일의 태양을 기다리지 못하고 그만 펑, 폭발했다. 아무 관계도 아냐? 처음 본 남자? 그래, 내 눈이 해태 눈깔이다. 살랑살랑, 나긋나긋, 봄바람이 따로 없더고만……. 그렇게 좋으면 그놈이랑 살지, 나랑 왜 살아? 그 자식 돈이 그렇게 탐나면 그놈이랑 살지, 왜 나랑 살아? 좋다 좋다 하니까 진짜 좋은 줄 착각하나 본데, 웃기는 소리 말라고. 나도 당신 같은 여자랑은 단 하루도 더 못살아, 안 살아! 밤인지라 남자의 분노 어린 넋두리는 또렷하게 이웃의 담을 넘었다.

환은 무심한 척 넘겨보려 했다. 같이 사는 여자한테 배반당한 그 심정이 오죽할까 싶어서. 남자의 야밤 테러는 오늘따라 길고 끈적거렸다. 어둠을 틈타 터져 버린 남자의 상한 마음은 누군가에게는 몹시도 고약스러운 물건이었다.

환과 함께 사는 유령 할은 귀를 막고 있음에도 시끄러워 죽겠다고 구시렁구시렁거렸다.

대체 어느 집 부부가 이렇듯 걸쭉하게 싸우는 걸까. 환은 호기심이 발동했다. 예전 같으면 문제의 남자와 눈이 마주쳐

곤란한 일이라도 생길까 싶어 구경할 생각은 꿈에도 못했다. 환은 집 밖으로 나왔다. 그래 봤자 옥상. 옥탑방에 살아서 좋은 점은 문만 열면 마당 같은 너른 공터가 있다는 것이다. 고만고만한 층의 연립이 들어서 있는 곳인지라 옥상에 서면 불빛이 내비치는 창문가로 움직이는 사람들의 모습이 보였다. 더할 나위 없는 일상. 남자의 횡포에 잠들지 못한 몇몇 집들 또한 창문가에 불을 밝히고 있었다. 어느 집 개가 이렇게 시끄럽게 짖나 확인하는 사람들처럼 고개를 빼고서.

차가 다니는 대로변에서 골목 안쪽으로 깊숙이 들어앉은 주택가. 누구 하나 큰 소리라도 내게 되면 인근 집들의 벽을 타고 속속 배달되는 곳. 옥상의 환에게는 의도하지 않아도 사람들의 동태를 살필 수 있을 만큼 시야가 확보되어 있는 곳. 작정만 하면 옆집 아니라 건너 건너의 집 속사정까지 짐작할 만했다. 골목에 내걸리는 소리들을 귀 기울여 듣는다면 말이다. 소리는 담장을 뛰어넘고 벽을 뚫는다. 남이 알까 두려운 얘기도 으슥한 밤이 되면 옹골지게 모습을 드러냈다.

환의 집과 마주한 연립의 뒤편. 그곳에 한밤의 테러를 자행한 남자가 살았다. 밤의 힘을 빌려야만 상한 감정을 드러낼 수 있는 측은한 남자. 창피함 때문이었을까. 여자는 남자의 만행에도 얼굴은 물론 소리 한 점 집 밖으로 내보내지 않았다. 어금니를 악물고 있을지 모를 일이다. 어둠의 골목에

선 남자는 고래고래 큰소리다. 분기가 충천했으니 이웃에 대한 예의고 뭐고 없다. 수치스러움은 더욱이. 남자는 여자를 상처 낼 수 있는 모욕적인 말들만 골라 골목에 마구 뿌려 댔다. 좀처럼 잦아들지 않는 남자의 분노와 억울함.

잠은 완전히 달아나 버렸다. 환은 주택가 주변을 무심히 훑었다. 내일, 아니 벌써 오늘인가. 관광버스 단체 탑승객의 모닝커피를 주문받아 둔 터였다. 잠도 제대로 못 자고 게슴츠레한 눈으로 하루를 보내게 생겼다. 환이 쓴 입맛을 다시던 순간이다.

어두운 골목 끝에서 움직이는 물체가 환의 시선을 잡아끌었다. 희미한 가로등 불빛을 지나는 고급 세단 한 대. 귀에 담지 못할 고성이 한밤에 오가는 남루한 동네와는 어울리지 않는 차였다. 세단은 조심스레 가로등 불빛을 비켜서더니 멈췄다.

그 순간에도 남자의 고성은 배경음악처럼 골목에 깔렸다. 내가 멀쩡하게 두 눈 부릅뜨고 있는 동안은 아무 데도 못 가. 아무렴……. 대체 그놈이랑 얼마나 만나고 다닌 거야? 모텔을 얼마나 자주 들락거린 거냐고? 어쩌지 못한 남자의 한스러움이 말투에서 묻어났다. 야밤의 달을 붙잡고 하소연이라도 하고 싶은 심정인 것이다.

그러거나 말거나. 골목의 소동을 지켜보는 이들은 얼굴뿐만 아니라 마음까지 화끈거렸다. 아이가 있는 집은 혹여 아이가 깨어 듣게 될까 노심초사였다. 그만 좀 하라고 투덜거렸다.

어둠이 모든 것을 숨겨 줄 것이라 여기겠지만 아니다. 날이 밝으면 간밤의 흔적은 더욱 또렷해진다. 슬픈 속내를 질펀하게 부려 놓은 남자는 그 사실을 모르는 모양이다. 하기는 다음 날이 되면 간밤의 일에 대해서는 모르쇠다. 자신이 언제, 무슨 일을 했던가. 언제 낯 뜨거운 말들을 씨처럼 뿌려 댔던가. 시치미 뚝.

이웃들 또한 마찬가지였다. 어느 집의 사생활을 본의 아니게 엿들은 것만으로도 못할 짓을 한 것처럼 침묵했다. 모른 척했다. 소리를 공유한 이웃의 예의고 배려인 것처럼. 그러나 당장은 아니더라도 말이다. 익히 상해 버린 감정이 언젠가 가스폭발처럼 터져 대형 사고를 치게 될 날이 올지 몰랐다. 썩을 대로 썩어 버린 것들은 그냥 지나가지 않는다. 하다못해 코를 틀어쥐게 하는 냄새라도 풍긴다. 쌓이고 쌓여 누군가의 가슴에 종양으로 남는다.

— 여기가 무슨 도떼기시장도 아니고. 조용히 휴식을 취할 수가 없으니, 원.

어느새 유령 할이 곁에 와 있었다. 투덜대면서도 내심 들뜬 속내를 하고서. 환이 잠들고 나면 유령 할은 해먹에 올라앉았다. 유령의 잠은 있어도 그만, 없어도 그만. 환이 깨어 있으니 할은 홀로 실실댄다.

"우리, 다른 데로 이사 갈까?"

― 여기가 싫어졌어? 아님 주인집 아가씨랑 헤어지기라도 한 거야?

하여튼 앞서 나가는 데는 선수다. 주인집 아가씨는 정인아를 말함이었다. 인아의 모친은 돌아가신 환의 모친과 친구 사이였다. 그런저런 인연이 얽혀 인아가 사는 연립주택의 옥탑방에서 환의 한국 생활은 시작됐다. 환이 아홉 살에서 열 살로 넘어가던 그때에 벽을 뚫고 나온 19세기의 유령 할과 함께. 친구를 간절하게도 원했던 환의 기원에 하늘이 감응했다고나 할까. 도쿄대학에 교환교수로 있던 아버지를 뒤로하고 고작 열네 살에 홀로 한국행을 감행할 수 있었던 건 유령할 덕분이었다. 환이 한국에 정착하고 바리스타로 '할의 커피맛' 카페를 운영하게 되기까지 유령 할이 든든한 배경이 되어 주었음은 말할 것도 없다. 환의 속사정을 모르는 이들은 할이 환을 학교 부적응자로 만든 일등공신이라고 할지 모르겠으나.

어쨌거나 할과 환의 과거사를 되짚자면 3박 4일로는 어림도 없다. 하지만 언젠가는 모두가 알게 되는 날도 올 것이다. 개인의 과거는 그의 행적으로 나타나니 말이다.

"나와 인아 사이는 이상 무야. 쓸데없이 넘겨짚지 좀 마."

주인집 아가씨라는 말에 환은 신경을 곤두세웠다.

– 그럼 뜬금없이 이사는 왜 하자는 건데?

"밤마다 이 소동이 벌어지니까 하는 말이지. 잠도 못 자고 벌겋게 된 토끼 눈으로 일하는 날이 많으니까 하는 말이지."

– 나는 내숭 떨고 체면치레하면서 조용하게만 사는 동네에는 영 재미가 없는데…….

"재미? 저건 사람이 죽어 나가는 소리라고."

– 마누라 바람났다고 죽나? 깨끗이 이혼하고, 이혼 안 해도 상관없지. 다른 좋은 여자 만나면 되는 거지. 지지고 볶고, 얽히고설키고 그러면서 또 사는 거지. 내가 살던 시절이라고 달랐을 것 같아? 그때도 이런 일들은 비일비재했어.

"꼭 할처럼 돼야 사람이 죽는 거라고 생각하지 마. 살아도 죽은 것만 못한 이들도 있는 거야."

– 혹시, 환 본인 얘기하는 거야? 그래? 살아서 죽은 것만도 못한 것 같으냐고?

환은 아차 싶었다. 유령 할의 감정이 상했다는 것을 그의 말이 대신하고 있었다. 죽은 사람 앞에서 살아 있는 게 죽은 것만 못하다는 말은 하는 게 아니다.

"유령은 안 자도 괜찮은 거야? 눈을 좀 붙이는 게 어떻겠어?"

– 잠드는 건 인간의 육신이지, 영혼은 영원히 잠들지 않아.

유령 할의 기분을 상하게 한 환은 딴 데로 시선을 돌렸다. 고급 세단이 멈춰 섰던 가로등 밑. 차는 사라지고 없었다.

골목의 남자는 잠잠해지나 싶으면 화통을 하나씩 내던졌다. 밤의 다른 소리들은 남자의 분노와 굴욕과 한스러움에 모두 묻혔다.

환은 달빛에 물든 유령 할을 뒤로하고 안으로 들어갔다. 조금이라도 잠을 자 두고 싶었다. 억지로 청하는 잠에 눈은 더욱 말똥말똥했다. 침대에 누워 발 마주치기를 얼마나 했을까. 까무룩 잠이 들었는가. 비몽사몽의 시간을 흘려보내고 있을 때였다. 환의 잠을 도려내는 날카로운 여자의 비명. 환은 또다시 눈을 번쩍 떴다. 잠은 잔 것 같지도 않고 머리는 몽롱했다.

환의 일상은 어제나 그제처럼 돌아가 있어야 했다. 그렇지 못했다. 남자의 테러가 수습된 지 얼마나 됐다고. 소동은 이제 밤도 새벽도 가리지 않을 작정인가 보았다. 낯선 여자의 고음이 환의 잠을 무참하게도 뒤흔들어 놓았다. 신경질적이 될 만도 했다. 그러나 환은 민첩하게도 움직였다. 여자의 비명은 뭔가 차원이 다른 소리였다. 심상치 않은 일이 벌어졌음을 알리는 사이렌이다. 사건이다. 환의 호기심이 깨어나고 두뇌가 자극을 받게 되는 순간인 것이다.

시체는 연립주택의 외부로 난 2층 계단참에 나자빠진 채로 있었다. 환의 집에서 한 집 건너의 집에 세 들어 살던 남자. 서른두 살의 그는 구청 감사실에 근무하는 공무원이었다. 남자의 시체를 발견한 사람은 그의 약혼녀 김연주였다. 환의 잠을 깨운 비명 또한 그녀의 것이었다. 현장에 도착했을 때, 하이힐의 그녀는 시체 곁에 있었다.

사망한 지 서너 시간은 지난 듯했다. 집주인이자 1층에 사는 여자의 신고로 경찰이 도착하기 전까지 환은 현장으로 몰려드는 이웃의 발걸음을 통제했다. 이른 아침. 은평경찰서의 임계원 형사는 아침도 거르고 허둥지둥 현장으로 출근했다.

시체는 2층 계단참의 벽에 머리를 박고 있었다. 구두 한쪽이 4층 계단 위에 벗겨져 있었다. 남자는 올라가는 계단을 향해 다리를 뻗고 시선은 하늘을 향해 있었다. 계단에서 굴렀으니 어딘가는 깨지고 피를 흘렸을 만도 했다. 그런데 계단참에는 한 방울의 피도 떨어져 있지 않았다. 술에 취해 계단에 거꾸로 누워 자고 있는 것은 아닐까. 착각도 가능케 했지만 남자의 얼굴은 창백하고 몸은 싸늘했다.

남자의 손목에 있는 스위스제 명품시계가 아침 햇살과 만나 반짝거렸다. 고만고만한 사람들이 사는 동네와는 어울리지 않는 물건은 그뿐이 아니었다. 스위스나 이탈리아의 장인이 만든 고가의 명품을 차고 입는 사람이라면 강남 혹은 고급 오피스텔에 살아야 하지 않을까. 그가 입은 양복은 이탈

리아의 아르마니 최상급 라인이고 구두도 브랜드만 대면 알 만한 제품이었다.

환의 동네와는 인연 없는 시체가 하늘에서 뚝 떨어져 있는 기분이랄까. 차림새만으로 보자면 그가 누워 있어야 할 곳은 시체일망정 광택 나는 바닥이어야 할 것 같았다. 게다가 그런 명품들이 고스란히 있는 게 더 이상했다. 원한 때문인가? 옷은 벗기기 힘들어서 그렇다 하더라도 명품시계조차 그대로인 것을 보면 분명 뭔가 이상했다.

"남자의 수입이 꽤나 좋았던가 봅니다. 명품으로 온몸을 치장한 걸 보면⋯⋯."

환은 뭔가 석연찮은 얼굴이었다.

"단순한 강도 살인 사건은 아니라고 봐야지. 실족한 게 아니라면 말이야. 실랑이 한 것 같은 외상은 전혀 없고, 금품도 모두 그대로 있다? 이런 좁은 계단에서 굴렀다는 건 아무래도 살인의 냄새가 난다고 봐야겠지."

임 형사는 이내 골몰한 생각에 잠겼다.

"살해당했다면 그 이유가 뭘까요?"

"글쎄? 지금으로서는 적어도 명품을 노린 게 아닌 것만은 확실하지."

임 형사나 환이나 명품이라고는 말로만 들었지 눈앞에 보여 줘도 알아보지 못할 터였다. 이것이 무슨무슨 명품이라고 말해 주면 그때에나 고개를 끄덕일 터였다.

남자는 계단 밑으로 굴러 난간의 대리석 기둥에 머리를 부딪쳤다. 뇌진탕이 일어났을 가능성이 컸다. 그렇다면 체온 하강이나 쇼크 증세를 동반했을 것 또한 분명했다. 겨울의 초입. 간밤의 날씨는 꽤나 쌀쌀하고 추웠다. 의식을 잃은 채로 장시간 외부에 노출돼 있었다면 저체온증으로 인한 사망도 추측할 수 있는 일이었다.

남자의 사망 추정 시간은 새벽 1시 30분경이었다.

"형사님, 누군가 실족사로 위장하고 싶었던 거라면, 과연 그게 누굴까요?"

신분에 맞지 않는 과분한 치장만으로도 환은 남자의 죽음이 단순하게 받아들여지지만은 않았다. 좁은 계단에서 발을 헛디뎠거나 미끄러졌다면 순간적인 조건반사로 어떻게든 난간을 붙잡았을 것이다. 넘어지기는 해도 4층에서 2층까지 굴러서 떨어지기는 애매한 계단이었다. 어떤 힘에 의해 몸을 추스를 겨를도 없이 단번에 뒤로 넘어져 구른 것이라면 또 모를까.

간밤의 고성테러로 불편을 겪은 바 있는 이웃들은 간밤의 또 다른 사건 현장에서 저마다 안타까운 심사를 드러내고 있었다. 죽은 남자가 살던 집의 1층 여자도. 맞은편에 사는 장년의 남자도. 탐정이라 불리는 바리스타 환도. 남자의 사망이 새벽 1~2시에 이뤄진 일이라면 누군가는 목격했을지도 모를 일이었다. 분노한 남자의 고성이 진을 치던 그때에 또 다른 한쪽에서 누군가는 죽어 가고 있었다.

"간밤에 혹시 무슨 소리를 듣지는 못했습니까?"

임 형사는 1층 여자에게 물었다.

"글쎄요. 남자가 바람난 마누라한테 하는 소리라면 들었는데……. 저뿐만 아니라 이 동네 사는 사람들은 모두 들었을 걸요. 외도를 하고도 뻔뻔스럽게 남편을 쫓아내는 여자라니……."

1층 여자는 고개를 가로저었다. 그것도 모자라 혀끝으로 쯧쯧 소리를 냈다. 그녀는 이웃의 한밤테러에 창문 밖을 한 번 슬쩍 기웃거렸을 뿐이었다. 귀가하지 못한 남자의 억하심정이 담긴 말들은 그대로 안방까지 침투해 들어왔다. 이제 그만할 때도 되었다고 구시렁거릴 무렵이었다. 남자의 고성과 함께 쿵하는 소리가 들렸다. 제풀에 지친 남자가 바닥에 넘어진 거라고. 그게 아니면 술에 취했으니 제 발에 걸려 쓰러졌거나. 암튼 그 뒤로 야밤의 소란은 잠잠해졌다. 그녀는 사람 넘어가는 소리가 났다는 말을 하려다 관뒀다. 그것이 4층 남자의 죽음과 무슨 상관이란 말인가. 흉악한 일은 사뭇 소리도 소문도 없이 일어나는 법이잖은가.

"남의 가정사는 못 들은 척 눈감아 주는 게 상책이고 미덕이죠. 저랑 남편은 그냥 잤어요. 못 믿겠으면 저희 집 양반한테 물어봐도 되고요."

경찰서를 오가는 일만은 하고 싶지 않은 1층 여자는 치마를 툴툴 털었다. 같은 연립에 살다 보니 방송에서나 볼 수 있는 드물게 잘생긴 남자와 종종 마주치는 호사를 누렸다. 그때마다 1층 여자는 구청 행사에 관한 것들을 남자에게 일없이 묻곤 했다. 가끔은 혼자 사는 총각이니 먹는 게 시원찮을 것 같다면서 음식을 해다 주고 또 일없이 남자의 방을 기웃거리기도 했다. 어쩌다 남편의 눈에 띄기라도 하면 지청구 먹는 일은 수순이었다. 그럼에도 여자는 당당하게 굴었다. 구청 공무원이라 하니 친해져서 좋으면 좋았지 나쁜 일은 없을 것이라고 장광설을 해댔다.

남편이 눈치만 주지 않는다면 1층 여자가 위층을 오르내리는 일은 더 빈번했을지 모를 일이다. 이틀 전만 해도 새로 담근 겉절이를 갖다 주다 남편에게 들켰다. 따가운 눈총을 받은 건 물론이요, 위층 계단을 밟는 일이 생긴다면 다리를 분질러 놓겠다는 위협을 받기도 했다. 나를 그렇게나 많이 사랑하는 거야, 자기? 1층 여자는 교태 아닌 교태를 남편에게 부렸다. 그러고는 돌아서서 아쉬운 듯 입맛을 다셨다. 남편보다야 4층 남자가 더 설레는 걸 어쩌란 말인가. 사고를 치겠다는 것도 아니잖은가. 조각처럼 잘생긴 얼굴 한 번 더 보겠다는데 무슨 잘못이란 말인가. 돈 내고 예술작품도 보러 다니는데, 그보다 더 조각 같은 작품이 바로 위층에 사는 데야 매일이 예술과 함께인 생활이잖은가 말이다. 일상의 위로였던 4층 남자를 볼 수 없게 됨에 아쉬운 마음이 드는 1층 여자다.

김연주는 동네 이웃들과 함께 현장에 남아 있었다. 불거진 눈시울에도 차가운 인상이 풍겼다. 약혼자를 잃었으니 충격이 심할 터였다. 임 형사는 참혹한 슬픔에 잠겨 있는 그녀를 향해 다가갔다.

"어떻게 진정이 좀 되셨습니까?"

"아, 네."

"몇 가지 확인해야 될 게 있어서 말입니다."

"……."

"남자와는 어떤 관계였는지 말해 주시겠습니까?"

"약혼한 사이입니다."

"실례되는 질문 같기도 합니다만 동거 중이었습니까?"

"아뇨."

"약혼은 했지만 따로 살고 있다는 말씀이로군요. 그럼, 현재 살고 있는 곳은?"

"광명이요. 직장이 그곳에 있거든요."

"꽤나 먼 곳에 사시는군요. 간밤에도 광명에 계셨습니까?"

"……."

광명시에서 서울 은평까지는 상당한 거리가 있었다. 약혼녀라 하지만 이른 아침에 남자의 집에까지 찾아왔다면, 시체를 발견했다면 결코 우연은 아닐 터였다.

"출근도 미루고 새벽같이 이곳에 온 이유가 뭡니까?"

임 형사는 차분한 목소리로 물었다.

"제가 그 사람을 죽이기라도 했단 건가요?"

김연주는 발끈했다.

"조사차 묻는 겁니다."

김연주의 얼굴이 창백해졌다. 마른침을 꿀꺽 삼켰다. 말문을 금방 열지 못하는 그녀는 머뭇거렸다. 임 형사는 참을성 있게 기다렸다.

"어제 낮에 전화로 다툰 뒤로 연락이 되지 않았어요. 그런 일은 좀처럼 없는데……. 아무리 심하게 다퉈도 휴대폰은 꼬박꼬박 받았거든요. 저녁에 회식이 있다고는 했어요. 하지만 그렇다고 휴대폰을 받지 않을 사람은 아니거든요. 다투고 나면 항상 오빠가 먼저 사과전화를 했어요. 그런데 어제는 달랐어요. 전화도 오지 않고 내가 전화를 했는데도 받지 않더군요. 밤 10시부터는 아예 전원조차 꺼져 있었어요. 새벽까지 기다렸지만 오빠의 휴대폰 전원은 꺼진 채였어요. 무슨 일이 생긴 건 아닌가. 오빠가 걱정도 되고 내게 단단히 화가

난 것도 같고……. 밤새 마음을 졸였어요. 그러다 새벽이 되어서 택시를 타고 온 거예요. 그런데, 그런데…….”

김연주는 차마 말을 잇지 못하고 흐느꼈다.

“여기까지 오는 동안 누구, 마주친 사람이라도 있습니까?”

“워낙 정신없이 온 터라서, 글쎄요?”

“어쨌거나 택시를 타고 이 건물 앞까지 왔다는 거죠?”

“네.”

김연주는 무심히 말했다.

환은 지난밤 자신이 무심히 지나쳤던 광경들을 다시 떠올리고 있었다. 임 형사와 김연주가 대화를 나누는 동안이었다.

환의 동네와는 어울리지 않던 고급 세단. 간밤에도 남자는 세단을 타고 집 인근까지 왔을 터였다. 말단 공무원의 월급으로는 꿈꾸기도 힘든 고가의 제품들을 사용하는 남자. 고급 세단을 얻어 타고 다니는 남자라면 짐작되는 점이 있었다.

고급 세단을 본 게 간밤의 일만은 아니라는 사실도 환은 뒤늦게 떠올렸다. 사흘 전이었을 것이다. 환은 평소보다 늦게 카페를 정리하고 문을 나섰다. 유령 할의 수다를 한 귀로 흘려들으며 귀가를 서두르던 때였다. 고급 세단 한 대가 환의 곁을 지나갔다. 자주 볼 수 없는 차종에 환의 눈길이 차의 꽁무니에 따라붙었다.

이런 동네에도 저런 고급차를 타고 다니는 사람이 다 있네. 환은 놀라워했다. 한편으로 지나가는 차량일 것이라 여겼다. 그냥 지나는 차라고 해도 주택가 골목을 깊숙이 들어왔다 나갈 때에는 이유가 있을 터였다. 누군가를 데려다 준다거나 만날 사람이 있다거나 하는.

물론 길을 잘못 들어 주택가 골목을 지나간 것일 수도 있었다. 그러기엔 대로변에서 심하게 안쪽 깊숙이 들어앉은 골목이었다. 흔하게 볼 수 없는 차량임에 환 말고도 기억하는 사람은 더 있을 터였다.

"4층 남자가 외제차를 타고 다니지는 않던가요?"

환은 현장을 기웃거리는 1층 여자에게 확인했다.

"여기서 구청까지 얼마나 된다고 차를 타고 다녀요."

1층 여자는 말도 안 된다며 혀를 내둘렀다. 그럼에도 언젠가 여자의 대문 앞 골목으로 고급 세단이 들어서고, 그 안에서 4층 남자가 내리는 것을 여자는 본 적이 있었다.

보는 눈 없는 1층의 여자가 얼핏 보기에도 차 안의 여자는 귀부인처럼 보였다. 부티가 흘렀다. 여자의 정체가 궁금했던 나머지 4층 남자에게 대체 누구냐고 집요하게도 물어 댔다. 큰누님. 1층 여자는 남자의 그 말을 그대로 믿었다.

"그 말을 들었을 때는 재벌가에서 쫓겨난 아들인가 보다 했어요. 아니면 혼외자식이거나. 그러니까 가족과 떨어져서 우리 동네에서 혼자 사는 거겠지, 싶었어요. 그날 본 차도 그렇고 큰누나라는 여자도 그렇고……. 이곳까지 데려다주고 가는 걸 보면 뭔가 사연이 있어도 단단히 있는 사람이구나."

"그게 전부입니까? 다른 이상한 건 또 없었습니까?"

"형사님도 참, 그것 말고 다른 뭐가 또 있겠어요? 남의 집 총각한테……. 큰누나라는 분이 다녀가고 난 다음부터는 더 이해가 안 되더라고요. 사실 말이지, 4층 총각이 이런 곳에서 살 만한 사람은 아니잖아요. 구청이 가까이에 있다는 것만 빼고 말이죠. 귀티 나게 생긴 데다 옷차림하며 부모님들도 한자리하는 양반들 아니겠어요."

남자의 사망에 유독 안타까워하던 1층 여자는 있는 말 없는 말 다 주워섬겼다. 4층 남자의 사생활과 관련해서는 모르는 일이 없는 사람처럼 굴었다. 모르는 것이 있으면 뭐든지 다 물어보라는 눈빛으로 환을 바라보았다. 여자의 시선은 끈적끈적했다.

"이 분이 죽은 남자를 태워다 준 차량을 봤다는데요."

환은 임 형사에게 말을 전달했다.

"4층 남자를 태워다 줬다는 차량의 번호를 혹시 기억합니까? 아니면 차종이라도?"

임 형사의 질문에 환도 1층 여자의 답변에 귀를 기울였다. 죽은 남자에 관해 관심이 많았던 여자다. 사소한 것도 그냥 넘어가지 않았을 것이다. 연관된 것은 뭐든 눈여겨 봐 두었을 터였다.

"차종은 벤츠였던 것 같고, 차량번호를 얼핏 본 것도 같은데……. 제가 머리가 그다지 좋은 편은 아니라서……. 3691이던가? 3961이던가?"

1층 여자는 고개를 갸웃거리며 말했다.

국립과학수사연구원으로 3층 남자의 시신이 옮겨지고 난 다음이었다. 김연주는 주인을 잃은 빈집에 홀로 있었다. 집은 밤새 비어 있었을 것임에도 온기가 느껴졌다. 김연주의 것으로 보이는 검정색 핸드백이 소파 위에 있었다. 배에 손을 얹고 있는 그녀는 담담한 표정이었다.

"어디가 불편하십니까?"

환은 현관 입구에 서서 물었다. 김연주가 창백한 얼굴로 환을 돌아봤다. 괜찮다 하면서도 환의 시선이 그녀 자신의 손과 배에 있다는 것을 인식하고는 난색을 표했다. 손을 어디에 둬야 할지 몰라 난처해하던 그녀가 할 수 없다는 듯 말했다.

"실은 그 사람의 아이를 임신 중이에요."

"아, 네."

환은 더 이상의 말을 하지 않았다. 충격을 받아 복통이라도 일으킨 건 아닌가 했는데 아니라서 다행이라는 말도 차마 나오지 않았다.

"실례가 되지 않는다면 약혼자와 무슨 일로 다퉜는지 말해 줄 수 있겠습니까?"

"아까 형사님께도 말씀드렸지만 약혼한 이들이 다툴 일이 뭐겠어요. 결혼에 관한 것이 아니면 말이죠."

김연주의 목소리가 가늘게 떨렸다. 자주 연락이 닿지 않는 약혼자로 인해 그녀는 불안했다. 임신 사실을 알고서는 결혼식 전에 혼인신고만이라도 먼저 하자는 쪽으로 기울었다.

남자는 그녀의 말을 귀담아듣지 않았다. 그러면서도 그 자신이 하고 싶은 말은 다 했다. 사랑하지 않아서가 아니다. 자신이 결혼이란 걸 하게 된다면 다른 여자는 아니다. 너와 할 것이다. 그녀를 앞에 세워 두고 남자는 분명 그렇게 말했다. 여자는 믿는 것이 안 믿는 것보다 낫다고 여겼다. 오래가지 않았다는 게 문제였지만.

결혼식 날을 잡자는 말에 남자의 대답은 안 된다였다. 혼인신고를 먼저 하자는 말에도 남자는 흔쾌한 얼굴을 하지 않았다. 배 속에 아기가 있지 않느냐는 말에는 기다려 보라고만 했다. 결혼이든 혼인신고든 어느 쪽이든 선택을 해야 했다.

약혼은 벌써 일 년 전의 일이다. 당시로서는 곧바로 결혼식을 올릴 작정이었지만 상황은 여의치 않았다. 여자의 직장은 광명에 있었고 사표를 내는 일은 남자가 탐탁지 않아 했다. 여자의 마음과 달리 결혼은 자꾸 뒤로 미뤄졌다. 불안한 마음을 숨길 수 없었다. 어릴 적부터 같은 교회에 다니면서 알게 된 사이인지라 남자의 사랑을 의심해 본 적은 없었다. 그러나 언제부터인가 미심쩍은 일들이 그녀의 신경을 조금씩 건드리기 시작했다. 여자의 육감은 대개 정통하고 이를 무시하기란 쉽지 않다. 여자의 본능은 남자의 본능보다 심오한 곳에 있으니.

결혼에 관한 말이 나오면 남자는 엉뚱하게도 얼버무렸다. 현재도 좋은데, 급할 것 없지 않으냐며 뜨뜻미지근하게 굴었다. 저녁이면 업무나 직원 회식을 핑계 삼아 연락이 되지 않는 날이 불쾌하게도 늘어 갔다. 시끄러워서 휴대폰 벨소리를 듣지 못했다거나 휴대폰을 무음으로 해 놓아서 몰랐다거나 하는 식이었다. 직원 회식이 밤새도록 이뤄지는 것이 아니지 않은가. 모든 것을 이해하고 한 발 양보한다 치자, 그래도 다음 날이면 그녀가 남긴 전화에 대꾸는 해야 했다. 그녀의 부재중 전화가 묵살되는 일은 다반사였다.

평일을 지나 주말에 만난 남자는 사랑한다는 말로 그녀의 불안을 모두 지우려 했다. 일이 바빴다, 회식이 있었다, 몸이 피곤해서 휴대폰을 꺼 놓았다, 핑계는 많았다. 한 발 양보하고 백 발이라도 양보하자. 그래도 다른 여자에게 보내는 문자가 그녀 자신에게 전달된 것은 대체 어떻게 받아들여야 될 것인가.

다른 여자에게 보낸 게 아니라고 둘러대기에는 어투부터 남다른 문자였다. 어릴 때부터 알아 온 사이인지라 남자가 존댓말을 쓰는 일은 없었다. 바로 모시러 갈게욤. 보고 싶어욤. 어제는 어땠어욤? 하는 등의 귀염 떤 문자는 백번을 양보해도 그녀 자신에게 보낸 것이 아니다.

서른도 넘은 남자의 아양이라니. 낯설고 용서되지 않는 그 무엇이었다. 남자에게 확인하는 일 따위는 하지 않았다. 자존심에 금이 갔고 다른 여자의 존재에 대해서는 모른 척했다. 잘못 전달된 문자에 대해 남자도 분명 알고 있었을 터였다. 서로는 그렇게 모르쇠로 일관했다.

시간이 흐르자 사건 현장에 모여 있던 눈들은 뿔뿔이 흩어졌다. 저들끼리 쑥덕거리면서.

"카페는 네가 없어도 돼?"

임 형사는 환의 어깨를 툭툭 치고는 말했다. 1층 여자가 말한 차량번호의 조회가 끝난 다음이었다.

"은미 씨 혼자서 아마 발을 동동 구르고 있겠죠."

환은 대수롭지 않게 웃어넘겼다.

"남자를 태워다 줬다는 차주를 만나 봐야겠어."

임 형사가 자리를 뜨고서야 환 또한 카페로 갈 생각을 했다. 관광객 손님의 대량 커피 주문을 일시에 제공하자면 은미 혼자 감당하기는 벅찰 터였다. 전화로 곧 간다고 일러 놓기는 했으나 걱정까지 덜지는 못한 상태였다.

고급 세단은 이름만 대면 알 만한 관내 기업의 소유였다. 1층 여자가 말했던 부티가 흐르더라는 운전자는 그 기업의 임원인 송향숙이었다. 이름만으로도 사망한 남자와 혈족이 아니라는 것은 짐작하고도 남았다. 그리고 집으로 찾아갔을 때, 송향숙은 대문 앞에 차를 세워 두고 있었다. 예의 그 벤츠였다. 임 형사의 차가 벤츠 뒤에 서자, 벤츠의 후미등이 깜빡거렸다.

임 형사는 앞차를 주시했다. 운전석 창가로 손 하나가 나오더니 따라오라는 수신호를 보냈다. 형사를 무슨 자기 졸로 아나? 투덜거리면서도 임 형사는 벤츠의 뒤를 따랐다. 송향숙의 차는 환의 카페 앞에 멈춰 섰다. 그 와중에도 카페 안을 살핀 다음에야 그녀는 안으로 들어오라는 손짓을 했다.

"배포 하나는 알아줘야겠군. 형사를 마음대로 오라 가라 하니."

임 형사는 환을 힐끔거릴 새도 없이 송향숙과 마주 앉았다.

은미는 단체관광객들을 위한 커피 배달을 간 상황이었고 환은 주문을 위해 그들의 테이블로 갔다. 송향숙은 메뉴판을 살필 것도 없이 아메리카노를 주문했다. 임 형사 또한 같은

걸로 했다. 환이 주문을 받아 가자 먼저 말문을 연 것은 송향
숙이었다.

"내게 확인하고 싶다는 내용이 뭡니까?"

남자의 사망 소식에 매우 놀란 눈치였으나 송향숙은 짐짓
평정을 유지했다.

"구용석과는 새벽 몇 시에 헤어졌습니까?"

"새벽 1시경이었어요. 얘기를 하다 보니 예상외로 길어졌
고 그래서 구 주무관을 집까지 데려다준 것뿐입니다."

"두 분이 어떤 관계였습니까?"

"어떤 관계라뇨?"

"남녀가 야심한 시간까지 단둘이 있었다는 건, 보통 사이
는 아닌 것 같아서 말입니다."

내연의 관계냐고 직접적으로 확인하고 싶은 것을 임 형사
는 예의상 돌려 말했다.

"믿지 않으시겠지만 우리는 그냥 비즈니스 관계였어요."

"비즈니스요? 기업체 이사와 구청 말단 직원 사이에서 밤
에 이뤄지는 비즈니스라는 게 대체 뭔지 알 수 있을까요?"

대답하기 난감한 질문에도 송향숙은 머뭇대거나 망설이는
기색이 없었다.

"그 내용까지 말할 의무는 없을 것 같군요. 아까도 말했지
만 그 사람을 골목에 내려 준 게 전부예요. 난 차에서 내리지

도 않았고 그길로 곧장 집으로 왔습니다."

"그럼, 최근에 구용석이 고민 같은 것을 털어놓은 적은 없었습니까?"

송향숙은 망설이는가 싶더니 입을 열었다.

"결혼 문제로 갈등을 하기는 했어요. 결혼할 여자가 있는데 왠지 귀찮아하는 것 같았어요."

"왜 귀찮게 여긴다고 생각한 겁니까?"

"그냥 그런 느낌이 들었어요."

"당신 때문에 그런 건 아닙니까?"

"그가 결혼을 하든 말든 나와는 상관없는 일이에요."

"구용석이 결혼하게 되면 두 사람 사이의 비즈니스에도 문제가 생기게 될 텐데요?"

"내게는 가정이 있어요."

"당신의 가정을 깨고 싶지 않다, 뭐 그런 말인가요?"

"결혼 문제로 갈팡질팡한 건 그였어요. 그의 결혼을 부추긴 적도 없지만 말린 적도 없어요."

"두 분은 어떻게 만나게 된 겁니까?"

"……."

송향숙은 말하지 않았다. 구용석을 만난 것은 우연이었다. 그녀가 임원으로 있는 기업 행사에 참관 자격으로 구청에서 나온 직원이 구용석이었다. 그녀는 한눈에 그가 마음에 들었다. 조각 같은 외모와는 달리 소탈한 구석에 재치도 있었다. 회사의 행사 문제로 만나 한두 잔의 커피를 나누게 된 것이 시작이었다. 그와 함께 있으면 즐거웠다. 시간 가는 줄 몰랐고 젊은 시절로 돌아간 기분이었다.

행사가 종료된 다음에도 그들의 만남은 빈번하게 이뤄졌다. 서로의 사생활을 침범하지 않는다는 조건으로 구용석과 살을 섞기도 했다. 그녀만의 은밀하고도 탐욕스런 행복이었다. 그리고 또 누군가에게는 뜨악하고 혐오스런 밀약이었다.

"어찌 되었거나 구 주무관이 사망하던 그 시각에 난 다른 곳에 있었어요."

그리고 송향숙의 시선이 카페의 출입구로 향했다. 그때, 문을 열고 들어선 김연주와 아주 잠깐 무심한 시선이 맞닿았다. 그 순간, 임 형사는 김연주의 난감한 기색을 느꼈다. 그녀가 홑몸이 아님을 눈치챈 것은 환이 주문을 받지도 않고 그녀에게 따뜻한 우유를 갖다 주었을 때였다.

설마, 곧 태어날 아이의 아빠를 살해하지는 않았겠지? 그럼에도 사람의 일이란 알 수 없었다. 오묘한 남녀 사이의 일은 특히나. 담배라도 한 대 피울 수 있다면 좋을 터였다. 카페는 금연 구역이고 그곳에 임신부까지 있으니 참아야 했다. 임 형사는 숨을 깊이 들이마셨다가 담배 연기를 내뿜듯 후 불어 댔다.

남자는 두개골 골절과 후두부의 충격으로 사망했다. 문제는 실족이냐, 아니냐는 판단이었다. 실족보다 무방비 상태로 서 있다가 어떤 힘의 작용에 의해 4층에서 2층으로 떨어졌다는 것에 무게가 실렸다. 내려오던 발걸음이 아니라 올라가던 걸음임에야 계단에서의 실족은 가능성이 낮았다. 계단을 오른다는 것은 적어도 한 발은 착지하고 있는 상태라는 것을 의미했다. 다른 한쪽 발이 실족한다 해도 그사이 중심을 잡을 시간이나 대책을 세울 시간은 있다. 앞선 발이 닿기도 전에 착지한 발이 허공에 뜨는 법은 없으니.

4층까지 올라온 구용석을 기다리고 있다가 그를 떠민 사람이 있었다. 약혼녀 김연주이거나 또 다른 인물일 가능성이 전혀 없는 것도 아니었다. 우연찮게도 카페로 모여든 용의자들. 누군가는 새벽의 진실을 털어놓아야만 했다.

"왜 그런 겁니까?"

환은 김연주에게 물었다. 그녀는 무슨 말을 하는지 모르겠다는 얼굴이었다.

"곧 태어날 아기의 아빠인데, 왜 그랬냐고요?"

환이 다시 물었을 때, 그녀는 자신의 얼굴을 와락 감싸 쥐었다. 어떤 변명도 하지 못한 채, 마구 흐느꼈다.

김연주는 4층에서 구용석을 기다리고 있었다. 약혼녀가 집에 와 있으리라고는 생각조차 못 한 그였다. 콧노래를 흥얼거리며 4층의 마지막 계단을 딛고 올라섰다. 김연주는 그곳에 있었다. 약혼남이 고급 세단에서 내리는 것을 목격했고 자괴감과 배신감은 한데 어우러졌다. 그녀를 보자 못 믿어서 여기까지 온 거냐며 화부터 내는 구용석에 치가 떨렸다. 그녀의 분노는 그를 가만히 두고 보지 못하게 만들었다. 그가 계단 난간에 서 있다는 것은 안중에 없는 일이 되었다. 핸드백을 그를 향해 있는 힘껏 날렸다. 얻어맞은 그는 계단 끝에서 중심을 잃었다. 모든 일은 순식간에 일어났다.

김연주의 이성이 돌아오고 상황을 파악했을 때는 모든 것이 늦어 있었다. 2층 계단참에 쓰러진 구용석은 꼼짝하지 않았다. 차라리 죽어 버렸으면 싶었지만 실제로 죽게 되리라고는 생각지 못한 일이었다. 그녀는 깜깜한 남자의 집 안에 숨어들었다. 다행히도 그녀가 4층에 있다는 것을 아는 사람은 없었다. 그녀가 오는 것을 본 사람도 없었다.

"그나저나 김연주가 그랬다는 걸 어떻게 알았어? 나는 감도 못 잡았는데……."

"간밤에 무슨 일이 있었는지, 형사님은 보지 못했지만 전 봤거든요."

"환, 네가 뭘 봤는데?"

"남자가 사망하던 그 시각, 일방적으로 부부싸움을 하던 남자가 이웃의 잠을 모두 깨웠죠. 골목이 시끄러우니 다들 잠을 잘 수 없었던 거죠. 저 역시 옥상에서 그 남자를 구경하다가 우연히 보게 된 것뿐입니다. 벤츠가 골목으로 나타나던 무렵이었죠. 죽은 남자의 집에도 불이 들어와 있었어요. 남자는 귀가 전이었고, 그렇다면 그 집에는 과연 누가 있었을까요? 1층 여자는 아닐 테죠. 늦은 시간이고 남편이 있었다니 함께 있었을 겁니다. 벤츠를 몰고 다니는 여자는 물론 더 아닐 테고…….”

“도둑이 들었던 것일 수도 있잖아. 물건을 훔치느라 불빛이 필요했을지도 모르는 일이고.”

“도둑이었을 수도 있죠. 명품을 휘두르고 다녔으니까. 뭔가를 훔쳐 갖고 나오다 올라오는 남자와 마주치게 되고, 그래서 계단 아래로 떠밀었을 수도 있는 일이죠. 그게 진실일까요?”

임 형사가 아침에 본 남자의 집 안은 정리정돈이 잘 된 상태였다. 남자 혼자 사는 집이라고는 믿기지 않을 만큼. 도둑이 다녀간 흔적 같은 것은 발견되지 않았다.

“김연주가 거짓말을 했다는 건 어떻게 알았지? 새벽에 택시를 타고 왔다고 하지 않았나?”

“그랬죠. 근데 잘 생각해 보세요. 형사님이 그녀를 처음 봤을 때도 빈손이었죠.”

“그게 뭐 이상한 일인가?”

“형사님도 참. 택시를 타고 방금 도착한 여자가 빈손이라고요. 뭐, 몸만 왔을 수도 있겠죠. 하지만 적어도 휴대폰이나 손지갑이나 그 정도는 갖고 있었어야 현실감이 있는 거죠."

"김연주가 새벽에 온 게 아니라 이미 그전부터 남자의 집에 있었다?"

"빙고!"

환이 여자의 비명을 듣고 왔을 때, 여자는 1층 계단참에 있었다. 택시를 타고 왔고 계단을 오르던 중이었다면 핸드백을 지니고 있어야 했다. 남자의 집에 핸드백을 넣어 두고 나와 비명을 질렀을 리는 없잖은가.

"핸드백이야 원래 그곳에 있던 것일 수도 있잖은가? 약혼한 사이라면 여자 물건이 하나쯤 있다고 해도 이상할 게 없잖아."

"이상할 거야 없죠. 하지만 주인도 없는 집에 난방이 되어 있었다는 건 또 어떻게 설명할 겁니까? 아침에 그 집에 들어섰을 때 온기가 느껴졌어요. 주인도 없는 집에 도둑이 난방을 켜 놓고 갔을 리는 없잖아요."

"아, 그렇군. 이제야 모든 게 확연해지는군."

임 형사는 자신의 이마를 손바닥으로 툭하고 쳤다.

"맞아요. 불 꺼진 방에 보일러를 켜 놓고 밤새 있었던 건 나예요. 미처 거기까지 생각하지 못했네요. 핸드백을 집 안에 둔 것도 나니까."

김연주는 어떤 것도 부인하지 않았다. 머리를 숙인 채 잠시 묵묵했다. 단순히 다른 여자의 차를 타고 왔다는 것만으로 감정이 상해 그 같은 일을 벌이지는 않았을 터였다.

"아이 아빠가 될 사람인데 꼭 그래야만 했습니까?"

"그가 얼마나 이상하고 정신 나간 남자인지, 다른 사람들은 몰라요."

남자의 죽음이 있기 전까지도 그들은 다퉜다. 그냥 해 보는 말인 줄로 알았다. 농담인 줄로만 여겼다. 여자가 내비친 황당함에 남자 역시 농담이라고 얼버무렸다.

뜨악한 상황은 불쑥불쑥 끼어들었다. 그렇다고 그동안의 일을 모두 없던 일로 할 순 없었다. 배 속에는 남자의 아이가 자라고 있었고 어떻게든 설득시켜 보려 했다.

아무리 황금이 만능인 세상이라고 해도 창부를 남편으로, 아이의 아빠로 둘 수는 없는 일이잖은가.

돈 많은 여자의 내연남으로 살면서 그 여자가 주는 돈으로 결혼 생활을 꾸려 가면 안 되겠냐는 남자의 터무니없는 속내. 그것은 위험한 진심이었다.

허탈했다. 김연주는 자신이 사랑한 남자가 이다지도 형편없고 나약한 남자였다는 사실에 절망했다. 돈 앞에 아버지로서의 자존심은 물론이거니와 세상의 윤리와 도덕도 상실해

버린 사람이었다. 저런 남자가 내 아이의 아빠라니. 생각만
으로도 끔찍한 일이었다. 나를 사랑하기는 한 거야. 돈 많은
여자와 놀아준 돈으로 당신 애를 키우겠다고. 대체 그게 정
상적인 남자가 할 소리야. 그녀는 이성을 잃고 말았다. 사랑
하는 남자의 밑바닥을 들여다봐야 하는 일은 가혹하고 절대
적으로 치욕스러웠다.

— 돈과 사랑이 하나면 뭐가 그리 걱정이겠어.

유령 할은 고개를 주억거리며 중얼거렸다.

"그렇다고 그렇게 사는 건 아니지. 세상이 아무리 요지경
속이라 해도 인간이 인간답기를 포기한다는 것은 있을 수 없
는 일이야."

환과 할은 임 형사의 손에 이끌려 카페 문을 나서는 김연
주를 바라보고 있었다. 씁쓸함을 감추지 못한 채였다.

— 앞으로 태어날 아기가 걱정이군. 이게 웬 날벼락 같은
일이냐고. 아빠가 있어도 걱정스럽고 없어도 문제를 피할 순
없을 거야. 그렇지, 환?

환은 말이 없었다. 카페 앞 텅 빈 거리에 무거운 시선을 둔
채, 쓴맛이 느껴지지 않는 에스프레소를 목 뒤로 깊숙이 보
내고 있었다.

---

* 「계간 미스터리」 2015년 가을호 수록작

사건 여덟 .

환의 인터뷰

환의 마음은 갈팡질팡했다. 파란색 와이셔츠와 카디건 그리고 양복을 침대 위에 꺼내 놓은 상태였다. 양복이 좋을까, 바리스타 복장이 나을까를 놓고 둘 중 하나를 선택하는 문제였다면 길게 고민하거나 망설이지 않았을 터였다.

환은 지금 옷이 아니라 인터뷰 자체를 놓고 막바지까지도 고민했다. 사건TV의 피디와 카메라맨이 한 시간 후면 환의 카페에 당도한다. 바리스타인 마환을 인터뷰하기 위해서. 약속시간이 얼마 남지 않았다.

유령 할은 자신의 일인 양 재촉하고 있었다. 결정하지 못한 환은 선뜻 몸이 움직여 주지 않았다. 환의 일이라면 뒷전에 있을 수 없는 할은 환의 요지부동에 혼자 전전긍긍이었다.

지금에라도 인터뷰는 거절할 수 있다. 그럴 요량이라면 당장 휴대폰을 손에 들어야 했다. 인터뷰는 없던 일로 하자고 말을 전해야 했다. 그러지 못했다. 환의 갈등은 취소할 수 없는 막다른 시간까지 이어지고 말았다.

– 미적거릴 시간 없어. 지금 가도 벌써 늦었단 말이지.

할이 조바심쳤다. 환의 주위를 정신 사납도록 맴돌면서 말이다.

"……알았어, 알았다고. 간다고, 가."

연말이 다가오면 여기저기서 한 해의 크고 작은 사건들이 총망라되었다. 매체와 방송 곳곳에서 정치, 경제, 국제, 사회, 연예 등등 국내외의 각 분야별 사건을 일목요연하게 정리했다. 이번 해라고 해서 별반 다르지 않았다.

예년과 다른 점이 있다면 바리스타인 환이 사건TV로부터 출연 섭외 요청을 받았다는 것. '우리를 경악하게 만든 범죄 사건 열 가지'에 순위를 정하고 의견을 덧붙이는 일이었다.

바리스타로서 커피의 종류를 나열하고 인기 품목을 선정하는 일이었다면 이렇게까지 갈등할 필요는 없었다. 그러나 범죄 사건을 다루는 일은 달랐다. 같은 사건이라도 각자의 생각과 환경에 따라 받아들이는 데에는 분명 경중의 차이가 있다. 물론, 환이 고민하는 이유는 전혀 다른 데 있었지만 그 자신조차 깨닫지 못하고 있었다.

방송국의 섭외 전화는 일주일 전, 저녁 무렵에 걸려 왔다. 자신을 정우찬 피디라고 밝힌 그는 환에 대해 꽤 많은 것을 알고 있었다. 환이 동네에서 탐정으로 익히 소문이 나 있다는 것과 그가 관여해 해결한 사건들에 대해서도.

새삼스레 놀랄 만한 일은 아니다. 환의 취미 블로그나 카페 손님들에 의한 입소문이 한몫했을 테니까. 문제는 공개되지 않았고 환의 측근이 아니면 알기 힘든 내용까지도 그가 알고 있었다는 사실이다.

환의 카페 '할의 커피맛'으로 방송국의 전화가 걸려 온 것은 손님이 북적이던 때였다. 환은 숨 돌릴 여유도 없이 분주했다. 사적인 내용을 들먹이지 않았다면 바로 거절했을 것이다. 머뭇거렸다. 손님이 줄을 서서 기다리고 있었으므로 긴 통화는 할 수 없었다. 프로그램 설명을 제대로 듣지도 못한 채, 일단 알았다는 말로 통화를 끝냈다.

어제 오후나절까지만 해도 환은 텔레비전 출연에 대해서는 까맣게 잊고 있었다.

– 방송 출연 준비는 어떻게, 하고 있는 거야?

유령 할이 환의 기억을 대신했다. 할이 언급해 주지 않았다면 촬영 당일이 되어 그들이 왔을 때에야 알아챘을 터였다. 그들이 촬영을 오겠다고 일방적으로 정한 날이 당장 코앞이었다. 제안은 고맙지만 촬영은 없던 일로 하자고 말할 생각이었다. 연락처를 받아 놓지 않았음에 당황했지만, 환은 홈페이지에서 방송국 전화번호를 알아냈다.

앞서 통화한 정우찬 피디와는 바로 연결이 되지 않았다. 기다리고 기다려서 정 피디의 목소리를 듣게 되었을 때, 환은 아무 말도 하지 못했다. 정 피디는 잔뜩 화가 난 음성이었고 환은 죄송하다는 말로 통화를 종료했다.

환의 머릿속이 복잡하게 얽혀든 것은 그때부터였다. 밤새 엎치락뒤치락했다. 고민은 해결되지 않았다. 그들이 왜, 무엇 때문에 나를 만나려는 걸까? 그들이 곧 들이닥칠 시간이었다. 환의 심란한 심사는 빠르게 정리되지 않았다.

유령 할이 켜 놓은 텔레비전 방송은 사건TV였다.

─ 연말인데 나오는 것마다 흉흉한 사건들뿐이군. 뭉클하고 가슴 따뜻한 얘기가 어째 하나도 없는지 모르겠군. 다들 냉장고가 된 것 같아. 한결같이 냉정하고 몰인정해. 온정이라곤 눈곱만치도 찾아보기 힘드니, 원.

채널이 채널인지라 화면에 비치는 내용은 그악스럽기 짝이 없는 것들 일색이다. 크리스마스이브에 이별을 고한 애인에게 칼부림을 했다거나 가족의 목숨을 담보로 보험금을 노렸다거나 청와대 비서실을 사칭해 고액사기를 쳤다거나 하는 클클한 사건들뿐이다.

─ 이러다 진짜 늦겠어. 옷까지 꺼내 놓은 걸 보면 안 할 작

정은 아닌 거지? 가면서 생각하자고. 그렇더라도 안 하겠다는 생각은 접어 두는 게 좋을 거야. 방송이 잘 나오면 이참에 일본에 있는 아버지한테 새해 인사차 영상물을 보내 주는 것도 나쁘지 않을 거야.

유령 할은 시선으로 TV와 환을 오가며 말했다.

"……아버지?"

환의 혼란스럽기만 하던 머릿속이 일사불란하게 제자리를 찾아가기 시작한 것은 그때였다.

– 그래, 네 아버지 마선명. 몇 년 동안 통 연락도 못 드렸잖아. 미우니 고우니 해도 너를 낳아 준 아버지잖아. 불효막심한 자식은 되지 말아야지. 안 그래?

유령 할은 환의 면전에 대고 핀잔했다.

"불효자식 얘기라면 더 하지 않아도 돼. 넌덜머리 나도록 알고 있는 얘기니까."

– 돌아가신 다음이면 늦다. 그땐 잔소리 하라고 내 등을 떠밀어도 더는 안 할 거야. 할 수 없을 거야.

환은 신경질적이 되었다. 선명에 관한 얘기라면 환이 겪은 것만으로도 차고 넘쳤다. 커 갈수록 아들은 아버지를 이해하게 된다는데. 환은 시간이 갈수록 아버지 마선명을 더 이해할 수 없었다. 열네 살의 어린 아들이 부모와 떨어져 홀로 사는데도 찾아온 것은 딱 한 번뿐이었다. 선명의 얼굴을 본 것도 그때가 마지막이었다. 한 달에 한 번씩 하던 전화도 두 달에 한 번, 석 달에 한 번이 되더니 어느 순간에 완전히 끊겼다.

아버지의 목소리가 듣고 싶어 환이 전화를 걸면 걱정과 위로의 말은커녕 바쁘다는 무뚝뚝하기 그지없는 말로 상황을 일축했다. 그래도 환이 전화를 끊지 않고 있자면 할 말이라도 있는 거냐고 다그치듯 확인했다. 없, 없어요. 환이 할 수 있는 말은 그것이 전부였다. 선명은 아무 일 없으면 됐다는 식이었다.

환의 전화는 낯선 꼬마가 받기 시작했다. 환의 배다른 동생. 그리고 수화기를 넘겨받은 선명이 당혹스러워하는 걸 보지 않고도 느낄 수 있었다.

환은 선명의 울타리 밖으로 밀려난 아들이었다. 혼자 떨어져 지내는 아들에 대해 선명은 어떤 것도 궁금해하지 않았다. 밥은 잘 챙겨 먹고 다니는 거냐. 아픈 데는 없냐. 여자 친구는 생겼냐. 학교는 어떠냐. 다른 부모라면 지나는 말로라도 챙겼을 그 흔한 질문조차 선명은 하지 않았다. 아무 때나 하는 전화는 곤란하다. 선명은 냉정하기까지 했다.

목소리 좀 들려주는 게 그렇게 힘든 일인가. 차갑기만 한 선명은 환을 서럽게 만들었다. 다시는 하지 않으리라. 작정했다. 그 뒤로 선명에게 전화 같은 것은 하지 않았다.

― 자기 실속 차리자고 다들 눈에 뵈는 게 없는 모양이로

군. 저런 극악무도한 짓을 아무렇지도 않게 저지르다니. 차라리 개돼지로 사는 게 훨씬 인간적이겠다.

텔레비전을 보던 할은 끔찍한 사건에 난색을 표했다. 혀를 내둘렀다. 텔레비전의 전원이 나간 것도 그때였다. 영문을 모르는 할이 고개를 돌렸다. 점퍼를 걸친 환이 리모컨을 손에 쥐고 있었다.

"……가자고."

- 결정한 거야? 양복은 어쩌고 점퍼야……. 대답 좀 하지. 그래도 내가 네 아버지의 아버지, 그 아버지의 아버지뻘 쯤은 되는데…… 어른 앞에서 입 꾹 다물고 있는 거 고약한 행실이야. 내가 죽은 사람이라도 예의는 차려 주라.

환은 긴 말은 하지 않았다. 말없이 집을 나서는 그를 할이 뒤쫓았다. 카페로 가는 동안 선명에 관한 것은 물론 촬영에 대해서도 환은 함구했다. 카페에 당도했지만 방송국 사람들은 도착하지 않은 상태였다. 약속시간은 지나 있었다.

- 구태의연한 노땅 노릇은 나도 하기 싫어. 그래도 이건 아니지. 입 닫고 있으면 내가 얼마나 답답한지 몰라? 우리 서로 말은 하고 지내자고, 응?

할의 사정에도 환은 쳐다보지 않았다. 카페 개점 준비에만 열중했다. 유령 할이 보일 리 없지만 은미 역시 사장 환의 심상찮은 기운을 감지했다. 조심스럽게 눈치를 보며 움직였다.

– 그래도 커피는 한 잔 줄 거지? 난, 세상에서 환이 만든 커피가 제일 맛있더라.

끝내 환은 유령 할을 째려보고야 만다. 환이 아닌 다른 사람이 만든 커피는 마셔 본 적도 없는 할이다. 그는 배시시 웃음을 흘리며 자신의 지정석으로 가 앉는다. 응당, 커피를 줄 것이라 여기면서.

사건TV의 정우찬 피디와 카메라맨이 카페에 모습을 드러낸 것은 약속시간 30여 분을 어기고 나서였다. 정 피디는 카페 곳곳을 어수선하게 살피고 다녔다. 촬영카메라의 위치를 잡기 위해서였다. 늦어서 미안하다거나 만나서 반갑다거나 하는 형식적인 인사말은 피차 생략한 채였다. 카메라 프레임이 정해지자, 정 피디는 바리스타 복장의 환을 불러 프레임 안에 세웠다. 그가 선택한 자리는 유령 할의 지정석 앞이었다.

"며칠 전에 전화 드린 정우찬 피디입니다. 자리는 여기가 좋을 것 같습니다. 배경 좋고……. 괜찮으시죠? 그럼, 촬영 들어갑니다."

정 피디는 질문지를 미리 주거나 별다른 주문을 하지도 않았다. 사전 리허설도 없이, 어떻게 하라는 협조 설명도 없이 본론 촬영을 감행했다.

"잠, 잠깐만요. 지금 이대로 촬영을 한다는 건가요?"

"안 될 이유라도 있습니까? 제 질문에 그냥 답변만 해 주면 되는데⋯⋯."

방송국 촬영은 처음이다. 그럼에도 뭔가 이상하다는 생각이 들었다. 방송 촬영을 위한 메이크업이나 복장에 대한 언질도 없었다. 그런 건 중요하지 않았다. 최소한 그들이 선정한 열 가지 범죄 사건에 대한 내용은 알려 줘야 했다. 그래야 그들이 원하는 열 가지 범죄 사건 내의 순위를 정할 수 있을 테니까.

질문에 답만 하면 된다는 정 피디의 말에 환은 그가 지정한 곳에 착석했다. 일단은 그들이 하는 것을 지켜보는 수밖에 없었다.

"좋습니다. 그럼, 바로 질문 들어갑니다."

환은 정 피디를 향해 고개를 끄덕였다. 정 피디는 손짓으로 카메라맨에게 촬영사인을 보냈다. 그러고는 환을 향해 말했다. 촬영은 그렇게 시작됐다. 촬영 인터뷰를 해 본 적이 없으니 이렇게 진행되는 것인가 보다 했다.

"본인 소개부터 부탁드립니다."

"안녕하십니까? 관찰력이 뛰어난 분이라면 제가 있는 이곳의 풍경과 제 옷차림만으로도 뭘 하는 사람인지 금방 알아차리실 겁니다. 맞습니다. 저는 이곳, '할의 커피맛' 주인이며 바리스타 마환입니다."

"바리스타 환은 어디에 사는지 말씀해 주시겠습니까?"

"제가 살고 있는 곳은 은평구 갈현동입니다. 소박한 사람들이 모여 살지만 한편으로 또 매우 글로벌한 동네라고 할 수 있습니다. 관광지도 아닌데 아시아계는 물론 유럽의 백인들까지 심심치 않게 만날 수 있답니다. 여기가 서울이 맞나, 대만이나 일본이 아닌가 하는 착각을 불러일으킬 때도 있습니다. 과장처럼 들리겠지만 골목을 나서면 영어는 기본, 일어에 중국어까지 심심찮게 들을 수 있는 놀라운 동네라는 것만은 확실합니다."

"바리스타 마환의 하루 일과는 어떻게 되는지 들려주시겠습니까?"

"일반 직장인들과 특별히 다른 점은 없습니다. 굳이 댄다면 그들보다 주인의식이 강하다는 거겠죠. 진짜 주인이니까. 소규모의 개인사업이다 보니 그렇지 않으면 운영에도 지장이 많을 테죠. 자영업자로 살아남는다는 게 쉬운 일은 아니니까. 직원들보다 먼저 나와 문을 열고 직원이 출근하고 나면 그때 다시 집에 가서 늦은 아침을 먹고 오거나 개인적인 일을 보기도 합니다. 원두시장에 들러 원두를 구입하기도 하고 정오 이후엔 바리스타의 직분에 충실하려고 노력도 합니다."

"영업이 끝난 다음에는요?"

"저녁 9시가 되면 직원들이 먼저 퇴근합니다. 혼자 남아 일과를 마무리하고 카페 문도 닫죠. 그리고 귀가하면 밤 11시……. 잠자리에 들 때까지 빨래, 청소 같은 집안일을 하기도 하는데 보통은 책을 읽다가 잠자리에 듭니다."

"책이라면 어떤 종류의 책들을 주로 보는지?"

"정해 놓고 보는 책이 따로 있진 않습니다. 이것저것 닥치는 대로 보는데 카페를 운영하다 보니 경영서도 보고, 커피 관련 서적도 보고, 소설이나 잡지도 봅니다. 활자 중독 증세가 있어서 이것저것 잡스럽게 보는 편이라고 할 수 있죠."

인터뷰의 진행은 생각보다 순조로웠다. 한편으로 환 자신의 개인적인 이런 이야기들을 과연 누가 궁금해할 것인지 한번 든 의문은 그의 머릿속에서 꼬리를 물고 있었다.

"여담이기는 한데, 은평의 탐정이란 소문이 자자하던데 혹시 추리소설도 많이 봅니까?"

"많이는 아니지만 뭐, 그럭저럭 봅니다. 셜록 홈즈도 읽고, 애거서 크리스티 작품도 읽고, 일본 추리작가 소설도 읽고……. 시간을 보내기엔 좋으니까요."

"바리스타 탐정이란 애칭은 어떻게 생긴 겁니까?"

"제 카페에서 일하는 직원들과 단골손님들이 저를 그렇게 부르기는 하지만 탐정이란 명함만큼은 가당치 않아요. 저는 그냥 손님의 커피를 만드는 바리스타인 걸요. 물론 그것도 엉터리 같은 부분이 있긴 합니다만……. 암튼 제 스스로 탐정이라고 생각해 본 적은 없습니다. 표현이 이상할지 모르겠지만 운 나쁘게도 제 주변에 안 좋은 일들이 다른 사람들에 비해 많이 벌어지고 있다는 거죠. 그냥 모른 척할 순 없는 상황이 있는 거죠. 제 자신의 누명을 벗기 위해서거나 친구들의 억울함을 풀어 주기 위해서거나 순수하게 진실을 밝히고 싶은 마음에서라거나. 누구라도 안 좋은 일들이 빨리 해결되기를 원할 겁니다. 저 역시 그렇다 보니 사건에 몰입하게 되고 또 해결하게 되는 경우도 있었던 거죠."

"다른 사람들과 달리 마환 씨 주변에서 나쁜 일들이 유독 많이 일어난다고 생각하는 겁니까? 왜 그렇게 생각하는지 물어봐도 되겠습니까?"

"……."

환은 잠시 침묵했다. 다른 이들도 환만큼 안 좋은 일들을 가까이에서 접하면서 사는지는 알 수 없었다. 다만, 그의 주변에서 일어나는 안 좋은 일들에 대해 환은 그냥 묵과하지 못했다. 그것이 범죄 사건과 관련된 것이라면 더욱 그랬다. 환에게는 사건의 정황과 인간의 내면을 읽어 내는 남다른 혜안이 있었고 그것은 사건의 본질을 꿰뚫는 일과 다르지 않았다.

나쁜 일에 얽히지 않고 살아가는 사람들은 많다. 그럼에도 불구하고 범죄의 위험에 노출되거나 끝내 연루되는 이들 중

대부분은 가족이나 이웃친지 같은 평범하고 선량한 이들이라는 것이 사실이다.

환의 주변에 궂은 일들이 잦은 것은 그 자신이 재수가 없는 놈이라서 그렇거나 아니면 피할 수 없는 운명으로 점철되어서인지도 모를 일이다. 어쨌거나 범죄 사건이 그 주변에서 발생했다는 것을 알게 되면 경찰이 아니더라도 범인을 잡고 싶은 심정이 될 터였다.

환의 탐정이란 애칭은 얻고자 해서 얻어진 게 아니다. 범죄자를 쫓거나 사건수사를 하는 직업을 갖고 있진 않지만 환은 늘 진실이 궁금했다. 다른 사람들의 생각을 알고 싶었다. 지금도 앞으로도 달라지지 않을 것이다. 환 가까이에 범죄의 유혹은 항상 있었다.

환의 말수가 절로 줄어들고 상상으로 세상을 살던 그때부터였다. 선명의 이중적인 면모와 맞닥뜨려야 했고 새엄마의 이기적인 욕망 앞에 환은 버려졌다. 힘없는 아이가 할 수 있는 일이란 그들의 마음을 얻기 위해 노력하는 일뿐이었다. 끝내는 누구의 마음도 얻지 못하고 외톨이가 되었지만.

그런 환에게 탐정이란 그럴듯한 애칭을 선사한 이는 그의 카페에서 일하는 은미였다. "바리스타 탐정님!" 그녀는 환을 그렇게 불렀다. 그녀를 도둑으로 몰아세우며 곤경에 빠뜨렸던 노트북 도난 사건을 환이 말끔하게 해결하고 나서였다.

명수사관이 따로 있지 않았다. 환은 은미에게 '사장님' 아닌 '바리스타 탐정님'이 되었다. 그러지 말라고 손사래를 쳤지만 환의 기분은 나쁘지 않았다. 좋았다. 유령 할이 또 환을 그렇게 불렀고 찾아오는 단골손님들은 호기심에 그를 탐정이라 부르기를 즐겨 했다. 그리하여 환은 바리스타 탐정이 되었다.

정 피디의 질문은 쉬지도 않고 이어졌다. 소설에 나오는 탐정 중 누구를 가장 좋아하느냐? 누가 가장 실력이 뛰어나다고 보느냐? 국내에 법적으로 인정받는 진짜 탐정이 등장할 것 같은가? 등등. 뭐 그런 걸 다 물어보나 싶을 정도였다.

"바리스타나 탐정 역할 말고 특별하게 하는 일이 있습니까?"

"일주일에 한 번 마을 도서관에서 초등학생을 상대로 하는 '호기심 탐정'이란 방과 후 활동을 운영하고 있기도 합니다."

특별한 보수가 따르는 일은 아니지만 초롱초롱한 아이들의 눈동자와 마주하자면 환은 절로 신이 났다. 어린 시절로 돌아가 그때의 친구들과 함께 노는 기분이었다. 혼자 시간을 보내야 했던 그 자신의 지난날들이 떠올라 울컥하기도 하고 가슴이 뭉클하기도 했다.

정 피디의 질문에 일일이 답변을 하다 보니 사전 인터뷰나 촬영 내용을 미리 알려 주지 않은 이유를 알 것도 같았다. 그럴 수밖에 없었으리라. 반복했다면 재미없고 별 감흥 없었을 이야기들이었다. 탐정 바리스타 환이 해설하는 범죄 사건 순위에 관한 질문은 쉽게 나오지 않았다. 대체 언제쯤 물어볼 것인가 싶을 정도로 미뤄지고 있었다. 이제 그 질문을 던질 때도 되지 않았는가 싶었지만 질문은 또 엉뚱한 곳으로 튀었다.

"결혼은 하셨습니까? 아니면 교제하는 분이 따로 있나요?"

"결혼이라뇨? 아직 총각인걸요. 만나는 사람에 대해서는 노코멘트 하겠습니다."

환은 정 피디의 질문이 어디까지 가는지 두고 보기로 했다.

"그러면 지금은 누구와 함께 살고 있습니까? 설마, 그것도 노코멘트 하실 건 아니죠?"

"……할아버지와 살고 있습니다."

환은 뜸을 들이다가 말했다.

"할아버지라고요? 혼자 사는 거 아니었습니까?"

"정 피디님이 지금 있는 이곳이 왜 '할의 커피맛'인지 아십니까? 저의 할아버지가 커피를 유난히 좋아하셔서 그렇게 된 겁니다."

"'할의 커피맛'의 '할'이 할아버지의 '할'이라도 된다는 겁니까?"

"그렇게 생각해 본 적은 없는데 듣고 보니 그렇게 생각할 수도 있겠네요. 할아버지의 줄임말, 할……. 어쨌거나 그 할이라 불리는 할아버지와 함께 살고 있습니다. 이 카페 또한 할을 위한 것이고, 할을 위한 지정석도 있답니다."

"그 자리가 어디죠?"

"인터뷰 전에 피디님이 제게 권한 자리죠. 제가 왜 그 의자에 앉지 않고 서 있겠다고 고집했는지, 눈치 채셨겠죠?"

"할이 안 계시니 잠깐 앉아도 되지 않겠습니까?"

"어른의 자리는 늘 비워 둬야 합니다. 안 그럼, 노하시거든요."

환은 빙그레한 웃음으로 답변을 대신했다. 그들이 할의 정체를 알 리 없고 시시콜콜 설명해 주기도 싫었다. 환의 인터뷰가 시작되기 전부터 유령 할은 그의 지정석에 엉덩이를 붙이고 앉아 있었다. 설령, 할이 없었더라도 누구도 앉아서는 안 되는 자리가 바로 그의 지정석이었다.

"시각장애인으로 변장한 좀도둑을 단박에 잡았다고 했는데, 그것 말고 마환 씨가 직면했던 사건 중에 인상적이었던 것이 있다면 어떤 사건인지 들어 볼 수 있겠습니까?"

"인상적인 사건이라? 답변하기 참 곤란한 질문이군요. 사람과 사람 사이에서 벌어지는 일은 사건의 크고 작음에 상관없이 누군가는 분명히 그 일로 심한 상처를 입을 수 있습니다. 호기심이나 재미로 접근해 달라는 부탁이라면 거절하고 싶은데요."

"그 말은 곧 사람에 대한 마환 씨의 애착이 각별하다는 의미로 받아들여도 되겠습니까?"

"그렇다고 제가 박애주의자는 아닐 걸요? 사람을 무조건 좋아한다고 볼 수는 또 없으니까."

"사건에 대한 통찰력을 발휘하자면 상상력도 상당히 풍부할 것 같은데, 그런 부분에 대해서는 어떻다고 생각합니까?"

정 피디는 섬세한 사람은 아니었다. 빨리 끝내고 싶은 일처럼 앞질러 질문을 던졌다.

"전혀요."

"전혀라뇨? 상상력이 없다는 겁니까?"

"사건의 정황을 추리하거나 사람을 통찰하는 데 있어 상상력을 동원한다는 건 말이 안 됩니다. 어떤 사건을 아는 일에는 오로지 정황과 그에 따른 추론이 있을 뿐입니다. 심각한 상황에서도 감정에 휘둘리지 않는 제 자신을 보자면 가끔은 냉혹한 사람이란 생각이 들기도 합니다. 범죄적인 사건들 앞에서 저의 인간적인 감정은 늘 뒤로 물러나 있다고나 할까? 때때로 제가 범죄 해결 로봇인지 인간인지 헷갈린다는 말을 듣기도 합니다. 진실을 찾는 일은 때로 정교하고 섬뜩한 일일 수도 있습니다."

"그만큼 감정에 휘둘리지 않고 진실을 묻는 과정이 냉철하다는 뜻이겠죠?"

"좋게 표현하자면 그렇게 되는 거겠죠."

환은 웃음기를 지우고 답했다. 그리고 환이 이제나저제나 기다려 왔던 질문이 나온 것은 그때였다. 경각심을 불러일으킨 올해의 중대범죄 순위를 정하는 일. 환은 자신의 뱃속 저 밑바닥까지 숨을 들이켰다. 그러고는 천천히 다시 내뿜었다.

인간의 추악한 욕망과 두려움이 한데 뒤섞여 있는 범죄. 천인공노할 짓을 자행하고도 낯빛 하나 변하지 않는 이가 있는가 하면 굶주림에 빵 하나를 훔치고도 그 죄책감을 끌어안고 수십 년을 사는 이도 있다.

환은 쉽게 입이 떨어지지 않았다. 생각보다 머릿속이 복잡했다. 임신한 아내를 남편이 살해했거나, 애인의 보험금을 노리고 사고사를 위장했거나, 형과 어머니를 살해하고 가출로 위장했다거나, 다섯 살의 아이가 계모의 학대로 맞아 죽었다거나, 남편과 내연남을 차례로 살해했다거나. 머릿속으로 스쳐 가는 사건의 경중을 따지는 일은 어려웠다.

범죄는 범죄일 뿐이다. 그 시작이 아무리 사소한 것에서 비롯되었어도. 결과는 나비효과처럼 번진 다음이다. 범죄가 세상 밖으로 알려질 즈음이면 충격은 이미 준비된 것이다. 누군가의 삶을 송두리째 빼앗거나 뒤집어 놓은 다음이기 쉬웠다.

정 피디는 환이 말해 주기를 기다리고 있었다. 환의 침묵은 오래갔다. 환이 조용할 때마다 화제를 돌리듯 다른 질문을 해대던 정 피디는 이번에도 마찬가지였다. 환의 대답을 강요하지는 않았다. 그렇다고 조용한 상황을 오래 끌고 가지는 않았다.

"연말연시가 되면 떠오르는 사람이나 보고 싶은 사람이, 혹시 있습니까?"

"……네?"

환은 고개를 갸우뚱하고 반문했다.

"지금, 가장 보고 싶은 사람이 누구냐고요?"

환이 말을 하거나 못하거나 이번 인터뷰의 핵심은 범죄에 관한 것일 터였다. 충격적인 사건들을 곱씹는 일은 분명 달갑지 않다. 그러나 그들의 촬영 의도는 애초부터 그것이 아니었던가. 환이 하지 말자고 이제 와 저항해도 어떻게든 설득을 해야 했다. 개인적인 질문들처럼 그냥 넘길 수 있는 부분이 아니다, 환이 판단하건대. 그리고 미처 꺼 두지 못했던 휴대폰 벨소리가 그들 사이에서 울렸다.

"좀 쉬었다 갑시다."

정 피디는 환에게 전화를 받으라고 손짓하며 말했다.

환은 카페의 벽시계를 확인했다. 정오가 가까운 시각이었다. 어영부영 한 시간여가 후딱 지나가 버렸다. 제작진과의 자리를 피해 통화를 마치고 돌아온 환의 표정은 좋지 않았다. 어지간해서는 남들 앞에 감정을 잘 드러내지 않는 환이 웬일로 심각했다.

"무슨 안 좋은 전화라도 왔나 봅니다."

정 피디가 환의 눈치를 살폈다.

"일본에 계신 아버지한테서 온 겁니다. 생전 전화라고는 모르시는 분인데……."

한번쯤 캐물을 만도 했다. 그러나 환의 아버지에 관해서 정 피디는 어떤 것도 묻지 않았다. 어디에 사는지, 무엇을 하는지, 부자간의 사이는 좋은지 등등에 관해서는 무심했다. 지금껏 별것도 아닌 것들까지 시시콜콜 다 묻던 정 피디가 아닌가. 그는 하던 일을 마저 끝내자며 환을 다시 촬영 카메라 앞에 세웠다.

하나 마나 한 인터뷰가 다시 이어졌다. 의혹으로만 머물러 있던 정 피디의 행동이 환의 머릿속에 확연히 정리되는 순간이기도 했다. 환의 미소는 의미심장했다.

"혹시 이상형의 여자가 따로 있습니까? 어떤 스타일 좋아합니까? 연예인 중에서 비슷한 사람을 찾는다면요?"

"시청자들도 피디님만큼이나 제 이상형에 대해 관심이 있을까요?"

"잘나가는 젊은, 아직 어리다고 해야 할까요? 아무튼 카페 사장님에, 탐정이라는 남다른 애칭도 갖고 있는데 알고 싶어

하지 않겠습니까? 지금까지는 아니었더라도 방송에 나가고 나면 그렇게 될 겁니다. 본인이 원하지 않더라도 주변에 있는 여성분들이 가만두지 않을 것 같단 말입니다. 이토록 잘생긴 미남에, 지적인 일면도 있으니 마환 씨한테 끌리지 않을 여자가 어디 있겠습니까?"

"그만합시다."

"네?" 정 피디는 그게 무슨 소리냐는 표정이었다. "마환 씨가 사는 집도 촬영을 해야 하는데……. 안 됩니다."

"지금까지 한 것만으로도 충분하지 않습니까?"

"충분하다니, 그게 무슨 말입니까? 우리는 아직 찍어야 할 게 많은……."

"그럼, 제 마음이 바뀐 것으로 하죠."

"마환 씨, 이성적인 분인 줄 알았는데, 이거 실망입니다."

"실망하셔도 할 수 없습니다. 지금까지 찍은 영상도 폐기 처분해 주시죠. 그래 주실 거라고 믿습니다, 정 피디님!"

"방송이 장난인 줄 압니까?"

정 피디의 언성이 일순, 험악하게도 치받았다. 그렇다고 그의 거친 언행에 밀려 꼬리를 내릴 환은 아니다. 카메라를 향해 다가갔다. 정 피디가 뜨악해하며 환을 가로막았다.

"비키시죠? 어차피 방송에 내보낼 것도 아니잖습니까?"

"방송에 내보낼 게 아니라고 누가 그러던가요?"

"범죄 사건 운운한 건 나를 만나기 위한 구실이었을 테죠?"

정 피디의 표정이 순간 일그러졌다. 처음부터 범죄 순위를 매기는 일에는 관심도 없었다. 그 일을 핑계 삼아 마환이란 사람의 일상을 영상으로 담아내기만 하면 되는 일이었다. 더 진행할 수 없다면 지금까지 촬영한 내용만으로도 상관은 없었다. 그것마저 뺏기게 생겼으니 난감한 것은 정 피디였다.

막무가내인 환은 촬영 영상을 삭제해 버렸다.

"바리스타가 뭐 그리 대단한 사람이라고……. 이게 무슨 무례한 행동입니까? 혹시 진짜 탐정이라도 된다고 착각하는 건 아닙니까? 일본에서라면 또 몰라도 한국의 탐정은 현실에 존재하지도 않는 그냥 이야기 속의 인물 아닙니까?"

정 피디의 화는 머리끝까지 나 있었다.

"내가 아는 당신들에 대해서도 어디 한번 말해 볼까요?"

"우리가 뭐 어쨌다는 겁니까?"

"사건TV에서 촬영 나온 사람들이 아니죠? 거짓말할 생각이라면 접어 두는 게 좋을 겁니다."

"뭐라고요? 지금 우리가 방송국 직원 신분을 사칭하기라도 했단 겁니까, 뭡니까? 당장 방송국에 전화 걸어 확인해 보시죠. 그곳에 근무하는 사람이 맞는지, 아닌지."

"물론, 사건TV에 정우찬 피디는 분명 있습니다. 하지만 내 앞에 있는 당신은 아닐 겁니다. 확실히 아닙니다."

"……?"

정 피디는 부릅뜬 눈으로 환을 노려보았다. 환은 눈 하나 꿈쩍하지 않고 그런 정 피디를 끝까지 응시했다. 그가 무슨 말을 꺼내 놓을지 한편으로 궁금하기도 했다. 격분해 있던 정 피디는 곧 평온함으로 돌아왔다.

"언제부터 눈치를 챈 겁니까? 우리가 방송국 직원이 아니라는 걸……."

"당신들이 여기 나타나기 훨씬 전부터 의심은 하고 있었습니다."

"뭐라고요, 정말입니까?"

"당신의 전화를 받았을 때는 일에 바빠서 정신이 없었죠. 그래서 잊었습니다. 당신과 통화를 했었다는 사실조차. 나중에서야 인터뷰 촬영을 하기로 했다는 것을 깨달았죠. 그런데 그때까지도 당신은 촬영 내용에 관해 어떤 내용도 내게 알려 오지 않았습니다."

"어떤 내용인지는 말해 주었지 않습니까?"

"물론 그랬죠. 그렇더라도 사건TV에서 발췌한 열 가지 범죄 사건 목록이나 상세하지는 않더라도 대략의 질문 요지들을 내게 보내왔어야 했습니다. 전혀 없었죠. 거절해야겠다고 생각했습니다. 당신의 연락처를 받아 놓지 않았더군요. 할 수 없이 방송국으로 전화를 걸었습니다. 그리고 정우찬 피디와 통화를 했습니다. 얼마나 바쁜지 나중에 통화를 하자고 하더군요. 하지만 그 이상의 통화는 필요 없었습니다."

"왜죠?"

"당신은 정우찬 피디의 이름만 보고 남자라고 멋대로 생각했겠지만 제가 통화한 정우찬 피디의 목소리는 여성이었으니까 말입니다."

정 피디의 안색이 변한 것은 그때였다.

"다 알면서 우리의 인터뷰에 아무렇지도 않게 응했던 겁니까?"

"방송국 직원이 아니라면 누굴까? 왜 나를 만나려는 걸까? 궁금했습니다. 당신의 정체가……."

"그래서 우리가, 내가 누군지, 왜 그랬는지 알아냈습니까?"

가짜 정우찬 피디는 굴하는 기색이 없었다. 되레 환의 능력이나 한번 보자고 달려들었다. 환은 그대로 돌려보내고 싶은 마음이 굴뚝같았다. 그러나 그들이 그토록 듣고 싶어 하는 말을 해 줘야 했다.

"당신은 사건TV 방송을 보면서 연말연시 가짜 방송기획안을 만든 겁니다. 그리고 방송 자막에 나오는 많은 피디들 중에 하나의 이름을 골랐을 테죠. 당신들이 이곳에 당도했을 때에 모든 것이 확실해졌습니다. 가져온 카메라엔 그 흔한 방송국 스티커 하나 붙어 있지 않았고 명함인사조차 건네지 않았으니까. 방송국 직원도 아니고 프로그램 촬영을 하는 것도 아니라면 당신들은 과연 누구일까? 누가 보내서 온 사람들일까? 나로서는 알아내야만 했습니다. 방송국 명함이야 얼마든지 구할 수 있었을 텐데 준비하지 않은 걸 보면 제게 길게 사기를 칠 심사까지는 아니었던 겁니다. 오자마자 인사도 없이 촬영을 서두른 데에는 다 이유가 있었겠죠. 당신은 저에 대해 얼마간은, 아니, 아주 많이 알고 있는 사람인 겁니다. 그리고 나에 관한 촬영이라는 목적만 달성하면 두 번다시 보지 않을 사람이기도 한 겁니다."

"왜 그렇게 생각한 겁니까?"

"당신이 진짜 방송피디였다면 자신의 프로그램을 잘 만들고 싶은 욕심이 있었을 테죠. 촬영 의도를 크게 벗어나지도 않았을 테고……. 당신한테서는 직업적인 의식이 전혀 보이지 않았습니다. 유명인사도 스타도 아닌데, 저에 대한 사적인 질문들만 일색으로 늘어놓고……."

"그래서 환, 당신이 알아낸 게 뭡니까?"

"방송국 직원도 아니면서 나란 사람의 일상에 대해 알고 싶어 하는 사람이 있다면 누굴까? 굳이 방송국 피디를 사칭하고 프로그램을 운운하면서까지 나를 촬영해야만 되는 사람. 내가 알게 된다면 결코 하지 않을 촬영인 거죠. 누군가가 내게 첩자를 보냈구나."

"첩자라고요, 우리가?"

정 피디는 짐짓 놀란 표정을 지었다.

"네, 그렇습니다. 이유야 할 수 없지만 내 일상을 촬영해 달라는 제안을 받았을 테죠."

"누구로부터 말이죠?"

"……마선명 교수."

"역시 탐정다운 면모로군요. 놀랐습니다. 언제부터 안 겁니까? 우리가 마 교수가 보내서 온 사람들이라는 걸?"

가짜 정 피디는 박수로 환호하며 물었다. 그러나 환은 길게 설명하고 싶은 생각이 더는 없었다. 촬영 중에 걸려 온 전화의 주인이 아버지라고 했지만 그것은 거짓이었다. 정 피디의 반응을 보기 위해서였다.

그의 정체를 파악하기 위해서는 뭔가 확실한 증거가 있어야 했다. 그리고 환이 아버지란 사람을 입에 올린 순간, 의혹은 사라졌다. 모든 것은 확실해졌다. 아버지의 전화라는 말에 그는 살짝 당황한 기색이었다.

환의 일상에 관해 시시콜콜 질문을 던졌음에도 환의 아버지나 일본에서 살았던 날들에 대해서는 그 무엇도 궁금해하지 않았다. 현재의 마환에 대해 알고자 한다면 무엇보다 그의 지난날에 관심을 보여야 했다. 그들에게 필요했던 것은 마선명에게 전해 줄 환의 근황이었던 것이다.

안부조차 묻지 말자더니. 몇 년 동안 아들한테 전화 한 통화 없더니. 이제 와서 느닷없이 왜? 설마 내가 갑자기 보고 싶어진 것도 아닐 텐데……. 환은 격분했다. 가까스로 감정을 억눌렀다.

"환 당신은 후회하게 될지도 모릅니다. 아버지와 가까워질 기회를 잃어버린 것일 테니까. 못 이기는 척, 모르는 척 넘어갈 수도 있었잖습니까? 우리가 목적을 이루지 못한 것은 상관없습니다."

그야말로 상관없는 사람은 환 자신이었다.

가짜 정우찬 피디는 목적을 달성하지 못한 채 돌아갔다. 아들 환이 보고 싶다는 마 교수의 녹음된 음성 한마디를 들려주고서였다. 애증 어린 울분이 솟구쳤지만 환은 삼켰다.

마 교수가 보낸 그들 앞에서 감정을 드러내 보이고 싶지 않았다. 환의 모습 그대로 또 마 교수의 귀에 들어갈 것이니. 환은 침착했고 타오르는 마음을 내면 깊숙이 숨겼다.

보고 싶다면 직접 와야 했다. 당신의 아들이 어떻게 살고 있는지, 직접 눈으로 확인하고 보듬어야 했다. 몇 년씩 전화 한 통화 없이 방치했던 아들을 이제 와서 도둑 촬영으로 볼 생각을 하다니 가당치도 않았다. 마 교수가 보낸 이들의 방송 촬영은 그렇게 한바탕의 소동으로 마무리되었다.

사건TV로부터 연락이 온 것은 그 뒤로 며칠이 지나서였다. 진짜 정우찬 피디로부터였다. 그녀는 '범죄의 바탕'이라는 방송프로그램을 만들자는 제안과 더불어 큐시트를 보내왔다. 수화기 너머의 정우찬 피디의 음성은 아련했다. 그 때문이었다. 환은 그녀의 목소리를 가까이에서 직접 듣고 싶었다.

어쩌면 누군가로부터 받은 관심의 끈을 그냥 놓고 싶지 않아서였는지도 모를 일이다. 보고 싶다던 마 교수의 한마디가 가슴에 바위처럼 들어앉아서였는지도 모를 일이었다.

'범죄의 바탕' 촬영 당일은 더디게만 다가왔다. 그날 아침, 환은 침대 위에 옷들을 꺼내 놓고 어떤 것을 입을까, 고민했다.

- 촬영이라니, 무슨 촬영?

유령 할이 눈을 동그랗게 뜨고 되물었다.

"그렇게 됐어. 이번엔 진짜야."

환은 진짜 정우찬 피디를 만날 생각에 들떠 있었다.

- 마 교수가 보낸 사람들이 찍은 영상을 몽땅 날려 버려 놓고선 무슨 촬영을 또 하겠다는 거야?

"이번엔 사건TV의 정우찬 피디가 직접 촬영할 거야. 이번엔 진짜가 오는 거지."

- 그렇다면 더 문제잖아. 방송에 나갈 테고, 마 교수가 보게 될지도 모르는데? 그래도 상관없다는 거야?

"촬영에 대한 새로운 호기심이 생겼거든. 지난번은 연습으로 치고 이번은 제대로 해낼 거야."

- 마 교수한테 안 보이겠다고 지난번에 그 난리를 쳐 놓고선? 이제는 마 교수가 봐도 괜찮다는 거야, 뭐야?

"장담하건데 그런 일은 없을 거야. 그 정도로 나에 대해 관심과 애정이 지대한 분은 아니니까."

환은 정 피디가 보내온 큐시트를 마지막으로 점검했다. 그러고는 침대에 펼쳐 놓은 옷들 중에서 흰색의 와이셔츠와 파란색 스웨터 그리고 잿빛의 청바지를 선택했다. 이지적인 젊은 탐정의 이미지를 드러내기에는 충분할 터였다.

약속시간 한 시간 전부터 환은 정우찬 피디를 기다렸다. 정시에 도착한 정우찬 피디는 긴 웨이브 머리를 하나로 틀어 올려 손목의 고무줄로 대충 묶었다. 일을 하자면 그 편이 편할 터였다. 사건TV라는 거친 이미지와는 대조적으로 선이 고운 여자였다.

정우찬 피디가 남자 이름을 가져서 환은 다행이란 생각을 했다. 한편으로 그것은 설명하기 힘든 그녀의 매력이 되어서 촬영을 준비하는 내내 환을 설레고 가슴 뛰게 만들었다.

"마환 씨, 준비되셨죠?"

"……네."

환은 명쾌하게 대답했다. 그러고는 카메라에 붙어 있는 사건TV의 방송국 스티커를 바라보았다. 이번엔 진짜다.

"그럼, 시작합니다." 큐 사인을 보낸 그녀는 곧바로 질문을 안겼다. "탐정 하면 나이도 지긋하고 연륜에서 풍기는 부드러운 예리함 같은 것이 떠오르는데, 마환 씨는 어쩌다가 바리스타 탐정이란 이색적인 호칭을 얻게 된 거죠?"

정우찬 피디의 미소는 등불처럼 환했다. 환의 그늘진 마음까지 환하게 밝혀 주는 것만 같았다.

"너무 젊은 탐정이라 그다지 미덥지 않다는 말처럼 들리네요, 피디님!"

"질문은 제 쪽에서 하는 겁니다. 마환 씨는 대답에만 집중해 주면 좋겠네요."

"그래도 하나만 짚고 갈게요. 유럽의 탐정은 나이 지긋해도 아시아의 탐정은 젊다 못해 어린 탐정도 많습니다. 약 때문이라고는 하지만 코난이라는 초등학생 탐정도 있잖아요."

"미처 생각을 못했군요. 내 머릿속에 있는 이미지만 그리느라. 그럼, 다시 시작해 볼까요?"

그녀는 환을 직접 보지 않았다. 촬영 카메라의 뷰를 통해 환을 보았고 질문을 하나씩 던졌다. 환에게 보여 준 기획 내용에 충실했다. 마환의 일상에서 접했던 미해결 사건에 대해서도 대충 넘기지 않았다. 짙은 궁금증을 드러냈다. 집요하게 물고 늘어지는 직업적 근성이 그녀에게 있었다.

"제가 해결하지 못한 미결 사건이요?"

환은 잠시 생각에 잠겼다. 그가 아는 한 그런 것은 없었다. 그럼에도 환은 확신에 찬 대답을 하지 못했다. 머뭇거렸다.

마선명 교수와 마환!

어쩌면 자신들의 어긋난 관계가 환에게는 풀지 못할 미결 사건으로 영원히 남을지도 모를 일이다.

환의 난감한 미소가 정우찬 피디, 그녀를 향해 날아갔다. 그녀의 열정적인 눈빛과 마주하자 환의 복잡한 마음들이 조금씩 자리를 찾아갔다.

---

* 「계간 미스터리」 2015년 겨울호 수록작

사건 아홉 .

미혹으로의 초대

"살인 사건? 내 카페에서?"

환은 실로 당혹감을 지우지 못했다.

장 화백은 환에게 오래전 사망한 모친의 영혼과 만나게 해주겠다고 은근슬쩍 장담의 말을 던졌다. 그랬던 그녀가 시체가 되어 나타났다. 강령술을 거행하기 바로 직전이었다.

혼령을 마음대로 소환한다는 은발의 장 화백을 누가 살해했단 말인가? 모임에 참석한 이들은 저마다 제자리에 얼어붙은 듯했다. 커피 손님도 외부인도 일절 없었다. 그리고 강령술 모임의 일원들 모두가 유령 할의 존재를 목격했을지 모를 일이다.

시간이 지날수록 할의 지정석에 눈길을 주는 사람은 없었다. 환은 할을 보고서도 못 본 척하는 게 아니라면 혼령을 본다는 저들의 말이 거짓일지도 모른다고 여겼다. 물론, 개중에 할이 눈에 보이는 이들이 있기는 할 테지만.

당장 내일부터 영업은 할 수 없을 것이다. 사람의 생사가 갈린 이때에, 환은 영업을 걱정하는 자신이 한심하다는 생각이 들었다. 외부인의 출입이 없었으니 범인은 환의 카페에 아직 있었다.

변지유가 카페에 나타난 것은 저녁 8시였다. 시무룩한 모습마저 새침하니 아름다웠다. 청바지에 면티 하나만으로도 어찌 그리 매력이 철철 넘치는지. 애써 갖춰 입은 이들의 패션을 초라하게 만들었다.

패션의 완성은 얼굴이라고 했던가? 아니다. 패션의 완성은 변지유, 그녀다. 부드럽고 차분한 말투. 거기엔 상대를 은근 제압하는 단호함도 함께였다. 그녀 앞에 서면 작아지는 자신을, 누군들 느끼지 않을 것인가. 남자들만이 아니었다. 그녀는 주변의 남자뿐 아니라 여자들까지 홀리기에 충분했다. 정작 지유, 그녀 자신은 아무것도 모르는 눈치다.

어쩌면 그것이 그녀를 더욱 돋보이게 만드는 것인지도 모른다. 복사꽃처럼 환한 지유의 웃음과 맞닥뜨리자면, 혼미해지려는 정신을 잘 붙들어 두어야 했다. 그녀가 카페에 나타난 뒤로 침착함을 유지하는 환과 달리 할은 헤벌쭉했다.

"목구멍에 대롱대롱하는 목젖까지 다 보여. 제발, 체통 좀 지키시지요!"

환이 비아냥거렸다.

– 저렇게 아리따운, 아니, 환장하게 예쁜 여자는 처음인 걸. 전에는 왜 몰랐을까? 여자를 바라보는 것만으로도 행복할 수 있다는 걸 말이야. 미스월드에 나가도 전혀 손색없는 미모잖아.

"어디서 본 건 있어 가지고……. 그녀에게도 할이 보인다는 걸 알아 뒀으면 해. 그러니까 제발, 경망스럽게 좀 굴지 마."

환은 손에 잡히지도 않는 유령 할의 입술을 오므려 잡았다.

– 미인을 보면 넋을 좀 잃어 주는 게 예의지. 얼추, 나랑 비슷한 또래 같기도 한데……. 환, 네가 보기에는 어때?

"그래서? 유령님께서 작업이라도 한번 걸어 보시겠다?"

– 작업이라니? 상스럽게. 나, 스물여섯 팔팔한 청춘이야. 예쁜 아가씨한테 눈길 가는 건 본능이고.

"그 본능 좀 넣어 둬. 내가 다 창피해서 얼굴을 들 수가 없으니까."

– 에라이, 고약한 놈! 근데 이상하네. 지난번엔 분명히 내가 보이는 것 같았는데……. 오늘은 어째 내가 전혀 보이지 않는 사람처럼 군단 말이야.

"그때도 안 보이는 것처럼 굴었거든, 할을 보기는 했어도."

– 그랬나?

할은 이만저만 섭섭한 게 아니다.

"모임이 끝날 때까지 할 자리에 얌전히 있어 줘. 부탁이야."

– 그림의 떡이란 게 이런 걸 두고 하는 말인가 보다. 지유 씨? 이쪽 좀 봐요. 나 여기 있어요. 네에?

지유에게 마음을 뺏긴 할은 좀처럼 통제되지 않았다. 지유가 움직일 때마다 자석에 이끌리듯 졸졸 따라다녔다.

"혼자 보기, 정말 아깝다. 아까워."

환은 혀끝을 찼다. 그 와중에도 환의 고개는 갸우뚱했다. 지유의 곁을 떠나지 못하는 유령 할의 촐싹거림에 한마디 할 만도 한데 전혀 아니었다.

환은 언젠가 제주도에서 올라오는 비행기 안에서 변지유, 그녀를 처음 만났다. 유령 할이 환의 어깨에 올라앉아 있다는 것을 알려 준 사람. 환에게 불편하지 않으냐고 물어준 유일한 사람.

유령 할과 함께 다니는 동안, 그때처럼 놀라웠던 적도 없었다. 환 자신이 아닌 또 다른 누군가가 할을 볼 수 있다는 사실에 경악했다. 할이 보이는 그녀가 궁금했다. 비행하는 동안 그녀와 다시 만날 수 있다면, 상상의 나래를 펼치기도 했다. 다른 사람들과는 할 수 없는 얘기를, 그녀와는 할 수 있을 것도 같았다.

환이 비행기에서 내릴 때, 그녀는 속삭였다.

"언젠가 다시 만나는 날이 올지도 모르겠어요."

그때, 환은 심장이 쿵쾅거렸다.

할을 보고도 소스라치게 놀라는 일도 없이 그녀는 침착했다. 나중에는 비행기에서 내리는 할을 향해 잘 가라고 손까지 흔들어 주었다. 새로운 친구가 생겼다고 들뜬 할은 비행의 공포도 잠시 잊었다.

그리고 얼마 지나지 않아 영화처럼 지유가 할의 커피맛에 나타났다. 유니폼에서 일상적인 복장으로 바뀌었지만 환은 그녀를 대번에 알아봤다. 당혹스러워 하는 환에게는 물론 유령 할에게도 인사를 챙겼다. 고대했던 바였음에도 환은 그녀의 등장이 실감나지 않아 한참을 허둥댔었다.

지유는 자신의 모임을 환의 카페에서 하고 싶다며 찾아온 용건을 전했다. 할이 보이는 특별한 사람. 비행기 안에서의 인연이 이렇게 이어지는가 싶었다. 실감은 나지 않았다.

그날, 지유는 유령 할과 대화를 나눴다. 새로운 말 상대에 할은 흥분했다. 얘기가 장황했다. 그날의 기억대로라면 그녀는 지금 할이 안 보이는 게 아니다. 안 보이는 척 시늉을 하는 것이다. 환의 시선은 자신도 모르는 사이, 지유의 움직임을 쫓고 있었다.

　강령술 모임의 회장. 그것은 변지유의 또 다른 명함이었다. 비행기에서 환을 만나기 전부터 지유는 환에 대해 조금은 알고 있었다. 인터넷 블로그를 통해 전파된 할의 커피맛 카페 이야기를, 그곳의 주인이자 탐정 바리스타로 불리는 환에 대해서.

　지유의 모임은 강남이나 압구정 모처에서 은밀하게 이뤄졌다. 지유는 환을 만난 뒤로 모임의 장소를 바꿨다. 도심의 변두리, 작은 카페지만 유령 할이 있어서 흥미로웠다. 통째로 빌리기에도 무리가 없는 그런 카페였다.

　"역시나 이곳에 오길 잘했어요. 회원들 모두가 좋아하는 게 눈에 보이잖아요."

　지유는 흡족한 표정이었다. 곁에 유령 할이 있다는 것에는 무감한 채였다.

　"회원 분들은 이제, 다 오신 건가요?"

　"네."

　지유는 고개를 주억거리며 말했다. 생각보다 적은 숫자였다. 회장인 지유까지 여섯이 전부였다. 할의 커피맛 카페가 작은 공간이기는 했지만 여섯 명이 독차지하기에는 그래도 넓었다. 그들의 모임이 진행되는 동안, 외부 손님이 오는 것을 지유는 원치 않았다. 모임의 특성상 다른 사람이 있는 게 불편할 수도 있겠다는 생각은 자연스러웠다. 환은 카페 출입구에 안내문을 내걸었다.

이곳까지 찾아 주신 손님께 진심으로 죄송합니다. 오늘만큼
은 이웃 카페의 커피를 즐겨 주세요. 거기도 맛있답니다.

그사이에도 손님은 찾아왔다. 환이 내건 팻말을 보고 아쉬워했다. 그러고는 갈 생각도 하지 않은 채, 카페 앞에서 고개를 갸우뚱했다. 손님으로 보이는 이들이 이미 카페 안에 있어서였다.

"여기 카페 주인이 탐정이래."

"바리스타가 아니고?"

"모르는구나. 여기 주인 제법 유명해."

"바리스타 아닌 탐정으로."

"커피 맛은 별로라는 얘기네."

"안에 손님이 있는 것 같은데, 문을 닫은 걸 보면 의뢰인들인가? 저렇게나 많이?"

"살인 사건을 해결한 적도 있다던데…… 그러니 사람들이 몰려들 만도 하지. 여기를 뻔질나게 드나들면서 여태 그것도 모르고 있었단 거야?"

"나야 뭐, 커피만 사 갖고 나오는 사람이니까."

"행복한 사람이군."

"뭐가?"

"탐정을 찾는 사람들이 누구겠어? 그거야 뻔하지. 뭔가 음산하고 음침한 일에 연루된 자거나 사람과 사건의 진실이 궁금한 사람, 기타 등등. 어쨌든 오늘은 '할의 커피맛'에서 커피를 마실 수 없다는 거지. 어떤 의뢰인이 왔을지 궁금하지 않아?"

"궁금하면 뭐하게? 이렇게 버젓이 사과문을 문 앞에 내걸었는데."

'할의 커피맛' 손님들은 카페 앞에서 저들끼리 속삭이다가 끝내 발길을 돌렸다.

강령술 모임 회원들은 환의 카페를 마음에 들어 했다. 유령과 함께 사는 환과 유령의 지정석까지 만들어 놓은 카페는 그들의 관심을 끌기에 충분했다.

"심심하지도, 외롭지도 않아서 좋겠어요?"

은발의 장 화백은 지나가는 투로 말했다.

"네? 그게 무슨 말씀이신지?"

환은 전혀 모르겠다는 투로 되물었다.

장 화백의 예사롭지 않은 눈초리가 일순 번득였다. 유령이 카페 안을 어슬렁거리고 있다는 것을 아는 듯했다. 할을 따라 그녀의 시선이 움직이는 것 같다가도, 할이 그녀에게 다가오면 고개를 돌렸다. 낯가림을 하는 건가? 환은 속으로 생각했다.

"그렇게 쳐다볼 것 없어요. 환 씨나 우리나 같은 처지 아니겠어요. 그렇다고 여기 있는 모두가 다, 우리 같은 건 아니에요. 강령술에 사적인 관심을 좀 갖고 있을 뿐이죠. 혼령을 불러내는 일도 아무나 할 수 있는 일이 아니긴 하지만."

"……!"

환은 무심한 태도로 장 화백을 힐끔거렸다. 평범한 사람은 아니다. 장 화백의 조곤조곤한 목소리는 신귀 들린 사람의 것처럼 섬뜩한 기운이 어렸다.

"좋아요."

장 화백은 테이블을 툭툭 두드렸다. 왜 그러는 것인지, 뭐가 좋다는 것인지 환은 알 수 없었다. 그렇다고 되묻는 건 또 아닌 것 같아 못 들은 척했다.

모임의 일원인 박 과장이나 서 선생, 백 작가 등은 카페의 한쪽 자리를 차지했다. 그간의 안부를 챙기고 그들만의 담소를 나누는 듯했다.

환과 짧은 대화를 나눈 장 화백은 커피잔을 손에 들고 다녔다. 한자리에 앉아 커피를 마시는 일이 따분한 사람처럼. 잡지사 편집장인 윤이 장 화백의 주변을 함께했다.

지유는 오늘의 강령술 진행을 위해 카페의 의자를 새롭게 배치하는 일에 여념이 없었다.

— 회장이라더니 완전 일꾼이군. 어떻게 된 게 거드는 놈이 하나 없냐?

돕고 싶어도 도울 수 없는 할은 안타까움을 토로했다.

"손님이잖아. 이런 건 주인인 내가 할 일이야."

그리고 환이 지유를 도와 좌석배치를 마칠 무렵이었다.

"혹시, 가슴에 담아 두고 있는 사람 없어요? 현실에서는 만날 수 없는……. 원하신다면 오늘 만날 기회를 드릴 수 있는데, 어떠세요?"

지유가 손수건에 손을 닦으며 말했다.

"됐습니다!"

환은 생각할 틈도 갖지 않고 대꾸했다.

"……장 화백님이 한번 여쭤 보라고 하셔서 한 건데, 단박에 거절이시네요."

"……?"

지유는 그녀 특유의 화사한 미소를 머금었다.

고개를 돌리던 환은 장 화백의 시선과 마주쳤다. 윤과 함께였다. 그녀가 자신의 커피잔을 환을 향해 살짝 내밀었다. 할도 환과 나란한 눈길로 장 화백을 바라보고 있었다.

– 밑져야 본전 아냐? 속는 셈치고 재미 삼아 한번 해 보는 게 어때? 죽은 사람을 만나게 해 준다잖아.

할은 환을 부채질했다. 장 화백의 제안을 수락하라고 말이다.

"죽은 사람을 보는 건, 할 하나만으로도 충분해."

"네? 지금 뭐라고 하셨어요?"

할과의 얘기에 지유가 끼어들었다. 빙긋한 미소와 함께.

"아닙니다."

– 네가 불러낼 사람이 없다면 내가 보고 싶은 사람을 불러 달라고 할까? 혹시 또 모르잖아. 내 전생에 대해 아주 잘 아는 사람을 만나게 해 줄지도.

할이 잃어버린 시간과 기억을 되살려 줄 누군가가 있을지 모른다. 할은 그런 실낱같은 희망을 품었다. 환의 반대에 부딪치자 할은 인상을 구겼다.

– 장 화백한테 그런 능력이 있기나 할 것 같아? 그냥 속는 셈치고 해 보자는 건데, 그것도 안 된다는 거야? 내가 언제까지 저승에도 못 가고, 보고 싶은 내 어머니 아버지도 못 보고 너랑 이렇게 천년만년 살아야만 되는 건데? 내 소원 좀 들어주라.

환은 할의 하소연에 귀를 막았다.

"혼란만 부를 거야. 흥밋거리만 될 거야."

환이 하는 말을 지유도 함께 들었다. 무슨 소리냐고 되묻지 않았다. 할이 지유 가까이 있었다. 환이 할과 대화 중인 것을 보는 듯이 지유는 조용했다.

– 안 보이는 척하는 건지, 오늘은 진짜 내가 안 보이는 건지 알 수가 없네. 헷갈린다, 헷갈려! 내 일진도 사납고!

할은 지유에게 눈을 꽂아 둔 채 중얼거렸다.

환이라고 그리운 사람이 왜 없을까? 불러내고 싶은 마음이 왜 없을 것인가 말이다. 열네 살이었다. 부모의 보살핌이 필요한 나이에 환은 가족으로부터 격리됐다. 물론 환 자신이 결정한 일이긴 했지만.

유령 할과 단둘이 살아온 십 년. 남들의 눈엔 독립심 강한 어린애가 혼자서 버틴 대견한 십 년. 그 십 년이 어떻게 아무렇지도 않을 것인가. 환은 외롭다 못해 고독했다. 유령을 보는 아이로, 의지가지할 상대가 유령 할 뿐임에야.

가족이란 말만 나와도 눈물이 핑 돌았다. 환은 냉정해져야만 했다. 처음부터 혼자였던 것처럼 마음을 모질게 먹었다. 그럴수록 잊자고 했던 지난날들이 회오리처럼 들고 일어났다.

환은 마른침을 꿀꺽 삼켰다. 붉어지는 눈시울을 말렸다.

지유가 곧 의식을 거행하겠다고 알려 왔다. 장 화백이 시체로 나타나기 15분 전이었다. 불길한 일의 전초전처럼 일기예보에도 없던 비가 내리기 시작한 것도 그 무렵이었다.

카페의 차양 위로 후드득후드득 비가 쏟아졌다. 비의 난타. 드럼 소리처럼 카페 안으로 흘러들었다.

"분위기 한번 죽여주는군. 밤은 깊고 그리움도 짙겠어."

제약회사 영업을 하는 박 과장이었다. 비를 하도 맞고 다녀서 정수리에 있는 머리가 다 빠졌다고 틈만 나면 너스레를 떨었다. 건조하게 생긴 것과는 달리, 그가 내뱉는 말들은 촉촉했다.

"하늘에서 령이 비로 내리는 건지도 몰라."

감성을 들먹이자면 서 선생도 뒤지지 않았다. 야리야리하니 앳돼 보이는 서 선생이다. 남학교에 근무한다니 은근 걱정이 든다. 거칠기 한량없는 혈기왕성한 남학생들을 저 여린 몸으로 어떻게 상대할까 싶을 정도였다.

"일기예보에 비가 온다는 말은 없었는데……."

백 작가가 투덜거렸다. 소설가로 등단한 지 삼 년. 그는 강령술이 등장하는 소설을 구상 중에 있었다. 미처 우산을 챙겨 오지 못했다며 환에게 남는 우산을 일착으로 주문하는 아주 현실적인 사람이었다.

월간지 「역술인」의 편집장인 윤은 의외로 재밌는 사람이었다. 다른 회원들에 비해 엉뚱하고 유머러스한 구석이 있었다. 강령술, 역술, 마술, 입술처럼 낱말에 '술' 자가 들어간 단어를 좋아하고 또 연구하는 사람이라고 자신을 소개하기도 했다.

"'술' 자가 들어간 낱말 중에서도 내가 가장 으뜸으로 치는 것은 바로 술이지. '술' 자가 들어간 말들 중에서 독보적이잖아. 혼자서도 완벽하잖아. 겹쳐질수록 이게 또 아주 맹랑해요. 술, 술술, 술술술, 술술술술……."

윤은 그 뒤로도 계속 혼자 술술 거렸다. 윤의 그 술술거림이 괘종시계의 댕댕거림과 마주치자, 감탄을 자아냈다.

"빗소리에, 괘종소리에, 손이 오기에 딱 좋은 타이밍이네."

카페의 시계가 모두에게 밤 10시를 알렸다. 평상시라면 영업을 종료할 시간이다. 환은 할의 지정석에서 시간이 흐르기를 기다렸다. 저들의 의식이 자정까지 이어질 것이기에.

"곧 시작할 거예요. 다들 각자의 자리에 착석해 주세요."

카페 중앙에 원탁을 만든 지유는 일원들을 향해 말했다.

"난 먼저, 화장실에 다녀와야겠어. 오늘처럼 완벽한 날은 또 처음이라 긴장이 되네."

"술을 많이 마셔서 그런 건 아니고?"

윤의 말을 박 과장이 받아쳤다.

지유는 조심스럽게 양초에 불을 붙였다. 그러고는 작은 꼬마 인형 하나를 테이블에 올려놓았다. 백 작가의 동생을 소환할 때에도 쓰이던 인형이다.

블라인드가 쳐진 카페. 소등이 이뤄지자 머리를 곤두세운 촛불 빛이 벽과 천장을 타고 올랐다.

"화장실 불은 켜 있는 거겠지? 깜깜한 화장실에서 나 혼자 귀신과 만나면 무서울 것 같단 말이야."

윤이 화장실에 가는 사이, 다른 일원들은 제자리를 찾아 앉았다.

환은 지유의 권유에 못 이기는 척, 그들의 의식에 참여하겠다고 했다. 장 화백이 진실로 혼령을 소환할 수 있는지 궁금했다. 가능하다면, 소환을 부탁하고 싶은 이가 있었다.

지유는 테이블에 둘러앉은 서 선생과 박 과장, 백 작가와 환을 차례로 훑었다. 두 명이 아직 자리에 앉지 않았다. 윤은 화장실에 갔다지만 장 화백의 모습이 보이지 않았다. 혼령을 소환하는 데 가장 핵심적인 역할을 할 그녀가 그곳에 없었다.

"어디 가셨지? 장 화백님?"

지유의 시선이 카페의 구석구석을 누비던 참이었다. 화장실에 간 윤의 비명이 사건의 서막을 알리듯 환의 고막에 부딪혀 왔다.

지유는 장 화백의 시체를 보고 멈춰 버린 시계처럼 멍하니

서 있었다. 믿기지 않는 기색이다. 다른 회원들은 우왕좌왕
했다. 그들만의 설레발이 웅성웅성 오갔다.

누구의 소행인지 꼬집어 말하진 않았다. 석연찮은 기류가
넘실거리고 있는 것만은 분명했다. 환은 모임의 일원들을 면
밀히 살폈다. 오늘 처음 본 사람들이다. 지유를 제외한 모
두. 밀실까지는 아니어도 카페에 다른 사람이 들락거리지 않
았으니 범인은 그들 안에 있는 게 확실했다.

임계원 형사가 은평경찰서의 수사진과 카페에 나타났다.
환의 신고를 받은 지 15분이 경과한 뒤였다. 회원들은 그때
까지 저들끼리 뭔가를 쑥덕거리고 있었다.

"이젠 사건을 카페로까지 끌어들이는군."

임 형사가 환을 보자, 한마디 툭 던졌다.

"그러게나 말입니다."

환은 아니라고 말하지 못했다. 강령술의 모임을 할의 커피
맛에서 갖겠다고 했을 때 수락한 건 환 자신이었다.

"시체는 어딨나?"

"화장실에요."

환은 임 형사를 카페 화장실로 안내했다. 장 화백은 양변
기에 앉은 채 질식사했다. 빨강색 스카프가 그녀의 목에 감
겨 있었다. 장 화백이 카페에 들어오던 그때부터 하고 있던
스카프였다. 범인의 흔적은 남아 있지 않았다.

장 화백의 오른손 검지가 화장실 바닥을 향해 있는 것 말고 특별한 점은 없었다. 좁은 공간에서 목이 졸렸다면 그녀의 발버둥이 문에 닿았을 터였다. 실제로 발길질로 생긴 자국이 화장실 문에 있었다.

문제는 생사의 갈림길에 있는 장 화백의 발버둥 소리를 누구도 듣지 못했다는 것이다. 밖은 비가 내리고 있었고 작은 소리들은 빗소리에 묻혔다.

"탐정의 카페에서 누가 이런 몹쓸 짓을 한 거야?"

임 형사가 황당하다는 듯이 말했다.

"탐정이요?"

박 과장이 금시초문이었다는 듯이 반문했다. 서 선생이나 백 작가 그리고 윤 편집장까지, 그들의 시선이 일제히 환을 향했다. 환은 그들의 눈동자에 어린 긴장감이 느껴졌다.

"내가 진짜 탐정이라고 생각하는 건 아니겠죠, 설마? 탐정은 그냥, 내 별명일 뿐이에요."

"그렇게 둘러대면 자네를 탐정이라고 부르는 은미나 카페 단골손님들이 섭섭해하지 않겠어?"

"그만 좀 하시죠. 살인 사건이 벌어진 곳에서 괜한 오해를 살 만한 말씀은 안 하시는 게 좋지 않겠습니까?"

"난, 사실을 말한 것뿐이야. 어쨌든 이 안에 있는 범인을 밝혀내야겠지."

임 형사는 카페 화장실을 이용한 이가 누군지를 확인했다. 윤이 시체를 목격하기 전, 화장실을 이용하지 않은 사람은 없었다.

"그러니까, 화장실을 한 번씩은 모두 다녀왔다는 거로군요. 마지막으로 화장실에 간 사람이 윤, 당신이란 거죠? 시체가 있어서 볼일을 보지는 못했겠지만."

"아니요. 화장실이 남녀 공용이긴 하지만 소변기는 양변기가 있는 곳과 벽을 두고 있으니까……. 바지춤을 내리고 소변을 보는데 닫힌 화장실 안쪽에서 뭔가 이상한 그림자가 밖으로 비치더란 말입니다. 카페 내부의 전원이 꺼져 있던 상태라 그랬는지도 모르죠. 좀 무섭긴 했지만 화장실 문을 노크했습니다. 아무 소리도 나지 않았죠. 그래도 그림자가 이상해서 문을 열었는데, 거기에……."

윤은 끝까지 말을 맺지 못했다.

"장 화백의 시체가 떡하니 있더라, 이 말이로군요."

임 형사가 대신 말했다.

"네."

"그럼 윤이 화장실을 이용하기 전에 누가 다녀왔죠?"

임 형사의 물음에 눈치를 보던 백 작가가 슬그머니 손을 들었다.

"작은 볼일이라 양변기 근처는 가지 않았습니다."

"또 다른 사람은요?"

"손에 커피를 흘려서 닦느라 세면대만 이용하고 바로 나왔습니다."

서 선생이었다. 그녀는 백 작가가 화장실을 이용하기 전에 다녀왔다. 회장인 지유가 화장실을 이용하고 난 다음에 박 과장, 서 선생, 백 작가의 순으로 화장실을 다녀온 터였다.

"그렇다면 장 화백이 화장실에 간 것은 언제쯤이었을까요? 누구 목격하신 분, 없습니까?"

임 형사는 용의자인 그들을 주시했다. 장 화백이 화장실에 가는 것을 봤다는 사람은 없었다. 다들 고개만 갸웃거렸다. 누가 장 화백을 해쳤을까. 의혹의 눈초리들이 서로 엇갈렸다.

장 화백은 누군가와 길게 대화를 나누지 않았다. 이 사람, 저 사람을 옮겨 다녔다. 그때마다 본인의 말만 툭 던져 놓고는 자리를 떴다. 그렇다 보니 장 화백의 이동에 관해 또렷한 기억을 갖고 있는 일원이 없었다.

모두가 용의선상에 오를 수밖에 없었다.

"내가 갔을 땐, 그곳에 장 화백님은 없었어요. 진짜예요."

지유는 자신이 용의자 중 한 사람이라는 사실이 억울한 듯했다.

"그렇다면 지유 씨 이후로 화장실을 사용한 이들 중에 장 화백의 살인범이 있다는 건데······."

"······!"

지유는 대꾸하지 못했다. 안쪽 화장실을 이용한 사람은 지유뿐이었다. 강령술 장소를 바꾼 것도, 회원들을 환의 카페로 오게 한 것도 지유 자신이었다. 이런 일이 벌어질 것이라고는 상상조차 하지 못했다.

모임의 회장인지라 다른 회원들을 의심하는 일도 지유로서는 할 수 없었다. 일원 중 누군가 카페 주인인 환은 왜 용의선상에서 제외하는 거냐고 따지고 들었다. 박 과장이었다. 나중에는 자신은 그만 집에 가겠다고 억지를 부렸다.

"여기 계신 분들 모두 자리를 뜨면 안 됩니다. 환 자네도 마찬가지야."

"주인은 난데, 어떻게 제가 자리를 뜹니까?"

임 형사는 그렇지, 하는 표정으로 고개를 주억거렸다.

"오늘 의식에서 소환하려던 혼령, 누구였습니까?"

"그건 장 화백님만 아는 일입니다. 깜짝쇼처럼 우리 중에 누군가와 관련 있는 사람의 혼령을 즉석에서 소환하거든요. 그것을 정하는 분도 역시, 장 화백님이셨어요."

지유가 나서서 말했다.

"소환이 진짜로 됩니까?"

임 형사는 미덥지 않은 투로 물었다.

"물론이죠. 매번 성공하는 건 아니지만, 장 화백님의 능력은 우리 중에 제일 뛰어납니다. 접신이 잘된다고 보시면 될 겁니다."

"여기 계신 분들이 모두 장 화백의 깜짝쇼를 즐겼다는 거로군요?"

"네."

"죽은 사람을 불러내는 게 좋은 일만은 아닌데, 거부감을 표했던 사람은 없었습니까?"

"그랬다면, 우리 모임의 일원이 될 생각은 하지 않았겠죠."

지유는 담담했다.

"환은 뭔가 이상하다고 느낀 거 없어? 화장실에 간 적은? 은미 씨는?"

임 형사는 환이 뭔가 말해 주길 원했다. 그러면서도 질문의 꼬리를 이었다.

"회원들만 있기를 원해서 직원은 일찌감치 퇴근시켰습니다. 여섯 명의 손님은 저 혼자서도 얼마든지 감당할 수 있으니까. 화장실이야, 이분들이 오기 전에 다녀왔죠."

환은 장 화백이 카페에 들어오던 그때부터 그녀의 동선을 머릿속으로 되새겼다. 은미가 카페를 나설 때, 장 화백이 들어왔다. 지유 다음으로 온 모임의 일원. 환에게 외롭지 않겠다는 말을 툭 던지던 그때. 지유를 통해 강령술 의식에 참여를 권하던 그때. 다음번에 환의 모친을 소환해 주겠다고 말하던 그때. 장 화백이 어디에 있었는지를 환은 천천히 떠올렸다.

지유와 귓속말을 주고받는 장 화백의 모습도 기억이 났다. 하지만 누구와 어떤 순서로 대화를 나눴는지는 확실하지 않았다. 환은 손님을 위한 간식거리를 준비하는 일에 신경을 더 쓰고 있었다.

이번 의식에서 불러내리던 령과 관련된 사람. 그 사람이 장 화백의 죽음과 연관이 있지 않을까? 환은 회원들 가까이에 있는 죽음부터 알아보는 게 나을 듯했다.

"임 형사님! 장 화백이 소환하려던 혼령이 누구와 관계됐는지 알려면 저들이 기억하는 죽음을 먼저 알아보는 게 순서 같습니다만."

"환이 형사가 됐다면 우린 호흡이 잘 맞는 한 팀이 됐을 거야. 나도 막, 그 생각을 했거든."

임 형사는 흩어져 있는 용의자들을 테이블로 불러 모았다.

"지금부터 제가 묻는 말에 거짓이 없어야 합니다. 가족을 잃었다거나, 자신과 가까운 사람이 억울하게 죽었다거나 모두 솔직하게 말씀해 주셔야 합니다."

임 형사의 말에 제일 먼저 나선 이는 백 작가였다.

"초등학교 시절에 동생을 잃었습니다. 물놀이 사고였죠.

눈앞에서 동생이 죽는 것을 본 터라, 그동안 구하지 못했다는 죄책감을 떠안고 살았습니다. 그 동생을 장 화백님이 만나게 해 주셨죠. 그날 밤의 일을 평생 잊지 못할 겁니다. 동생이 제게 그러더군요. 그건 형의 잘못이 아니라고…… 어찌나 눈물이 나던지. 동생이 따뜻한 말로 나를 위로해 줬습니다."

"그 후로 죄책감을 벗으셨습니까?"

"물론이죠. 그래서 이 모임의 가치를 저는 압니다."

"그렇군요, 좋습니다……. 다른 분은요? 또 없습니까, 죽음을 경험한 분이?"

임 형사는 남아 있는 사람들과 한 명씩 눈을 마주했다. 다들 입을 다물고 서로의 눈치만 보는 듯했다.

"장 화백님이 우리 모임에 합류한 게, 두 달 정도밖에 되지 않았어요. 강령술을 시도한 것도 실은, 백 작가 때가 처음이죠. 그 전에는 강령술과 관련한 연구와 사례를 중심으로 우리끼리 토론하는 게 전부였죠. 장 화백님이 참여하게 되면서 혼령을 소환해 얘기하는 게 가능해진 겁니다. 그리고 오늘, 누군가의 원한을 풀어 줄 거라며 기대해도 좋다고 했어요."

"장 화백이 혼령을 소환하는 능력이 뛰어나다거나, 성공률이 높다는 건 어떻게 안 겁니까?"

"그거야 장 화백님이 직접……."

"어쩌다 얻어걸린 것일 수도 있잖아요?"

"아뇨. 오늘 이런 일만 없었다면, 누군가의 원한을 풀어주는 일이 벌어졌을 겁니다."

"그 누군가가, 과연 누굴까요? 짐작되는 사람이라도?"

"글쎄요. 말씀을 안 하셨으니 알 순 없지만 단죄의식이 될 거라고……."

"확실히 단죄라고 하던가요?"

"네. 확실히 그렇게 말씀하셨어요."

지유는 흔들림이 없었다.

단죄! 그것은 누군가의 죄를 밝혀내겠다는 의도였다. 또 카페 안에 죄를 지은 자가 있다는 뜻이기도 했다. 범인은 분명, 그들 안에 있다. 환은 임 형사와 지유의 대화가 오가는 사이, 살인의 동기를 알아챘다.

"범인은 오늘의 소환의식을 통해 자신의 죄가 드러날까, 두려움에 떨고 있던 사람이죠."

환은 확신했다.

"천국과 지옥을 오가는 누군가를 보게 될 거라고 말씀하긴 하셨어요. 과거에 지은 죄라고 하셨죠."

지유는 장 화백이 자신의 귀에 대고 속삭였던 말을 그제야 꺼내 놓았다.

범인을 밝히는 일은 그리 간단치 않았다. 임 형사의 조사 또한 간단하게 끝나지 않았다. 대체 언제쯤 집에 가도 되는 거냐고, 박 과장이 불만을 쏟아냈다.

"장 화백의 혼령을 불러서 누가 죽였는지 직접 물어보던가요. 사건이 아주 간단하게 해결되겠네요."

"사람이 살해됐는데, 당신이 살인자일지도 모르는데 그런 말이 나옵니까?"

임 형사는 단호한 음성으로 말했다.

지유는 분란이 커지는 것을 막기 위해 임 형사와 회원들 간의 중재에 나섰다. 안타깝게도 장 화백 말고는 그런 능력을 가진 사람이 그들 중에 없다는 사실도 털어놓았다.

환은 윤의 비명이 들려오기 전까지, 사람들의 동선을 머릿속에 그려 넣었다. 손상된 필름처럼 중간중간 끊겼다. 지유에게 귓속말을 전할 때까지 장 화백은 확실히 카페의 홀에 있었다. 그다음부터는 어디에 누구와 있었는지 그림이 그려지지 않았다. 그녀가 없다는 것을 인지한 것은 테이블에 촛불이 켜졌을 때였다. 환은 장 화백이 그곳에 없다는 인지와 동시에 윤의 비명 소리를 들었다.

환은 기억을 그전의 시간으로 거슬렀다. 지유가 소환의식을 위한 테이블 배치를 하고 있었다. 서 선생과 박 과장은 환이 건넨 커피를 마셨고 백 작가와 장 화백은 보이지 않았다.

백 작가가 화장실에 간 시간일 터였다.

환은 시간의 기억을 조금 더 거슬렀다. 지유의 곁을 지난 장 화백의 시선 끝에 백 작가가 있었다. 그때에도 서 선생과 박 과장은 함께 대화를 나누고 있었다.

다른 일원들이 돌아가며 환에게 말을 걸었다. 젊다 못해 어린 카페 주인이라는 것과 탐정이란 별칭을 갖고 있음에 그들의 호기심이 잔뜩 부풀어 있었다. 서 선생만은 예외였다. 환에 대한 관심이나 호기심은 없는 듯했다. 환과 눈길을 주고받은 적도 없었다. 환의 기억은 거기까지가 전부였다.

"빈 구석이 많은데, 어쩌지?"

다른 사람들은 환이 혼자 중얼거린다고 여겼겠지만 할에게 한 말이었다.

─ 서 선생과 박 과장 그리고 장 화백이 동시에 홀을 비웠던 적이 있는 것 같은데⋯⋯. 장 화백이 서 선생 곁을 스쳐 지나고 난 다음이었지, 아마.

환이 놓쳤던 장면을 유령 할이 대신 채워 넣었다. 누가 장 화백을 살해했는가에 대한 결정적인 단서 또한 할의 무심한 말에서 나왔다.

─ 장 화백의 혼령 소환을 어떻게든 중단시켜야 된다고 했던 것 같은데⋯⋯.

"누가? 누구한테?"

환이 귀를 쫑긋 세우고 물었다.

– 박 과장이 그랬던 것 같은데…… 서 선생한테.

"박 과장은 범인이 아니라는 건데, 그럼."

– 왜, 아니란 거야? 의식을 중단시키려고 했던 사람인
데…….

"과거의 죄가 드러날까 두려운 사람이라면 서 선생한테 그
런 말을 전하지 않았을 거야. 박 과정 혼자서 어떻게든 해결
하려 들었겠지."

– 다른 이유가 있을 수도 있잖아.

"아니. 모든 게 분명해졌어! 박 과장이 범인이 아니라면,
내 생각이 맞을 거야, 틀림없이."

환의 날카로운 눈빛이 임 형사를 향했다.

자정을 훌쩍 넘긴 시각. 환은 임 형사와 강령술 모임의 일
원들을 중앙 테이블로 불러 모았다. 그러고는 핸드 드립커피
를 그들 앞에 내놓았다.

"다들 놀라셨을 겁니다. 경황은 없지만 커피를 마시면서
범인에 관한 얘기를 해 볼까 합니다."

환은 카페에 벌어진 살인 사건의 전모를 밝히겠다고 나
섰다.

"드디어 탐정 바리스타의 활약상을 우리가 직접 보게 되는

겁니까? 감격스러운 일이군요. 돌아가신 분이 우리가 잘 아는 분이라는 게 안타깝지만…….”

윤이다. 그는 커피잔을 찻잔 받침에 올려 들고 말했다. 시체를 목격했던 순간의 경악은 이미 잊은 듯했다. 관망하는 태도로 커피향을 음미했다. 입에 한 모금 머금고는 고급 와인을 마신 듯 다분히 과장된 표정을 지었다.

윤의 익살에 회원들은 자신들이 살인 사건의 용의자라는 사실을 잠시 잊었다.

“참, 재밌는 사람이야, 윤은!”

백 작가는 그런 윤이 부러운 듯 말했다.

“그래서 범인은 우리 중에 한 사람이라는 거죠?”

지유가 잠깐의 유희에 찬물을 끼얹었다. 분위기는 다시 냉랭하고 침울하게 변했다.

“네.”

“그래서, 우리 중, 누가 장 화백을 죽인 범인이죠?”

“저는 알 것도 같습니다만…….”

“정말인가요?”

지유의 물음에 답하고 나선 건 백 작가였다. 모두의 시선이 일제히 그를 향해 쏟아졌다.

“생각해 보십시오. 장 화백이 오늘 의식은 단죄의 시간이 될 거라고 했단 말이죠. 그 말은 우리 중에 누군가 과거에 죄를 지었고, 그 희생자를 불러낼 생각이 아니었을까요? 죄를 지었지만 그 죄의 대가를 치르지 않은 사람! 과거의 죄가 발각될까 두려우니 의식을 중단하고 싶었겠죠. 장 화백의 목숨을 빼앗아서라도 이번 의식을 막고 싶었다면 그에 준하는 죄가 아닐까 싶습니다만……."

"단죄의 시간이 될 거라는 건 어떻게 아셨죠? 그걸 아는 사람은 여기 지유 씨와 장 화백 그리고……."

환은 말을 중단했다. 서 선생과 박 과장까지 모두 알고 있는 사실이다. 단죄의 의식이 이 밤에 거행되리라는 것을.

"아, 모두가 알고 있었군요."

환은 잠시 의기소침했다.

"어떻게 모를 수가 있겠습니까? 장 화백이 한 사람한테만 전하는 것 같지만 모두의 귀에 대고 다 속삭였는데. 깜짝쇼가 될 거다, 누군가는 원한을 풀고, 누군가는 벌을 받게 될거다, 그랬는데……."

"원숭이도 나무에서 떨어질 때가 있다더니, 본인의 카페에서 일어난 살인 사건이라 당황한 모양이군."

임 형사가 한마디 거들었다.

"제가 좀 혼란스럽긴 합니다."

그때였다. 환이 임 형사와 난감한 상황을 추스르고자 농담을 나누던 때. 백 작가가 확신의 말을 던졌다.

"박 과장이 장 화백을 죽였습니다. 원한이 서린 령의 소환을 어떻게든 막고 싶어 한 장본인. 과거의 살인을 덮을 수 있는 건, 새로운 살인을 저지르는 방법밖에 없다고 여겼을 테니까."

카페 안의 시선이 박 과장을 향했다. 그는 얼었다. 아무 말도 하지 못한 채로 서 있었다.

"훌륭한 추리이긴 합니다만, 제가 생각하는 범인은 아니군요. 령의 소환을 막고 싶어 했다는 것만으로 박 과장님이 범인이 될 순 없죠. 박 과장님이 그 말을 한 건, 누군가를 보호하고 싶어서였을 겁니다."

"그게 누구라는 거죠?"

지유가 물었다.

환의 눈길이 서 선생에게 닿았다. 카페에 들어서던 그때부터 그녀는 내리뜬 시선이었다. 누구와도 눈길이 닿는 걸 거부하는 사람처럼. 유령이 카페 안을 휘젓고 다니는 걸 보지 않기 위해서 그런 줄 알았다. 하지만 할을 볼 수 있는 사람은 아무도 없었다. 지유조차도. 할의 커피맛에 유령이 살고 있다는 소문만 듣고 비범한 능력이 있는 양, 허세를 떨었던 것이다.

"아니에요, 난 아니라고요!"

서 선생이 정신 나간 사람처럼 소리를 질렀다. 불안한 눈빛으로 사람들을 경계했다. 카페에 있는 모두를 죽여 버리겠다고 위협할 때는 정신이 완전히 나간 듯했다.

"가여운 사람."

박 과장이었다. 그는 서 선생을 보며 말했다. 그녀의 어깨를 감싸 안았다.

환은 아무 말도 하지 않은 채 그들을 응시했다. 작금의 사태를 짐작하고 있었다는 듯이.

박 과장은 서 선생의 곁에서 떨어지지 않았다. 사람들을 구경꾼처럼 세워 놓은 채 그녀를 위로하고 달랬다. 빛도 없는 먹이 들어찼다.

"내가 죽였습니다."

"……!"

"장 화백님이 화장실에 가는 것을 확인하고 몰래 뒤따라갔습니다. 누구를 소환할 건지 모르겠지만 중단하라고 협박했습니다. 안 그럼, 당신 딸이 죽는 걸 눈앞에서 보게 될 거라고…….."

"장 화백님이 거부했군요?"

환이 물었다.

"그렇습니다. 자신의 요구를 들어주지 않으면 그럴 수 없다고 단박에 거절하더군요. 당신 딸의 안위가 달려 있는 문제인데……. 그 여자의 뻔뻔함을 도저히 참을 수 없었습니다."

박 과장은 서 선생의 방패막이처럼 서 있었다.

"그 요구라는 게 뭐였습니까?"

임 형사가 확인에 나섰다. 박 과장은 고개를 숙였을 뿐, 차마 말을 잇지 못했다.

"서신애 씨와 만나지 말라는 내용이었을 겁니다. 자신의 딸한테서 떨어지라고 했겠죠."

환이 박 과장의 말을 대신했다.

"둘이 사귀고 있었던 거네?"

윤의 눈이 휘둥그레졌다. 둘이 연인 사이라는 건, 윤만 빼고 다들 알고 있던 눈치였다.

"탐정답군요. 아니라고 도리질하더니, 겸손하셨던 거로 군요."

박 과장은 환을 향해 말했다.

"범행을 자백하시는 겁니까?"

"네."

임 형사는 박 과장의 손목에 수갑을 채웠다. 철컥! 소리와 함께 서 선생의 격분이 발작처럼 터져 나왔다.

"그 여자는, 내 엄마도 뭣도 아니에요. 딸을 오래전에 이미 버렸으면서, 이제 와 날 귀찮게 했어요. 엄마 용돈 좀 줘. 엄마 그림 좀 팔아 줘. 엄마 옷이 필요한데……. 단 한 번도 나한테 진정한 엄마였던 적도 없었으면서 엄마라는 이름 하

나로 내게 유세를 떨었어요. 그래도 자기 같은 엄마한테서
나왔으니까 내가 선생질이라도 하고 있는 거라면서……."

서 선생은 두 주먹을 불끈 쥐었다. 그녀의 눈동자에 광기
가 어렸다. 작은 그녀의 몸이 비에 젖은 비둘기처럼 떨고 있
었음에도 분노가 그것을 덮었다.

"장 화백님이 서 선생의 어머니였다고?"

지유는 멍했다. 나름으로는 사람을 보는 눈이 있다고 여겼
다. 박 과장과 서 선생의 몰래 데이트를 알아챘음에도 장 화
백과 서 선생이 모녀라는 것은 짐작조차 못했다.

"그 여자는 내 엄마가 아냐. 내가 아니라는데도 우겼어요.
자신이 원하는 걸 들어주지 않으면 내가 사람을 죽인 살인자
라는 걸 박 과장에게 알리겠다고 협박했어요. 5년 전에, 내
가 담임을 맡고 있던 학생 하나가 죽었어요. 하지만, 그건
어디까지나 사고였어요. 내가 죽인 게 아니라……. 그런데
도 그 여자는 끝까지 나를 물고 늘어졌어요. 내가 죽인 게 맞
다고. 제자의 마음을 헤집어 놓고 받아 주지 않아서 생긴 일
이라며 나를 창녀 취급했어요."

"그만, 그만해요. 신애 씨!"

박 과장이 더 듣지 못하고 끼어들었다.

"난 그 여자를 용서할 수 없었어요. 엄마라면서, 내가 자
신의 딸이라면서 어떻게 그럴 수가 있는 거죠? 나를 인형처

럼 갖고 놀았어요. 내가 사랑하는 남자한테까지 협박을 일삼고 마수를 뻗친 여자인 걸요."

"그래서 당신이 죽였습니까? 박 과장을 위해서?"

임 형사가 되물었다.

"아닙니다. 내가 죽였다고 했잖습니까. 내가 범인이라고요."

박 과장이 서 선생의 말을 가로막았다. 하지만 소용없는 짓이었다. 서 선생의 말이 봇물 터지듯 터져 있었다.

"내가 죽였어요, 그 여자……. 우리를 갈라놓기 위해, 아니 내 돈을 독차지하기 위해 온갖 패악을 다 떨었죠. 내가 사랑하는 이 남자한테 헤어지지 않으면 화를 면하기 어렵다고 협박했어요. 자신의 뜻대로 되지 않으니까, 오늘, 아니, 이제 어제의 일인 거죠. 사람들 앞에서 내 죄를 단죄하겠다고 떠벌리고 다녔어요. 악마처럼 사람들의 마음에 미혹을 심고 다녔어요. 내겐 어린 제자가 목숨을 버린 것도 안타까운 일인데, 그 여자가 멋대로 지어낸 얘기를 퍼뜨리는 일만은 어떻게든 막아야 했어요. 내가 죽인 건 아니지만 어린 제자를 앞세운, 내게는 아픈 과거니까요. 들추고 싶지 않은……. 그런데, 그 여자가…… 추악한 악마가 따로 없었어요. 혼령을 소환한다는 것도 다 사기예요. 그 여자는 죽어도 싸요!"

가녀린 몸에서 어떻게 그런 악다구니가 나오는지 알 수 없었다. 금방이라도 쓰러질 것 같은 서 선생은 깡으로 몸을 지탱했다.

어둠으로 빛이 들이쳤다. 번개의 섬광. 서 선생이 종이쪽처럼 털썩 쓰러진 것은 그때였다. 박 과장의 소름끼치도록 허탈한 웃음소리가 카페에 퍼진 것도 그때였다.

"어떻게든 막아 보려고 했는데…… 설득해 보려고 화장실까지 쫓아갔는데……."

"어떻게든 막아 보고 싶었겠죠. 그래도 사랑하는 여자의 어머니니까, 설득할 수 있다고 믿었겠죠. 서 선생이 당신의 뒤를 따라왔다는 사실도 모른 채."

"네. 환, 당신의 말이 맞습니다. 서 선생의 과거를 묻어 두고 싶다면, 소환의식을 막고 싶다면 돈을 내라는 겁니다. 딸보다 돈이 먼저였습니다. 설득이 되지 않는 분이었습니다. 충동적으로 벌어진 일입니다. 제가 장 화백님을 살해한 겁니다."

박 과장은 체념한 듯 말했다.

"서 선생님을 진심으로 사랑하는군요. 하지만 살인범은 아니죠."

"박 과장이 아니면 누가?"

"장 화백을 따라 볼일 보는 데까지 쫓아 들어간 건 서 선생님입니다."

"……!"

"변기 뚜껑을 올리는 틈을 타 스카프로 목을 조른 겁니다. 박 과장님은 말리지 못했을 겁니다. 안에서 문이 잠겨 있었으니까."

환의 설명으로 살인 사건의 전모를 알게 된 사람들은 한동안 아무 말이 없었다. 커피는 식었고 밤을 깨우는 비는 추적추적 끝을 몰랐다.

지하철이 다니기 시작할 무렵, 윤과 백 작가는 카페를 나섰다. 택시를 불러 박 과장을 집으로 돌려보내고 그들은 마시지도 않은 술의 숙취를 깨우듯 해장술을 찾았다.

회원들이 모두 돌아가고 지유는 카페에 홀로 남았다. 복잡한 생각과 착잡한 심경에 사로잡혀 있었다.

– 고뇌하는 모습까지 저리 아름다우니, 나더러 도대체 어쩌란 거야?

할은 생각 많은 지유의 곁에서 또 떠날 줄을 몰랐다. 환이 지정석에 가 있으라고 눈치를 줘도 막무가내였다. 그렇다고 평소처럼 할에게 말을 쏟아 놓을 수 있지도 않았다.

환은 에스프레소 한 잔과 바닐라 아이스크림을 지유 앞에 놓았다. 그러자 그녀가 환을 쳐다보았다.

"제가 회장 자격이 없네요. 회원들의 면면을 다 안다고 여겼는데, 전혀 모르고 있었어요."

"지유 씨 잘못이 아니에요. 누군가를 온전하게 안다는 건,

그 누구도 할 수 없는 일이니까."

"그럴지도 모르죠. 전에는 수시로 보이던 혼령들이 어느 순간 보이지 않게 됐어요. 그게 다 장 화백님의 덕분이라고 여겼어요. 평범한 사람처럼 살고 싶었어요. 혼령 같은 건 안 보였으면 좋겠다고 말한 것뿐인데, 장 화백님이 알았다고, 이제는 안 보일 거라고……. 그 뒤로, 신기하게도 혼령들이 보이지 않았어요."

– 그럼, 내가 정말로 안 보였다는 거야? 헐!

"지금, 이 카페 어딘가에 있겠죠? 환, 당신과는 한시도 떨어져 지낼 수 없는 유령!"

"할이에요, 그 유령."

– 나 여기 있는데, 지유 씨 정말 내가 안 보여?

"할한테 안부나 전해 줘요, 잘 지내라고. 언젠가는 할이 왔던 그곳으로 돌아가게 될 거라고……. 당신이 할의 숙제를 풀 수 있게 도울 수 있을 거예요."

환은 지유를 빤히 바라보았다. 그녀의 입가로 쓸쓸한 미소가 희미하게 피어났다. 바람에 흔들리는 한 떨기 작은 꽃잎처럼.

– 나를 볼 수 없다니. 잘 가라는 인사는 하고 싶지 않아. 어떻게 나를 두 번씩이나 죽게 만드는 거야. 지유 씨, 미워!

실망을 뛰어넘은 원망이 할을 우울하게 만들었다.

영원히 봉인하고 싶은 과거가 하나쯤은 누구에게나 있지 않을까. 범죄와 연관된 것이 아니더라도 말이다. 타인에게는 절대 알리고 싶지 않은 일. 타인은 절대 몰랐으면 하는 일. 서 선생 또한 혼자 간직하며 덮어 두고 싶었을 것이다. 가능하다면 영원히……

환은 그 생각을 하며 겨우 잠이 들었다. 잠자리는 사나웠다. 죽은 장 화백의 얼굴이 보이는가 싶더니 그녀가 눈을 희번덕거리며 나타났다. 뒤틀린 사지로 환을 향해 다가왔다.

"환! 환!"

누군가 자신을 부르는 소리에 허우적거리며 환은 도망쳤다.

"환, 화안!"

한낮의 화창한 오후처럼 들려오는 환을 부르는 목소리. 아까와는 사뭇 다른 목소리다. 엄마 귀현이다. 꿈이라는 것을 알면서도 환은 귀현의 등장에 아이처럼 엄마를 불러 댔다.

"엄마, 어디 있는 거야? 가지 마. 나 두고 가지 마, 엄마!"

봉인되었던 기억의 빗장이 풀렸다. 기억에서조차 지워졌다고 여겼던 일들이 환 앞에 선명하게도 펼쳐졌다. 대여섯 살의 사내아이 하나가 잔뜩 겁먹은 채 서 있다. 환, 자신이었다. 베란다 창가에 웨딩드레스를 입고 서 있는 것은 엄마 귀현일 터였다.

"엄마. 엄마. 엄마아……."

아이가 눈물범벅이 된 얼굴로 엄마 귀현을 애타게 불러 댄다. 웨딩드레스의 엄마는 돌아보지 않았다. 홀로 딴 세상에 있는 사람처럼 아이의 부름을 듣지 못했다.

아이가 그렁그렁한 눈물을 눈꺼풀로 꼭 짜 내던 순간이었다. 창가의 엄마가 감쪽같이 사라졌다. 어리둥절한 아이는 눈물을 삼키면서 베란다로 향했다.

엄마가 사라진 그곳, 구겨진 사진 한 장이 바람에 나부꼈다. 아빠 마선명과 낯선 여자가 그 안에서 다정하게 웃고 있다. 사진 속의 얼굴을 확인한 순간, 눈물을 짜낸 보람도 없이 아이의 얼굴은 눈물로 범벅이 되었다. 소스라치는 비명과 함께 환은 상체를 벌떡 일으켰다.

꿈이다. 심장을 옥죄는 통증은 그대로였다.

엄마가 사라진 창가. 그때, 환의 집은 아파트 13층이었다. 장 화백의 속삭임은 달콤했다. 엄마를 만나게 해 주겠다는 그녀의 말이 잠시나마, 아니 오래도록 환의 마음을 쥐고 뒤흔들었다. 그리움이 물결친다. 묻고 싶었다. 자신을 두고 그런 선택을 해야만 했었는지를.

아버지 마선명에 대한 환의 원망이 더 한층 깊숙이 뿌리를 내린다. 장 화백이 살해되지 않았다면 엄마의 혼령과 만날 수 있었을까? 쓸데없는 생각과 마주한 환은 이불을 젖히고 침대에서 빠져나왔다. 잠이 더는 올 것 같지도 않았다.

에필로그

삶은 늘 가까이에 있었다. 죽음은 더 가까이에 있었다. 유년의 환에게 죽음은 또 다른 삶이나 다름없었다. 엄마 귀현이 베란다 창가에서 스르륵 사라지던 그날, 삶과 죽음은 그렇게 하나로 뒤엉켰다.

꿈은 잠자는 동안에만 꾸는 게 아니었다. 두 눈을 멀쩡하게 뜨고도 꿨다. 생생한 악몽이었다. 아니, 알 수 없는 꿈이었다. 커튼이 바람에 휘날리고 엄마의 치맛자락도 바람에 휘날렸다.

엄마를 쫓아 엘리베이터를 타고 일층에 도달했을 때, 사람들은 이미 몰려와 있었다. 집채만 한 바위 밑에 깔린 것 같은 환은 고통도 슬픔도 마비된 상태였다.

한계를 넘어서 버린 충격.

그러고도 숨을 쉬고 있다는 사실이 놀라울 뿐이었다.

피가 범벅된 붉은 머리칼이 엄마의 얼굴에 생채기를 내고 있었다. 앰블런스와 함께 온 사람들이 엄마 귀현을 데려갔다.

텅 빈 집. 활짝 열린 베란다 창. 두려움은 그제야 불현듯 찾아왔다.

"아빠, 아빠……."

어린 환은 한 달째 집에 들어오지 않고 있는 아빠를 애타게 불렀다. 창으로 어둠이 들이치고 환은 혼자였다. 시간은 천천히 흘렀다. 아니, 환의 시계만 느렸다. 분이 나뉘고 초가 나뉘는 그 순간들의 움직임을 환은 보았다. 그리고 기억했다. 아니, 잊히지 않았다. 시간의 틈을 환은 그때 처음으로 보았다.

다음 날 나타난 아빠 선명이 환을 장례식장으로 데려갔다. 단장한 엄마 귀현의 영정사진이 환을 맞이했다.

"아빠가 집에 왔어. 엄마도 나랑 같이 집에 가자, 응?"

선명이 다가와 엄마는 집에 갈 수 없다고 했지만 환은 개의치 않았다.

"엄마가 집에 가고 싶대. 아빠는 계속 여기 있을 거야? 엄마랑 난, 집에 간다."

환은 장례식장에서 조금씩 멀어져 갔다. 환을 바라보는 선명의 얼굴엔 수심이 그득했다.

김재희 「경성 탐정 이상」 작가

욕망의 도가니 카페,
그 안에서 보는 인간과 사건

「비블리아 고서당 사건수첩」이나 「커피점 탈레랑의 사건수첩」 등 일본 추리소설은 서점이나 커피숍을 배경으로 미스터리 사건을 풀어 가는 탐정들의 이야기를 시리즈물로 다양하게 선보였다. 하지만 국내에는 거의 없었는데, 이번에 양수련 작가의 「커피유령과 바리스타 탐정」 소설이 출간되었다.

「커피유령과 바리스타 탐정」은 꽃미남 바리스타 환의 커피숍 손님과 이웃 그리고 그의 인생에서 벌어진 미스터리한 사건을 해결해 나가는 게 주요 모티프다. 사람과 사람 사이의 사건을 추리하며 그들 사이의 관계 탐구와 인간성 회복을 통해 추리소설이지만 한국형 드라마틱 미스터리를 보여 준다.

다문화 가정, 아동학대, 제주도 투기 개발 붐, 고미술 거래, 커피숍 내의 도난 사건 등을 통해 한국적인 설정의 사건들을 다루고 있다. 바리스타 환이 만난 사건을 통해 한국의 사회상과 의식의 변화를 볼 수 있다.

최근 들어 카페 문화가 다양해지고 더욱 활성화되고 있다. 카페는 수많은 사람들의 욕망과 투기, 살의, 낭만, 행복과 사랑에 이르기까지 다양한 일상의 스펙트럼을 보여 주며 하나의 용광로처럼 그들을 집어삼키고 녹여 낸다.

그 과정에서 바리스타 환은 추리라는 도구를 통해 일상의 사건을 해결해 주고 하나의 결과와 현실에서의 대안을 생각하게 만든다. 하지만 결코 '체포'라는 갇혀진 틀 안에 집어넣지 않고 스스로 판단하게 도움을 준다. 우리의 인생에도 이런 탐정이 있어 삶의 가이드라인을 제시해 준다면 얼마나 좋을까.

바리스타 환은 오늘도 갓 로스팅한 원두를 우려내 커피를 내려 독자에게 한 잔 건넨다.

"커피 한 잔 하실래요?"

그의 커피를 받아들면서 우리는 또다시 사건 속으로 깊숙이 빠져 본다. 커피 속에 녹아든 편안함, 흡족함, 애잔함, 허망함 그리고 행복함과 기쁨, 희망까지 그윽한 맛을 느끼면서 묵직한 울림을 받는다. 매 순간 목 넘김의 단계마다 커피의 맛과 향, 바디감이 모두 다르다.

아, 커피 한 잔에 이렇게 깊은 무게감과 오묘한 여러 단계의 맛이 있구나.

커피 몇 잔 마시는 값이면 이 소설로 더 흡족하게 깊은 커피의 맛을 즐길 수 있다. 평생 마셔 보지 못한 귀한 커피를 미남 바리스타 환이 매 사건마다 말미에 대접해 주니 별미다. 매력적인 환과 할의 활동을 드라마나 영화로 담는다면 어떤 모습일까. 생명력 있는 캐릭터로 사랑받지 않을까.

후기를 써야겠다고 생각했음에도 막상 쓰려니 어떤 말을 어떻게 어디서부터 해야 할지 막막합니다. 잘 살고 있다고 여겼던 사람의 사망 소식을 들었을 때처럼 생각의 순간 정지, 그런 마음인 겁니다.

늘 써 오던 글인데, 쓰지 못해 안달하던 글인데……. 복잡한 감정들이 소용돌이치고 또 제 머릿속을 마구 휘저어 놓는 것만 같습니다.

미스터리소설을 쓰기 시작하면서 관심과 격려를 아끼지 않았던 나의 오랜 문우 김재희 작가와 애완견의 병수발에 마음 고생이 많은 한중애 작가, 이따금씩 내 귀를 팔랑이게 만드는 유쾌한 음성의 신영철 작가, 나의 창작 활동에 관심과 우려를 항상 함께하는 나의 가족 그리고 소설에 감상을 더해 주신 한국추리작가협회 김재성 회장님, 탑맨 공인탐정연구소 임병수 대표님 모두에게 고마움을 전합니다. 또한 이 책을 예쁘게 꾸려 준 출판사의 양옥매 사장님과 에디터 모두에게 고마움을 전하며 다음의 짤막한 글로 후기를 갈음하고자 합니다.

시간은 속절없이 잘도 흐릅니다.

시절은 참으로 변화무쌍한 모습을 보여 줍니다.

그런 줄 알고 살아왔습니다.

시간은 속절없고 시절은 변화무쌍한 것이라고……

시간은 그 무엇보다 제 일에 정확하고 한결같은데 말입니다.

똑같은 일을 하면서 시간은 단 한순간도

지루해하지 않고 무료해하지도 않으며 계산도 하지 않습니다.

누군가를 미워하지도 않고

누군가를 배신하지도 않고

누군가를 증오하지도 않고

누군가를 사랑하지도 않고

누군가를 원망하지도 않고

누군가를 살해하지도 않고

시간은 그저 자신의 본분에 충실할 뿐입니다.

시간은 그러한데 말입니다.

그 시간에 기대어 사랑하고
그 시간에 기대어 미워하고
그 시간에 기대어 증오를 키우고
그 시간에 기대어 좌절하고
그 시간에 기대어 원망을 일삼고
그 시간에 기대어 죄를 키우고
그 시간에 기대어 도망치고
그 시간에 기대어 불행을 일삼고

돌이켜 보니 시간은 아무런 잘못이 없습니다.
모든 것의 시작은 사람이라는 것을…….